KNAUR

*Über die Autorin:*
Anna Stein, Jahrgang 1975, ist in Hoyerswerda geboren und aufgewachsen. Sie arbeitete einige Jahre in der Werbe- und Medienbranche und ist derzeit für das Fundraising und die Öffentlichkeitsarbeit einer gemeinnützigen Organisation tätig. Immer wieder zog es Anna Stein ins Ausland. So wusch sie in London Teller, arbeitete in Kambodscha bei einer Hilfsorganisation und hütete Ziegen in den Bergen Südfrankreichs. Heute lebt und arbeitet sie in Berlin. *Fräulein Kubitschek pfeift auf die Liebe* ist ihr Debütroman.

ANNA STEIN

# FRÄULEIN KUBITSCHEK PFEIFT AUF DIE LIEBE

ROMAN

KNAUR

**Besuchen Sie uns im Internet:**
**www.knaur.de**

Originalausgabe Juli 2015
Knaur Taschenbuch

Ein Imprint der Verlagsgruppe Droemer Knaur
GmbH & Co. KG, München

Umschlaggestaltung: ZERO Werbeagentur, München
Dieses Werk wurde vermittelt durch die
Antas Bindermann Listau GbR, Literatur Agentur
Umschlagabbildung: FinePic®, München
Satz: Adobe InDesign im Verlag
Druck und Bindung: CPI books GmbH, Leck
ISBN 978-3-426-51658-4

2 4 5 3 1

LOVE IS POSSIBLE

Graffito-Spruch an Berliner Hauswand

# EINE KLEINE KRIMINELLE IN EINER GROSSEN STADT

Charlotte stand im Bademantel vor der Tür der Nachbarwohnung und fummelte am Schloss herum. Es schnappte zurück, und die schwere Holztür ging langsam auf. Ganze zwanzig Sekunden hatte sie heute gebraucht. Das war neue Einbruchsbestzeit. Charlotte beglückwünschte sich selbst. Sie fühlte sich wie eine kleine Kriminelle in einer großen Stadt.

Anfangs hatte sie es mit einer Bankkarte, einem Zahnstocher und einer verbogenen Speiche ihres Rennrades versucht. Das hatte sie sich von den Gangstern in den alten Ami-Filmen abgeschaut. Doch Fehlanzeige. Vor ein paar Wochen gab es dann endlich den langersehnten Durchbruch beim Einbruch: mit einer Nagelfeile von *Rossmann* für schlappe eins zwanzig.

Charlotte stellte sich vor, Griesebach schliefe noch in seinem Bett, während sie durch seine Wohnung spazierte. Ein Schauer jagte über ihren Rücken, und sie stieß einen Seufzer der Verzückung aus. Dann lief sie ins Bad und drehte den Wasserhahn auf. Seit der Halsabschneider Sattkowski die Miete erhöht hatte, musste sie erfinderisch sein, damit es unterm Strich wieder aufs Gleiche hinauslief. Den dicken Aufschlag konnte sie aus ihrem schmalen Geldbeutel nicht berappen. So sparte sie eben bei den Betriebskosten. Seit Monaten brach sie regelmäßig in Griesebachs Wohnung ein und gönnte sich ein Bad in seiner Wanne. Das drängte sich förmlich auf: Die Wohnung von Hubertus Griesebach lag auf der gleichen Etage und stand seit Ende letzten Jahres leer. Griesebach hatte dem Druck des Vermieters Sattkowski nicht mehr standgehalten und war, wie viele andere Mieter auch, ausgezogen. Ratten im Hof, regelmäßiger Stromausfall und ständig Probleme mit der Heizung – das erforderte eine gewisse Nachsicht, die nicht jedermann aufbrachte. Charlotte konnte das alles nichts anhaben. In einer Wohnung mit Hahnentritt-Buchenparkett und Villeroy-&-Boch-Kloschüssel lebte heutzutage doch jeder Schnösel. Aber das Wohnen im letzten unsanierten Haus in der Kehrbachstraße war ein Abenteuer, eine Mutprobe und eine tägliche Kampfansage. Hier lautete die Frage: Wohnst du noch oder überlebst du schon?

Charlotte lag in einem Meer aus Schaum. Ihre Knie ragten aus dem Badewasser empor, und in den roten Locken hingen kleine Schaumfetzen. Sie wälzte das Wasser in der Wanne umher. Charlotte liebte das Wasser: in der Wanne, im See und vor allem im Meer. Wasser war ihr Element und ihr Traum zugleich. Sich einmal mit zusammengekniffenen Pobacken in türkisblaues, pisswarmes Wasser fallen lassen – eine Arschbombe in die Karibik –, das wäre der Hit. Vielleicht in Mexiko? Oder doch lieber auf Jamaika? Das stand noch nicht fest. Aber eine Arschbombe in die Karibik, so viel stand schon mal fest, musste einmal im Leben drin sein.

Sie stieg aus der Wanne. Musik drang durch das offene Fenster. Charlotte tänzelte auf einem Fuß, trocknete den anderen ab und pfiff sich eins dabei. Der Tag fing gut an, und wenn sich der Typ in ihrer Wohnung jetzt endlich verzogen hätte, wäre alles paletti.

# EIN LIKÖRCHEN AM MORGEN VERTREIBT KUMMER UND SORGEN

Elise Buffke musste sich heute Morgen ausnahmsweise bereits um zehn Uhr ein Gläschen Kirschlikör genehmigen. Normalerweise trank sie nie in der Früh. Sie hatte ihre Prinzipien. Vor zwölf kam ihr nichts ins Kristallglas. Aber der Brief von Sattkowski hatte sie durcheinandergebracht. Wenn dieser Windbeutel von Vermieter schrieb, das wusste sie, konnte das nur eins bedeuten: nichts Gutes.

Auf diese findige Erkenntnis hatte sie sich zwei weitere Gläschen genehmigt und den Brief ungelesen in die unterste Schublade der Kommode wandern lassen.

Langsam schlurfte sie den Flur entlang zur Wohnzimmertür. Von da ging es weiter zum Büfettschrank. Auf der Abstellfläche stützte sie sich mit den mageren Hexenhändchen ab, zupfte an dem gehäkelten Deckchen, pustete den Staub von der Tänzerin aus Keramik und schlurfte weiter zur Truhe. Sie hielt einen Moment inne und rang nach Luft. Das Laufen fiel mit jedem Tag schwerer, und das Bein schmerzte heute besonders. Schließlich bückte sie sich. Das Furnier quietschte. Ein Lächeln flog über Elises Gesicht, als sie den

Inhalt der Schatzkiste erblickte: Alte Schallplatten lugten zwischen verrosteten Straßenschildern hervor, ein Paar abgetragene Damenhandschuhe aus rotem Ziegennappaleder lag auf einem Stapel vergilbter *Berliner Illustrirte*. Neben den Zeitungen steckte ein verschnürtes Bund Briefe, und zwischen all den Kostbarkeiten wartete ungeduldig die Hauptattraktion – ein blaues, ledernes Fotoalbum. Es räkelte sich Elise förmlich entgegen. Sie griff danach, schob es unter den Arm und hangelte sich langsam an der Wanduhr vorbei zum Sessel. Umrahmt von einer Grünlilie zur Linken, einem Gummibaum zur Rechten und Duftveilchen auf dem Fensterbrett, stand ihr Ohrensessel. Die Sonne schien durch die geöffnete Balkontür und ließ die Blätter der Pflanzen smaragdfarben leuchten.

Elise setzte sich, umfasste die Armlehnen und schob sich mit aller Kraft zurück, bis sie die Lehne im Rücken spürte. Sie sank in den weinroten Sessel, lehnte ihren Kopf einen Moment an das Sesselohr und röchelte. Schließlich legte sie das Album auf ihren Schoß, umfasste das rechte Bein und rückte es zurecht, bis die Schmerzen erträglicher wurden. Vom Beistellwägelchen nahm sie die Piepe und zündete sie an. Dann griff sie nach der Lesebrille und schob sie auf der Nase zurecht. Jetzt konnte es endlich losgehen – auf dem Trampelpfad der Vergangenheit in den Garten Eden.

Behutsam schlug sie das Album auf. Die schwarzweißen Fotos waren sorgsam in Zweierreihen aufgeklebt. Die weißgerahmten Bilder glänzten auf dem grauen Papier. Unter den Aufnahmen waren mit schwungvoller Schrift Ort, Datum und Namen notiert. Elise schob das raschelnde Pergamentpapier beiseite und betrachtete lange ein Foto, das sie in einem Birkenwald zeigte. Früher war sie im Sommer oft dort gewesen. Sie hatte den kleinen Wald geliebt. Er grenzte direkt an den Hof der Großeltern. Und ein paarmal hatte sie sich auch mit ihm dort getroffen. Anfangs mussten sie das heimlich tun. Elise erinnerte sich noch genau an das erste Treffen im Wald. Es war ein warmer Maitag gewesen. Der Wind zerzauste ihr ständig das sorgsam frisierte Haar. Schweigend liefen sie nebeneinanderher und warfen sich verlegene Blicke zu. Dann flatterte ihr ein Zitronenfalter entgegen und flog weiter zum Fluss. Elise jagte ihm nach. Im Slalom rannte sie zwischen den Birkenbäumen hindurch zum Fluss hinunter. Er folgte ihr und holte sie nach kurzer Zeit ein. Vorsichtig griff er nach ihrer Hand und zog sie zu sich.

Elise öffnete die Augen und seufzte. Bedächtig zog sie an der Piepe und nahm die Kaffeetasse vom Beistellwägelchen. Sie trank einen Schluck und stellte sie ab, um sich wieder aufzumachen, zu ihren Juwelen, ihren Heiligtümern, ihren Erinnerungen. Langsam lehnte sie sich zurück und sann eine Weile ihren Gedanken nach. Frau Schmidt rieb sich an ihren Filzlatschen und miaute. Elise schaute erst auf die Katze und dann zum Balkon. Blaumeisen machten sich an ihren Tomatenstauden zu schaffen. Eilig zog Elise eine Packung Taschentücher aus der Sesselritze und warf sie gegen die Brüstung des Balkons. »Geht mir bloß von meene Tomaten, ihr ollen Mistviecher.« Die Meisen schraken auf und flogen davon. Elise zwinkerte Frau Schmidt zu. »Na also, geht doch.« Jetzt konnte es endlich weitergehen.

Elise blätterte weiter im Album und lachte laut auf, als sie ein Foto sah, das eine ganze Seite ausfüllte. *Schützenkönigin*

*1938* stand darunter. Sie schlug mit der Faust auf die hölzerne Armlehne. »Das war 'ne Harke damals. Den hab ick gezeigt, was so'n junges Ding aus Berlin alles kann. Die standen da wie 'n Kind beim Dreck und haben gekiekt. Ick hab mir nur eens gekringelt.« Sie lachte laut auf. Das Lachen ging in ein Röcheln über, und schließlich spuckte sie in ein Taschentuch.

Im Schießen war Elise ein Naturtalent gewesen. Nur zufällig hatte sie das herausgefunden. Zusammen war sie mit ihm im Wald umhergestreift. Er erklärte ihr die Vogelarten, erzählte, dass der Eichelhäher der Polizist des Waldes sei, weil er immer so ein Spektakel machte. Aus Spaß befestigte er seine leere Zigarettenschachtel, Marke Josetti Juno – das wusste Elise noch wie heute –, an einer Birke und gab ihr das Luftgewehr. Kimme und Korn müssen übereinanderliegen, sagte er und zwinkerte ihr zu. Elise nahm das schwere Gewehr. Sie brauchte eine Weile, bis es ruhig in der Kuhle ihrer Achsel lag. Der Schuss ging mitten durch die Zigarettenschachtel. Anfängerglück, sagte er und befestigte eine zweite Schachtel an der Birke. Elise setzte erneut an. Ein sauberer Durchschuss. Nie zuvor hatte sie ein Gewehr in der Hand gehalten, obwohl sie oft die Großeltern auf dem Dorf besuchte und Großvater Konrad Jäger war.

Natürlich war es einige Tage später auf dem Schützenfest ein Leichtes für sie. Alle stach sie aus. Ihr Großvater nahm am Wettschießen nicht teil. Ich lass mich doch nicht von meiner Enkelin vorführen, sagte er. Als die Schützenkönigin auf den Holzbrettern stand und die Krone in Empfang nahm, strahlte sie, und er stand unten und rauchte eine Zigarette, Marke Josetti Juno, und schüttelte fassungslos den Kopf. Mein olles Flintenweib, nannte er sie von da an. Beim Mondscheinwalzer drückte er sie das erste Mal fest an sich, und anschließend gingen sie zusammen zum Fluss hinunter. Sie und er allein. Mulmig war ihr schon gewesen. Elise war achtzehn und ganz nach der Mutter gekommen: hochgewachsen, Alabasterhaut und schwarzes, glänzendes Haar. Die Männer im Dorf verrenkten sich reihenweise den Hals nach ihr. Elise ließ sie alle mit ihren steifen Nacken stehen.

Sie saßen am Fluss, und der Mond spiegelte sich im Wasser. Von der Festwiese klang das Lied *Ich tanze mit dir in den Himmel hinein* herüber. Er sah Elise an und sagte: Ich gebe dir die Erlaubnis, mir eine zu kleben, wenn ich mich unanständig benehme. Ich bin auch nur ein Mann. Dann legte er seinen Arm um sie und fuhr durch das schwarze Haar. Er beugte sich zu ihr, strich mit seinem Handrücken über ihre Wange, lächelte und küsste ihr die Stirn. Elise war noch nie so glücklich gewesen wie an diesem Abend.

Die Balkontür knarrte. Ein Windhauch fegte durch das Zimmer und tänzelte mit der Gardine. Elise sah auf und blickte auf die letzte Packung Taschentücher, die auf dem Beistellwägelchen lag. Nein, sie würde jetzt nicht anfangen zu flennen. Die Zeiten waren ein für alle Mal vorbei. Früher hatte sie oft geweint, wenn sie sich die Fotos angesehen hatte. Selbst als er nicht mehr da war und sie schon mit Gustav, ihrem Ehemann, zusammenwohnte, hatte sie heimlich das blaue Album durchgeblättert und danach hemmungslos in der Küche geflennt. Als Ausrede hatte das Lieblingsgericht von Gustav herhalten müssen: Bratkartoffeln mit Zwiebelringen. Sie stand vor dem Küchentisch, die Häufchen geschnittener Kartoffeln und Zwiebeln darauf und schneuzte Taschentücher voll. Das tat gut. Auf die Weise konnte sie flennen, so viel sie wollte, ohne sich rechtfertigen zu müssen. Gustav hatte ihre Tränen vor dem Zwiebelhäufchen immer für einen Liebesbeweis gehalten. Dass Elise sich die Heulerei nur für ihn antat, rührte ihn selbst zu Tränen.

Heute vergoss Elise keine Tränen mehr. Keine winzigen und auch keine bitteren. Elise fühlte sich alt und vertrocknet. In ihr floss nichts mehr. Haut, Hirn und Herz waren zu einem Klumpen Trockenmasse verkommen, der darauf wartete, in Staub zu zerfallen und in alle Winde verstreut zu werden. Elise hatte nicht mehr viel Zeit. Das wusste sie. Das war Ahnung und Hoffnung zugleich. Niemand würde sie vermissen. Dieser Niemand war ihr engster Vertrauter geworden. Niemand rief zu ihrem Geburtstag an, niemand nannte sie mehr beim Vornamen, und niemand trank ein Schluck Kirschlikör aus dem Kristallgläschen mit ihr.

Kurz nachdem es sich dieser Niemand bei Elise gemütlich gemacht hatte, quartierte sich auch seine kleine Schwester, die Einsamkeit, bei ihr ein. Schon seit vielen Jahren waren die beiden treue Untermieter.

Elise blätterte weiter im Album und betrachtete lange ein Foto, auf dem sie beide zu sehen waren. Damals war sie achtzehn, in der einen Hand hatte sie ein Jagdgewehr und in der anderen seine Hand.

»Genug für heute.« Sie schlug das Fotoalbum zu. Dann nahm sie das Portemonnaie vom Wägelchen, knipste die Bügel auf und legte eine Münze nach der anderen auf die Glasplatte des Beistelltisches. Mit ihrem Zeigefinger tippte sie auf ein Zwei-Euro-Stück. Der spröde Fingernagel klackte auf der Geldmünze.

»Zehn fuffzig, zwölf fuffzig. Das machten früher mal mehr als zwanzig D-Mark. Und ganz ville früher mehr als hundert Ostmark.« Sie schob die Münze auf der Glasplatte hin und her. »Ick kann noch so lange die Pinke hin und her schieben. Das wird nicht mehr, aber für 'nen Schnabus beim ollen Karl reicht es allemal.«

Es war kurz nach zehn Uhr. In zwanzig Minuten öffnete der olle Karl seine Eckkneipe. Dann könnte sich Elise mit ihrem Rollator rüberschieben und ihm einen Besuch abstatten. Sie würde einen Kirschlikör trinken und ein paar Worte mit dem ollen Karl wechseln und, wenn sie Glück hatte, auch mit dem schönen Giovanni, dem italienischen Kellner. Das wären ihre ersten Worte seit drei Tagen. Wenn man die Gespräche mit ihren Zimmerpflanzen beiseiteließ.

Elise schätzte die Unterhaltungen mit ihren Pflanzen. Aber natürlich erzählte sie niemandem davon. Denn natürlich würde man sie für meschugge halten. Und natürlich hatten die Leute recht. Sie war eine verschrobene, alte Schachtel, die ständig von der Vergangenheit faselte, die Zukunft abgeschrieben hatte und das Hier und Jetzt nur schwer ertrug.

# MIXTAPE DES LEBENS

Als Charlotte Griesebachs Wohnungstür zuzog, stand ein junger Typ vor ihr im Treppenhaus. Charlotte musterte ihn. Er kam nicht von hier, das erkannte sie sofort. Für einen Berliner war er einfach zu gepflegt und zu gebräunt. Er trug eine schwarze Jeans und ein dunkelblaues Hemd. Der graue Riemen seiner ledernen Umhängetasche spannte auf seiner Brust. Seine schmalen, langen Finger fuhren durch sein schwarzes Haar. Dunkelbraune Augen waren auf Charlotte gerichtet. Auf seinem Gesicht wechselten sich Neugier und Verstörung ab. Er suchte nach Worten.

»Was guckst du so?«, fragte Charlotte.

»Wohnst du hier?« Seine Stimme klang weich und dunkel.

Charlotte sah auf Griesebachs Tür und schüttelte den Kopf. Er wollte gerade ansetzen, um etwas zu sagen, aber Charlotte war schneller. »Willst du auch in die Kehrbachstraße fünf einziehen? Überleg dir das besser noch mal.« Und ohne eine Antwort abzuwarten, fuhr sie fort: »Die Wohnungen sind okay, aber der Eigentümer kann den Hals nicht vollkriegen.«

Er lächelte und schien etwas erwidern zu wollen, aber Charlotte ließ ihn einfach stehen. »Sorry, ich muss«, sagte sie, wandte sich ab und schob ihre Wohnungstür auf. Erwartungsvoll spähte sie in den Flur. Dort lagen noch immer das schwarze Hemd und der dunkelblaue Hilfiger-Schlüppi auf den Dielen. Charlotte verdrehte die Augen, ein One-Night-Stand war heutzutage auch nicht mehr das, was er einmal war. Laut ließ sie die Tür ins Schloss fallen.

Sie nahm einen Kaugummi aus der Schachtel, die auf dem Schuhschrank lag, und ging ins Schlafzimmer. Schweigend lehnte sie sich an den Türrahmen, kaute gelangweilt auf dem Kaugummi und machte eine Blase, die groß und größer wurde. Der Typ lag auf dem Bett. Er schüttelte den Kopf und lachte.

Plötzlich schrillte die Klingel. Charlotte kratzte sich die Kaugummifetzen von der Nase, während sie zur Tür lief. Der Postbote drückte ihr einen Umschlag in die Hand. Charlotte betrachtete den Absender, warf den Brief ungelesen auf den Schuhschrank und ging zurück ins Schlafzimmer.

»Das war phänomenal«, rief der Typ und rekelte sich. Er machte keinerlei Anstalten, sich endlich zu verziehen.

»Sag mal, M…« Charlotte hielt inne und suchte nach seinem Namen. Irgendwas mit *M*. Da war sie sich sicher. Michael oder Martin oder so. Charlotte kniff die Augen zusammen. Glatzköpfig und gut gebaut, das passte zu einem Martin. »Sag mal, Martin …«

»Ich heiße Adrian.« Er sah Charlotte irritiert an.

Okay, knapp daneben. Aber man konnte schließlich mal den einen oder anderen Namen vergessen. Das war kein

Beinbruch und Charlotte auch nicht mehr die Jüngste. Vierunddreißig Jahre, um genau zu sein.

»Sag mal, vermisst deine Frau dich nicht?«

»Woher weißt du, dass ich verheiratet bin?«

»Der Abdruck auf dem Ringfinger ist nicht zu übersehen.«

»Das mit dem Ring … das ist nur …«

»Habt ihr Kinder?«, unterbrach sie ihn.

»Eine Tochter. Aber wir denken schon lange über Scheidung nach.«

»Gemeinsame Kinder – das verbindet. Die kann man nicht so einfach vom Tisch fegen und die vielen gemeinsamen Erinnerungen schon gar nicht.«

»Wir haben ein Kind.« Der Typ richtete sich auf.

»Das erste Ultraschallbild im Portemonnaie und die winzigen, blutverschmierten Fäustchen nach der Geburt. Ach, wie süß.« Charlotte seufzte.

Sein Gesicht bekam einen sanften, fast zärtlichen Ausdruck. Er sah verträumt an Charlotte vorbei.

»Und Weihnachten nicht zu vergessen«, setzte Charlotte ihr Plädoyer für die Familie fort. »Die leuchtenden Augen der Kleinen, wenn sie vor dem Weihnachtsmann stehen, mutig einen Dreizeiler aufsagen und endlich den Schnuller abliefern. Weißt du, ich kann das verstehen.«

»Was verstehen?«

»Ab und zu braucht man ein bisschen Abwechslung. Das ist wie mit einem guten Bordeaux, der schmeckt auch irgendwann fad, wenn man sich zwischendurch nicht mal was anderes gönnt«, sagte sie.

»Ich trinke lieber Martini.«

Das Argument mit dem Wein zog offensichtlich nicht. Also postierte Charlotte sich aufrecht wie ein Soldat vor dem Bett, hielt sich am metallenen Gestell fest und zielte: »Eine Ehe ist nun mal kein gerührter Martini.«

Er schnellte vom Bett auf und stellte sich vor Charlotte. »Du weißt doch gar nicht, wie das bei uns ist. Wir schweigen uns nur noch an. Das hält doch keiner auf Dauer aus.«

»Ach ja, die Ehepaare von heute. Haben verlernt, miteinander zu reden. Aber nur weil man kein *Wie war dein Tag, Schatz*? zu hören kriegt, muss man nicht gleich die Ehe abschreiben. Eine Ehe … das … das … ist eine ehrwürdige Institution. Da steht man andächtig davor und verneigt sich, wie vor den Gebeinen eines heiligen Apostels.« Charlotte machte eine galante Verbeugung, wobei sie ihre Hand wie ein französischer Hofgesandter mehrmals in der Luft kreisen ließ. »Wo sind nur die guten, alten Werte in unserer modernen Zeit geblieben?« Langsam richtete sie sich wieder auf und schüttelte theatralisch den Kopf. »Ts, ts …«

»Warst du denn schon mal verheiratet?«

»Hey, lenk nicht vom Thema ab. Du darfst nicht vergessen, du hast deiner Frau versprochen, dein Leben mit ihr zu teilen, und sie hat zu dir gestanden, dich in schweren Zeiten unterstützt.«

»Woher willst du denn wissen, ob ich schwere Zeiten hatte?«

»Die vierzig hast du doch schon locker überschritten, und die Midlife-Crisis ist sicherlich nicht spurlos an dir vorbeigeschlendert.«

»Ich hatte keine Midlife-Crisis«, erwiderte er trotzig.

»Ach komm, gib es doch zu, dass du heimlich den jungen Fräuleins auf ihre kleinen, festen Brüste starrst, einen Kolben in der Hose kriegst und dir sehnlichst wünschst, noch einmal zwanzig zu sein.«

Er ließ sich wieder aufs Bett fallen und schien um Fassung zu ringen.

»Mal im Ernst. Deine Kinder brauchen dich. Du kannst nicht immer nur an dich denken.«

»Wir haben ein Kind, hörst du?! *Ein Kind!*« In seiner Stimme war jetzt deutlich eine Gereiztheit zu vernehmen.

»Ja, ja … ist ja gut. Sei doch nicht gleich sauer. Sei lieber froh, dass ich deine Ehefrau so gelassen hinnehme. Ich könnte dir auch eine Szene machen und heimlich meinen Slip in deine Jackettasche stecken. Mach ich aber nicht. Weißt du, warum?«

Der Typ sah Charlotte neugierig an.

»Weil … weil …« Sie suchte nach einer guten Begründung. Denn sie durfte den Schluss ihres Familien-Plädoyers nicht verreißen. Alles musste wohlüberlegt sein, damit der Delinquent reumütig in den Schoß seiner Familie zurückkehrte. »Weil … ich finde, ein Kind braucht Beständigkeit. Ja, genau. Wo gibt es das heute noch? Nichts ist mehr von Dauer. Weißt du, Mike, ich hätte dich nicht so sprunghaft eingeschätzt.«

»Adrian, ich heiße verdammt noch mal Adrian! Charlotte, ich steig nicht einfach so mit einer Frau ins Bett.«

»Denkst du, ich vielleicht?«

»Hör mir doch mal zu.«

»…«

»Ich bin nicht der Typ, der die Frauen reihenweise abschleppt, am Morgen danach seine Klamotten eilig zusammensucht und sich hastig den Lippenstift von der Backe wischt.«

»Ich habe gestern gar keinen Lippenstift getragen.«

»Du willst es nicht verstehen, oder?«

Charlotte ging zum Fenster und schimpfte leise vor sich hin. Schließlich machte sie eine Kehrtwendung und lief zum Sessel in der anderen Ecke des Zimmers. Mit einer Handbewegung fegte sie die Jeans fort und setzte sich. Bedächtig fuhr sie über das rissige Leder und musterte ihn. Zugegeben, der Typ war nicht übel. Aber Charlotte suchte keinen Mann, mit dem sie viel Zeit zu zweit verbringen konnte, der mit ihr im Partnerlook verreiste und ihr die Hand streichelte, wenn es mal schlecht lief. Sie suchte keinen Mann für alle Lebenslagen. Sie war bescheiden. Ihr genügte diese eine, in der er sich heute Nacht befunden hatte. Sie glaubte nicht an die Liebe. Charlotte hielt die Liebe für ein Produkt der Triebe. Nichts weiter. Im Gegensatz zu vielen anderen konnte sie es verkraften, dass Menschen die gleichen Bedürfnisse wie Erdmännchen oder Bonobos hatten. Sie fand es heuchlerisch, diese Mann-Frau-Kiste in rosarotes Papier zu packen und von großer Liebe zu faseln. Das war Kokolores, Schnickschnack und grober Unfug zugleich. Liebe brachte nur Schererei, und das Einzige, was Charlotte wirklich liebte, war ihr Leben. Und zwar so, wie es war. Charlotte wollte ein leichtes und beschwingtes Leben. Sie wollte das Leben tanzen und vielleicht auch irgendwann einmal ihren Namen. Das Mixtape ihres Lebens sollte Swing und ein bisschen Deutschpop abspulen, und Charlotte wollte sich eins dazu pfeifen. Das war der Plan.

Fieberhaft überlegte sie, wie sie aus dieser Nummer unbeschadet wieder rauskam. Als er gestern vor ihr an der Kasse gestanden hatte, war sie sich absolut sicher gewesen, dass er seine Frau nicht einfach so nach einer Nacht voller Küsse und Körperlichkeiten abschreiben würde. Gewöhnlich hatte Charlotte ein gutes Gespür dafür. Der Supermarkt war ihr heimliches Jagdrevier und sie die Queen of the Kassiermaschin. Nirgendwo war es leichter, Männer kennenzulernen, als zwischen einer Packung Maoam und einer Stange Marlboro. In den vielen Jahren, in denen Charlotte bei Pinkemann arbeitete, hatte sie ausgiebig Feldforschung betreiben können. Sie hatte Informationen und Erfahrungen gesammelt, diese ausgewertet und noch mal überprüft. Sie wusste genau, welchen Männern sie sich sorglos zuwenden konnte und wen sie lieber unter den Kassentisch fallen ließ. Dreh- und Angelpunkt ihrer Feldforschung waren die Einkäufe. Man musste sich nur die Mühe machen und genau hinschauen, was die Jungs aufs Band packten.

Da gab es zum einen Männer, die edle Feinkost und noch edlere Weinkost auf das Band legten, mit einem Blumenstrauß unterm Arm und einem Strahlen im Gesicht. Sie waren hoffnungslose Fälle und konnten sofort abgeschrieben werden. Denn die Jungs befanden sich in einem völlig schrägen Space; weit weg jeglicher Realität und von Charlottes Abkassierplace.

Dann gab es Männer, die sich an einem umfangreichen Einkaufszettel abarbeiteten, durch den Supermarkt hasteten und den Einkaufswagen mit Bioprodukten vollpackten. Alle Produkte natürlich ohne Laktose und Saccharose. Mit

Ausnahme der Kinderschokolade. Geschafft und außer Puste standen sie schließlich an der Kasse. Da war ohne Zweifel jemand, der hinter den Kulissen die Fäden zog und noch dazu auf eine ausgewogene Ernährung achtete. Das fein austarierte Zusammenspiel von gut organisiert und bestens durchgeführt wollte Charlotte keinesfalls durcheinanderbringen. Das hatte bestimmt Jahre und einiger intensiver Gespräche bedurft. Und außerdem waren die Jungs schon atemlos genug, wenn sie vor ihr an der Kasse standen. Die hätten eh keine Puste mehr für mehr.

Weiterhin gab es Männer, die auf eine äußerst platzsparende und praktische Ernährung Wert legten: Brokkolisuppe in der Dose, Becks im Sixpack und Burgländer Käse in der wiederverschließbaren Packung. Kleine Portionen kompakt verpackt, obwohl es in dem Ein-Personen-Haushalt sicherlich eine Menge Platz gab. Diese Männer standen mit Bambi-Augen vor Charlottes Kasse und fassten es bereits als Flirtversuch auf, wenn sie ihnen den Gesamtbetrag des Einkaufs nannte. In diesem Fall hieß es für die Queen Zähne zusammenbeißen und jeden Blickkontakt vermeiden.

Zugegeben, bei einigen Männern versagten Charlottes analytische Fähigkeiten. Deren Einkaufsverhalten konnte sie sich trotz sorgfältiger Untersuchung nicht erschließen. Hier ging die Queen of the Kassiermaschin kein Risiko ein. Hier hieß es einfach abkassieren und gut.

Last, but not least blieb eine Fraktion übrig, auf der Charlottes gesamtes Augenmerk lag: Männer, die neben allen erdenklichen Produkten einen kleinen, aber ganz entscheidenden Artikel aufs Band schoben: eine Du-darfst-Margarine. Haben Sie schon mal einen Mann Du-darfst-Margarine aufs Brot streichen sehen? Sehen Sie! Da musste eine Frau im Spiel sein. Also ließ Charlotte diesen Jungs eine besondere Behandlung zukommen. Sie vertippte sich oder vergaß, etwas abzukassieren – natürlich ganz aus Versehen. Dann schob sie zusammen mit dem Kassenzettel ihr charmantestes Lächeln über das Band. Die Jungs wiederum legten einen Fünfeuroschein für einen Einkauf von fünfzig Euro in die Schale, vergaßen in der Aufregung, die Hälfte einzupacken, trabten nach zwei Minuten wieder an, steckten den Rest ein und fragten zaudernd, ob sie Charlottes Telefonnummer haben dürften. Natürlich! *Du darfst.*

In diesem Fall, das hatte bisher jeder Praxistest bestätigt, war die Kassiererin aus dem Schneider. Charlotte hatte die Erfahrung gemacht, dass sich die Zauderer oft in einer kritischen Phase ihres Beziehungslebens befanden. Eine Nacht mit Charlotte brachte ihnen wieder die notwendige Klarheit. Plötzlich besannen sich die Jungs darauf, dass das, was sich bewährt hat, doch nicht so verkehrt ist. Klammheimlich schlichen sie sich am Morgen davon und bekamen beim nächsten Zusammentreffen im Supermarkt einen blutroten Kopf. Diese Männer waren Charlotte die liebsten. Sie fühlte fast eine moralische Genugtuung, wenn sie an diese Nächte dachte. Denn durch ihren persönlichen Einsatz wurden Männer zurück auf den richtigen Weg und Paare wieder zusammengebracht. Das war Charlottes selbstloser Beitrag für eine liebevollere Welt. Also, falls es noch keiner gesagt hat: Many thanks to the Queen of the Kassiermaschin.

Aber dieser Typ in ihrem Schlafzimmer schien all ihre Studienergebnisse völlig über den Haufen zu werfen.

Charlotte saß im Ledersessel und wippte in einem fort mit ihrem Fuß. Der Typ kauerte vor ihr, legte seine Arme auf ihre Knie, schob seine Hand unter ihren Bademantel und fuhr sanft über ihren nackten Bauch. Dann öffnete er den Bademantel, begutachtete ihre Narbe und strich mit einem Zeigefinger darüber.

»Woher hast du eigentlich die Narbe?«

»Blinddarm.«

»Der liegt doch rechts.« Zärtlich fuhr er noch einmal über ihre Narbe.

Charlotte zuckte unter seinen Berührungen zusammen. Sie schob ihn von sich, stand auf und schnürte den Bademantel so fest es ging zu. »Was soll das?«, fragte sie und lief zum Fenster.

»Was soll was?«

Charlotte drehte den Fensterknauf hin und her und schaute hinaus auf die Straße. Verdammter Mist. Der Typ strapazierte ihre Geduld mehr als nur sehr. Er wollte sich einfach nicht verpfeifen, und jetzt fing er auch noch an, in ihrer Vergangenheit rumzuschnüffeln. Was ging diesen wildfremden Typen die Sache von damals an? Sie schob ihre Hand in die Tasche des Bademantels und spürte, wie ihre Narbe pochte. Das alles lag so viele Jahre zurück. Daran wollte sie jetzt nicht denken, geschweige denn darüber reden. Sonst wäre ihre ganze Woche gelaufen. Warum hatte sie sich in diesem M… Marcel nur so getäuscht? Er war nicht nur bereit, seine Familie für sie zu verlassen, er schien auch ein Exemplar dieses unsäglichen Typus *moderner, sanfter Mann* zu sein. Diese neue Sorte Mann, die so unerträglich verständnisvoll war und die Bedürfnisse und Gefühle ihrer Partnerin als das Epizentrum des eigenen Lebens betrachtete. Ständig sonderten diese Männer so bescheuerte Sätze ab wie *Ich kann über Gefühle reden. Ich kann dir zuhören. Ich nehme deine Bedürfnisse ernst.*

Sie schielte zu dem Typ rüber.

»Charlotte, du kannst mir vertrauen. Weißt du, im Gegensatz zu anderen Männern kann ich …«

Charlotte verzog das Gesicht und fiel ihm ins Wort: »Sprich den Satz nicht zu Ende. Bitte!« Sie warf ihm einen verächtlichen Blick zu, den er mit einem liebevollen erwiderte. Charlotte spürte, wie sich alles in ihr zusammenzog. In ihrem Bauch fühlte es sich an, als ob sie einen schweren Klumpen mit sich herumtrüge. »Denkst du, M… Moritz …«

»Adrian!«, rief er genervt.

»Ja, ist ja schon gut. Denkst du, du kannst mich ausfragen?«

»Ich will dich nicht ausfragen.«

»Warum tust du es dann?«

»Ich möchte einfach mehr über dich erfahren.«

»Ich erzähl dir nach einer verdammten Nacht doch nicht mein ganzes Leben!«, schrie sie ihn an und war selbst über ihren plötzlichen Ausbruch erstaunt.

»Das musst du auch nicht«, antwortete er mit besänftigender Stimme. »Nicht jetzt. Aber vielleicht ein anderes Mal.« Er lief zu ihr und umarmte sie.

»Lass mich.« Sie schob ihn weg, stolperte davon und suchte Hose, Hemd und Hilfiger-Schlüppi zusammen. Sie drückte ihm alles in die Hand und schob ihn rückwärts aus dem Zimmer in den Flur.

»Beruhige dich, Charlotte.«

Aber Charlotte wollte sich nicht beruhigen, sie öffnete die Wohnungstür und schubste ihn in den Hausflur. Danach ließ sie die Tür ins Schloss krachen.

»Charlotte, das ist nicht dein Ernst«, rief er und pochte an der Tür.

Doch, das war ihr voller Ernst. Der Hilfiger-Schlüppi konnte im Hausflur toben wie Rumpelstilzchen um das Feuer. Das interessierte in dem fast leeren Haus weder Charlotte noch jemand anderen. Außer Elise Buffke im Erdgeschoss vielleicht. Bei diesem Krach klebte die sicherlich am Türspion wie ein alter Kaugummi unter einer Schulbank und hoffte, sie würde was vor die Linse bekommen. Wenn die Buffke Glück hatte, würde der Hilfiger-Schlüppi seine Wut bis in das Erdgeschoss hinunter auslassen – ein gut gebauter Typ, der im Hausflur vor Wut umhersprang, das gab es nicht alle Tage. Das würde selbst dieser miesepetrigen Schachtel das Herz erwärmen.

Die Wohnungstür tanzte immer noch in den Angeln. Charlotte lehnte sich dagegen, und nach einer Weile gab er endlich Ruhe. Sie hörte ein Stampfen, das sich langsam entfernte. Erleichtert sank sie zu Boden. Jetzt erst fiel ihr Blick auf das braune Portemonnaie, das neben dem Brief auf der Kommode im Flur lag. Charlotte stöhnte auf. Dieser M… Mario hatte doch tatsächlich seine Geldbörse liegen lassen. Super Mario! Charlotte schüttelte den Kopf. Wie vergesslich die Leute heutzutage doch waren.

# SCHWERENÖTER HABEN ES NICHT LEICHT

»Juri, jetzt reiß dich zusammen. Mit diesem Gesicht vergraulst du ja die Kunden.«

Juri wischte mit dem Zeigefinger Flusen von der Tastatur seines Laptops und biss die Zähne zusammen. Das Bild seines Bruders Nikolai flackerte auf dem Bildschirm. Es sah aus wie ein falsch zusammengesetztes Puzzle. Nikolais Augen klebten in der einen Ecke und die Nase in der anderen. Die Leitung knirschte. Zögerlich tippte Juri mit dem Zeigefinger auf die Maus. Ein Klick, und er hätte seine Ruhe. Dann könnte er weiter in Ruhe an Elises Transistorradio basteln.

Doch im nächsten Moment waren Nikolais Nase und Augen wieder am rechten Fleck und die Bestimmtheit in der Stimme seines Bruders deutlich zu hören: »Juri, hörst du mir überhaupt zu?«

»Jahaa!«

»Und wo waren wir stehengeblieben?«, fragte Nikolai.

»Bei meiner Visage. Nikolai, mir ist nicht zum Lachen zumute. Letzten Monat habe ich wieder nur Miese gemacht. Lange geht das nicht mehr.«

»Du weißt, was der Laden unserem Vater bedeutet. Letztens hat er auf Wladis Geburtstagsfeier wieder die Geschichte mit Mamuschka erzählt. Wie er sie damals kurz nach Ende des Krieges auf dem Schwarzmarkt beim Handeln mit selbstgebranntem Pflaumenschnaps erwischte und mit ihr später den Laden für Spirituosen eröffnete.«

Juri nahm einen langen Atemzug.

»Wie viel Wodka hast du im letzten Monat verkauft?«

»Drei Flaschen.«

»*Was?* Nur drei? Haben die Berliner etwa das Saufen aufgegeben? Bei euch gibt es doch so viel Elend, die Arbeitslosen, die Singles und die erfolglosen Politiker. Das können die Leute doch nicht einfach so wegstecken.«

»Das tun sie auch nicht. Aber sie kommen nicht in meinen Laden, um Schnaps zu kaufen.«

»Was passt denen nicht an deinem Laden?«

Juri zuckte mit den Schultern.

»Vielleicht riecht es zu sehr nach Knoblauch«, sagte Nikolai. »Juri, ich habe dir gleich gesagt, das mit den russischen Spezialitäten wird nichts.«

Die Leitung knirschte erneut. Nikolai erstarrte mit einer so langen Nase, dass er Pinocchio ernsthaft Konkurrenz machen konnte. Juri hoffte, die Verbindung würde zusammenbrechen. Nikolai konnte immer nur meckern. Das half ihm auch nicht weiter. Doch sein Bruder bewegte sich wieder auf dem Bildschirm, und seine Nase war auf Normalgröße geschrumpft.

»Nikolai!«, rief Juri genervt und versuchte im nächsten Moment, sein Beherrschung zurückzugewinnen. »Das hat nichts mit unserer Kwaschenaja Kapusta zu tun. Es sind die Preise.«

»Die Preise?«

»Die Flasche Moskovskaya für 6,99 Euro.«

Nikolai schwieg lange, bevor er schließlich sagte: »Juri?«

»Hm?«, brummte Juri.

»Vater …« Nikolai verstummte. »Er wird das nicht …« Nikolai sprach den Satz nicht zu Ende.

»Ich weiß.«

»Was ist das nur für eine Welt, in der ein guter russischer Wodka 6,99 Euro wert ist.« Nikolai schüttelte den Kopf. »Gib Katharine und Anna einen Kuss von mir.«

»Katharine und Anna«, wiederholte Juri leise und krallte sich an der Kante des Verkaufstresens fest.

»Alles in Ordnung, Juri?«

»Ja, ja, alles okay. Also, wir hören uns.« Juri klickte auf den roten Telefonhörer.

Sein Bruder hatte wirklich die Gabe, mit einem Anruf seine gesamte Woche zu ruinieren. Juri stützte seine Ellbogen auf, um sein Gesicht in den Handflächen zu vergraben. Eine Weile verharrte er in dieser Position und massierte mit den Daumenkuppen seine pochenden Schläfen. Dann schielte er auf die Briefe, die neben dem dickbauchigen Glas mit den Gummischlangen lagen. Er zögerte und griff schließlich nach der Post. Getränkehändler Lehmann, Sparkasse und Sattkowski. Was der Getränkehändler und seine Bank wollten, war klar wie das russische Wässerchen. Er legte die Briefe zur Seite. Sattkowskis Brief hingegen behielt er in der Hand, besah den Umschlag und überlegte. Mit dem Ladenschlüssel riss er ihn schließlich auf. Nervös überflog er die Zeilen. Er musste sie zweimal lesen, bevor er kapierte.

Sein Blick wanderte durch den Laden. Er schloss die Augen. Mit der Hand fuhr er sich über die nasskalte Stirn. Sein Mund fühlte sich trocken an. Dann ließ er seinen Blick noch mal durch den Laden schweifen. Am Getränkeregal blieb er hängen. Entschlossen lief er zum Regal und griff nach dem guten russischen Wässerchen. Die beißende Flüssigkeit rann seine Kehle hinunter und versetzte ihm einen Tritt. Juri hielt sich an einem Stapel Bierkisten fest, schielte zum Verkaufstresen, kniff die Augen zusammen und öffnete sie wieder. Der Brief lag noch immer dort. Das war kein böser Traum, kein schlechter Film und kein übler Scherz. Er setzte die Flasche erneut an.

»Ist das deine neue Verkaufsstrategie? Du säufst alles selbst? Wie raffiniert, Herr Popov.«

Juri sah sich um. »Morgen, Charlotte.«

»Hey, Mann, Drogen sind auch keine Lösung. Hab ich mal irgendwo gelesen.«

»Hast du Sattkowskis Brief schon gelesen?«

»Den wollte ich mir als Gute-Nacht-Lektüre aufsparen.«

»Lass das lieber. Sonst kannst du nicht mehr ruhig schlafen.«

»So schlimm?«

»Schlimmer. Da steht …«

»Stopp, das will ich jetzt nicht hören. Das verdirbt mir nur den Tag. Lass uns lieber von was anderem reden. Wie läuft es mit Katharine?«

»Och, nerv du mich nicht auch noch«, fuhr Juri sie an.

»Also nichts Neues?«

»Ich habe das Gefühl, ich, Juri Popov, bin der Arsch der Welt.«

Charlotte grinste. »Tja, Namen prägen.«

»Mach dich nur lustig über mich.« Juri nahm einen weiteren Schluck.

»Hey, Schluss damit.« Charlotte lief zu ihm und zog die Flasche aus seiner Hand.

Juri sah sie an und stammelte Unverständliches.

»Was ist?«, fragte Charlotte und lief zurück zum Tresen. »Los, sag schon.«

»Kannst du mich mal in den Arm nehmen?«

Charlotte zögerte und blickte zur Tür. »Komm her«, sagte sie schließlich.

Juri stopfte sich, während er zu Charlotte lief, das knittrige Hemd in die Cordhose. Schweigend standen sie voreinander und umarmten sich schließlich. Dann löste sich Charlotte von Juri und wischte ihre nassen Hände an der Jeans ab.

»Juri, ich glaube, ich weiß, wie ich dir helfen kann. Komm heute bei mir im Supermarkt vorbei. Am besten gegen drei. Da hat die Senftleben einen Termin.«

»Was hast du vor?«

»Wart's ab. Und sei pünktlich. Apropos pünktlich.« Charlotte zog ihr Handy aus der Tasche und sah auf das Display. »Oh, schitte, ich muss. Hab Mittagsschicht. Wenn ich wieder zu spät komme, köpft mich die Senftleben. Die hat mich schon lange auf dem Kieker.« Charlotte fingerte eine Gummischlange aus dem Glas und eilte davon. Auf der Türschwelle drehte sie sich noch einmal um. »Wirklich kein einziges Lebenszeichen von Katharine?«

Juri schüttelte den Kopf.

»Ist die Kacke dieses Mal wohl richtig am Dampfen?«

»Scheiße, Scheiße, Scheiße«, platzte es plötzlich aus Juri heraus.

»Du liebst sie wirklich.«

»Weißt du, als ich Katharine das erste Mal gesehen habe, habe ich mich sofort in sie verliebt. In einem weißen Leinenkleid stand sie im Laden vor mir und fragte nach Servietten. Sie hatte sich über und über mit Pistazieneis bekleckert. Wie hieß doch gleich der alte Mann, dem der Eisladen schräg gegenüber gehörte?«

»Kuschinski.«

»Genau. Harry Kuschinski. Schade, dass der schließen musste«, sagte Juri und hing eine Weile seinen Erinnerungen nach. Dann kam er wieder zu sich. »Wo waren wir?«

»Bei Katharines bekleckertem Kleid.«

»Also, ich reichte ihr einen Packen Servietten, und sie machte in aller Ruhe ihr Kleid sauber. Als sie fertig war, nahm ich ihr die Servietten aus der Hand und wischte ihr einen Klecks Eis vom Kinn. Sie sah mich dabei so vertrauensselig an, wie ein kleines Kind seine Eltern. Diesen Blick werde ich nie vergessen. Als ob es das Normalste der Welt wäre, sich von einem Fremden das Eis aus dem Gesicht wischen zu lassen. Weißt du, was sie gesagt hat, als sie erfahren hat, dass ich fremdgegangen bin?« Er rang nach Luft. »Für sie war es nicht das Schlimmste, dass ich mit einer anderen Frau geschlafen habe, sondern dass ich sie hinterher so kaltschnäuzig belogen habe. Das hätte sie niemals von mir gedacht.«

»Mann, Juri, was ich echt nicht kapiere, wenn du sie so sehr liebst, warum lässt du deine Finger nicht von anderen Frauen?«

»Warum lassen die ihre Finger nicht von mir?«, erwiderte er trotzig.

»Oh, du armer Schwerenöter. Hast es wirklich nicht leicht.«

Juri zuckte mit den Schultern.

»Du wirst es wohl nie kapieren.«

»Das sagt gerade die Richtige.«

»Ich hintergehe niemanden. Das ist ein kleiner, aber feiner Unterschied.«

»Du nicht.«

»Alles andere ist nicht mein Problem.«

»Du kommst zu spät. Es ist schon halb elf durch«, sagte Juri leise.

»Schitte!« Hastig lief Charlotte davon.

# LIEBER DREIST ALS FEIST

Eilig schloss Charlotte ihr Rennrad auf. Die Uhr war wieder gegen sie. Dass sie heute mal pünktlich zur Arbeit kam, konnte sie abschreiben. Ihre Chefin würde ihr garantiert wieder mit Professionalität und Pünktlichkeit in den Ohren liegen. Bei so was war die Senftleben voll in ihrem Element. Charlotte setzte sich aufs Rad und fuhr auf dem Gehweg davon. Plötzlich schoss ein Dackel unter einem Smart hervor und sprang direkt vor Charlottes Rad. Sie wich aus und schlingerte knapp an einer alten Dame vorbei, die sich an einen Rollator klammerte und langsam über den Gehweg schob.

»Haben Sie keene Augen im Kopf?«, tönte es hinter ihr.

Charlotte ahnte Böses. Diese Stimme kannte sie nur zu gut. Sie bremste und drehte sich um. Das hatte ihr noch gefehlt, zwei Drachen am Morgen, dagegen war schwer anzukämpfen.

Charlotte musterte Elise Buffke. So faltig, so verstaubt, so gebeugt, wie Elise vor ihr stand, hätte Charlotte sie am liebsten gepackt, den Staub von ihr gepustet und sie wieder auseinandergefaltet und aufgerichtet.

»Mit dem Fahrrad auf'm Fußweg. Das ist für das Fräulein Kubitschek auch schwer zu kapieren, dass Zweiräder hier nicht erlaubt sind.«

Charlotte schaute auf ihr Rennrad und dann auf Elise Buffkes Rollator. »Aber mit Ihrem Dreirad dürfen Sie den Fußweg blockieren oder was?«

Elise schüttelte den Kopf. »Von so 'nem jungen Ding wie Sie hab ick auch keen Anstand gegenüber dem Alter erwartet. Man kann eben von 'nem Ochsen nicht mehr verlangen wie'n Stück Rindfleisch.«

Charlotte umfasste die Griffe ihres Rennrades fester.

»Kriegen ja noch nicht mal die Gusche auf, um guten Tag zu sagen. Ick frag mir nur, ob ick das persönlich nehmen soll, oder ob das nur 'ne schlechte Erziehung ist. Ick tippe mal auf 'ne schlechte Erziehung.«

»Von Ihnen lass ich mir heute nicht meine gute Laune ruinieren.«

»Ach, gute Laune hat das Fräulein? Haben Sie wieder Männerbesuch gehabt?«

»Was fragen Sie so scheinheilig? Sie haben doch heute früh sicher wieder am Spion geklebt.«

»Bei dem Krach konnt ick ja nicht anders. Das war schon der Zweete in dieser Woche. Sie sind een ganz schönes Luder, das muss ick mal sagen. Ständig gehen die Männer bei Ihnen ein und aus.«

Charlotte wandte ihren Blick von Elise Buffke ab. Sie musste an Roger denken. Der mehrfache Familienvater von Montagabend. Ein erfolgreicher Feuilletonist einer großen, deutschen Tageszeitung in seinen späten Vierzigern, der mit seiner zwanzigjährigen Ehe und der fünfköpfigen Familie haderte. Er hatte mittags bei Charlotte eingekauft und abends mit ihr zusammen gegessen. Nach einem zart marinierten Entrecôte bei einem angesagten Franzosen in Mitte waren sie noch auf ein Glas Wein zum heimeligsten Laden in ganz Ostberlin, zu *Chez Charlotte*, gegangen. Bei einem billigen Fusel hatte er ihr ausgiebig erläutert, woran man einen guten Wein erkannte: das Bouquet, das man tief durch die Nase einatmete, die Farbe, die man am äußeren Rand der Weinoberfläche begutachtete, und die Konsistenz, die man an den Schlieren, die der Wein innen am Glas zog, beurteilte. Kirchenfenster nannte er das. Nach dem Austausch über guten Wein wandten sie sich noch erleseneren Düften und Aromen zu.

Als sie später nackt und matt beieinanderlagen, seufzte er leise vor sich hin. Charlotte, einfühlsam, wie sie nun mal war, konnte nicht anders, als ihn in den Arm zu nehmen. Plötzlich fing er an zu weinen. Schluchzend hing er an ihr. Sein nackter, heißer Körper zuckte immerzu, und warme Tränen liefen an Charlottes Hals hinab. Sie strich durch sein graues, dünnes Haar und über seinen braunen, breiten Rücken. Er drückte sein nasses Gesicht an ihren Körper und schluchzte heftig. Charlotte ließ ihn gewähren. Feuchtigkeit war bekanntlich gut für die Haut und Charlotte schließlich auch nicht mehr die Jüngste. Vierunddreißig Jahre! Sie erinnern sich vielleicht.

Hundemüde hatte Charlotte kurz darauf den zweiten, aber ebenso bedeutsamen Teil des Abendprogramms abgespult. Sie hatte an Rogers Verantwortungsbewusstsein als dreifacher Vater appelliert, ihr Plädoyer für die Familie gehalten und natürlich, er hatte ihr keine Wahl gelassen, das Argument mit dem guten Bordeaux angeführt.

Als sie am Morgen aufgewacht war, war er bereits verschwunden. Ein zweiseitiger Entschuldigungsbrief lag auf dem Schrank im Flur. Darin legte er poetisch dar, warum es für sie beide keine gemeinsame Zukunft geben könne und dass Charlotte ihm hoffentlich irgendwann verzeihen möge. Mit einem Zitat des Dichters Erich Fried schloss er seinen Brief. Pfeifend hatte Charlotte sich den Bademantel übergeworfen, die Nagelfeile gegriffen und ihre Wohnungstür hinter sich zugezogen.

Charlotte musterte Elise. »Wissen Sie, Frau Buffke, Sie können mich mal. Sie sind doch bloß neidisch, weil sich an Ihnen keiner mehr vergreift, aber wer will schon Pampers befingern?«

»Das … das ist ja wohl … das gibt es ja nicht … du freche Göre, dir werd ick eene pflastern.« Elise griff nach ihrem Gehstock, der am Rollator hing, und fuchtelte damit vor Charlotte herum. Dabei zeterte sie so laut, dass Passanten stehen blieben und sich das Spektakel anschauten. Von einer Rotzgöre und ganz gewaltiger Dreistigkeit war die Rede.

Nach einer Weile kam Juri zu ihnen hinübergelaufen und stellte sich zwischen sie. »Beruhigt euch. Ihr benehmt euch wie kleine Kinder«, sagte er.

»Die hat angefangen«, sagte Charlotte.

»Die hat angefangen«, äffte Elise Charlotte nach. »Eene Petze sind Sie auch noch, 'nen schönen Charakter haben Sie. Gibt es überhaupt was Gutes an Ihnen?«

»Das würden Sie doch eh nicht sehen wollen. Sie miesepetrige, alte Schachtel.«

»Beleidigend noch dazu. Wirklich keen Charakter.«

»Jetzt ist aber Schluss«, rief Juri.

Elise wollte gerade noch einmal loslegen, als neben ihnen ein Renault hielt und einparkte. Grau und blank poliert blitzte er im Sonnenlicht. Ein wahrer Silberpfeil. Die beiden Streithähne ließen voneinander ab und verstummten. *Immobilien- und Assekuranzmakler Sattkowski & Dünnebier* stand in schwarzen Lettern auf dem grauen Auto.

»Assekuranzmakler, pf! Dass ick nicht lache. Das ist und bleibt 'n oller Versicherungsfuzzi.«

Charlotte und Juri grinsten.

»Was stand denn überhaupt in dem Schreiben?«, fragte Charlotte Juri.

»Es gibt eine ordentliche Mieterhöhung.«

»Eine Mieterhöhung? Schon wieder?« Charlotte schluckte und sah zum Auto.

Die Fahrertür öffnete sich, und Siegbrecht Sattkowski schälte sich bedächtig aus dem Wagen. Klein, kugelbauchig und mit widerspenstiger Kranzfrisur postierte er sich vor Elise, Charlotte und Juri.

Sein Anblick erinnerte Charlotte daran, dass sie gestern im Supermarkt vergessen hatte, die alten Kartoffeln, aus denen bereits erste Keime sprießten, auszusortieren. Das hatte ihr die Senftleben eindringlich aufgetragen. Charlotte schnaufte. Den heutigen Arbeitstag konnte sie jetzt wirklich vergessen.

»Der geht ja immer mehr auf wie 'n Pfannkuchen.«

»Lieber dreist als feist, oder?«, flüsterte Charlotte Elise und Juri zu.

Sie feixten.

Siegbrecht Sattkowski stand wie ein Sheriff vor ihnen. Ein höhnisches Lächeln hing in seinen Mundwinkeln. Er wollte gerade loslegen, als ein Stapel Blätter aus seiner Aktentasche fiel und sich auf dem Gehweg verteilte. Hektisch bückte er sich und sammelte das Papier auf. Seine Jeans rutschte dabei herunter und gab der Öffentlichkeit zu viel Intimes preis. Sein Hintern: platt und weiß wie eine frisch aufgeschnittene Apfelhälfte, wurde mittig von einer auberginefarbenen Poritze geteilt. Die drei verzogen das Gesicht.

Siegbrecht Sattkowski richtete sich wieder auf, und sein Bauch wabbelte wie ein mit Wasser vollgepumpter Luftballon über dem festgezurrten ledernen Gürtel hin und her. Das Knopfloch in Höhe des Bauchnabels spannte weit auseinander und hatte Mühe, den Hemdknopf fest zu umschließen. Siegbrecht Sattkowski hatte zudem einen Schal aus lila Seide mit Blumendekor über ein schwarzes und einen Tick zu enges Baumwollsakko geworfen. Sein Geschäftspartner, Rolf Dünnebier, hatte sich neben Siegbrecht Sattkowski gesellt. Dünnebier war das genaue Gegenteil von Sattkowski: groß, schmächtig und mit Stoppelfrisur – er sah aus wie eine Stange Lauch. Eine weitere Autotür öffnete sich, und ein junger Mann stieg aus, der sich zu Sattkowski und Dünnebier gesellte. Charlotte erkannte ihn sofort. Das war der Typ von heute Morgen aus dem Treppenhaus. Er sah sie an und zuckte entschuldigend mit den Achseln.

»Da habe ich vielleicht ein Glück. Meine drei Lieblingsmieter auf einen Streich. Dann kann ich Ihnen gleich unseren neuen Assistenten vorstellen. Er kommt aus Barcelona, spricht Spanisch, Französisch und Englisch«, sagte Sattkowski.

»Deutsch nicht zu vergessen«, ergänzte Dünnebier.

»Er wird uns unterstützen. Berlin ist so international geworden. Ich weiß nicht, ob Sie das auch schon mitbekommen haben.« Sattkowski versuchte, ein Grinsen zu unterdrücken. »Als Geschäftsmann muss ich mich natürlich darauf einstellen.«

»Wie ist der Nombre von dem Hombre?«, fragte Charlotte.

»Arthur Dupont«, sagte der Typ und strich sich verlegen durch seine Pilzkopffrisur. Dann trat er vor und reichte allen die Hand.

»Herzlich willkommen«, sagte Charlotte und drückte seine Hand so fest es nur ging.

Er presste seine Lippen zusammen und versuchte, sich nichts anmerken zu lassen.

»Arthur Dupont, kommt mir aber ganz schön französisch vor«, sagte Elise.

»Wie weltmännisch, Frau Buffke. So viel Kultiviertheit hätte ich Ihnen nicht zugetraut.«

»Geht mir bei Ihnen genauso.«

Sattkowski verzog den Mund.

»Ich bin gebürtiger Franzose«, sagte der Typ, trat zurück und rieb sich seine Hand.

»Hatt ick doch den richtigen Riecher. Een Franzmann.«

»Schluss jetzt mit dem Geplänkel. Ich habe wenig Zeit. Zeit ist Geld, wie Sie vielleicht wissen. Na ja, das wissen Sie wohl eher nicht. Sonst würde es besser für Sie laufen. Tja, die einen kapieren, und die anderen verlieren. That's life«, sagte Sattkowski und schnipste dabei lässig in die Luft.

»Sie haben alle meinen Brief gelesen?«, fragte er.

»Gelesen hab ick den nicht, aber ick komm ja nicht aus'n Mustopp. Sie wollen wieder mehr Pinke.« Elise rieb sich die Finger. »Zwischen Daumen und Zeigefinger liegt doch immer der Hund begraben.«

»Frau Buffke, Sie haben die Quintessenz des Lebens erkannt. Meinen Glückwunsch! Trotz Ihres Alters sind Sie noch lernfähig. Das lässt doch hoffen, nicht wahr, Rolf?«

Dünnebier nickte zustimmend.

»Jetzt komm Sie endlich mal zur Sache. Ick hab nicht ewig Zeit.« Elise umfasste den Messinggriff ihres Gehstocks und pochte auf den Gehweg.

»Also, Sie scheinen ja sehr an diesem Haus zu hängen. Mein großzügiges Angebot, bei einem Auszug die kompletten Umzugskosten zu übernehmen, haben Sie alle ausgeschlagen. Da habe ich mir überlegt, meinen Lieblingsmietern das Wohnen so angenehm wie nur möglich zu gestalten.«

»Ihren Großmut können Sie sich sonst wohin stecken«, sagte Charlotte.

»Noch immer kein bisschen Anstand, das Fräulein Kubitschek, ts, ts.«

»Was haben Sie genau vor?«, fragte Charlotte.

»Sie haben sich doch beschwert, dass es im Winter etwas kühl ist.«

»Etwas kühl? Das ist die Untertreibung des Jahres. Wenn ick mir nicht ab und zu een Likörchen hinter die Knorpel gegossen hätte, dann hätte ick den letzten Winter nicht überstanden.«

»Und das ist doch das Letzte, was wir wollen. Nicht wahr, Rolf?« Sattkowski und Dünnebier warfen einander verschwörerische Blicke zu. »Also, um Ihre Frage zu beantworten, Fräulein Kubitschek. Ich habe beschlossen, das Haus zu modernisieren.«

»Zu modernisieren?«, wiederholten Elise und Charlotte gleichzeitig.

»Wir planen eine Fußbodenheizung, einen Fahrstuhl, und das Dach wird auch neu gedeckt. Das ist eine große Verbesserung der Wohnqualität. Gerade für Sie, Frau Buffke. Sie sind ja nicht mehr die Jüngste.«

»Zerbrechen Sie sich wegen mir mal nicht Ihren Glatzkopf. In unsrer Familie sind wir alle sehr alt geworden. Meene Mutter ist erst mit hundertundzwei gestorben.«

»Hundertundzwei!« Sattkowski schluckte.

»Und ick fühl mir bestens. Bis auf das Raucherbein. Das mit dem Laufen wird immer schwieriger. Deswegen nehm ich jetzt ab und zu den Rollator.«

»Sehen Sie, da kommt der Fahrstuhl doch genau richtig.«

»Ick wohne im Erdgeschoss, falls Sie das vergessen haben.«

»…«

»Das ist doch Schitte, Sattkowski. Das brauchen wir alles nicht«, sagte Charlotte. »Neue Fenster und eine neue Heizung. Das wären mal Maßnahmen.«

»Und die Wände könn' Sie auch mal neu verputzen. Die ganzen Risse könnt ick für Kunst von irgendeen Surrealisten halten, wenn ick es nicht besser wüsste.«

»Was das Haus braucht, entscheide noch immer ich. Ich bin der Hausherr, auch wenn Sie das gerne vergessen.«

»Was soll die Modernisierung denn kosten?«, fragte Juri.

Sattkowski räusperte sich. »Ich möchte das Haus natürlich hochwertig erneuern lassen. Davon profitieren Sie als Mieter schließlich am meisten. Ich, als Vermieter, darf leider, leider nur einen begrenzten Betrag auf die Miete schlagen.«

»Ach, wie ungerecht die Welt doch ist«, seufzte Charlotte theatralisch.

»Sie sagen es, Fräulein Kubitschek. Aber seien Sie sich gewiss, dass ich mein Bestes getan habe, um das Maximale rauszuholen.«

»Das glaube ick Ihnen aufs Wort.«

»Ich habe mich selbstverständlich an die gesetzlichen Auflagen gehalten. Die Mieterhöhung habe ich Ihnen ausführlich in meinem letzten Schreiben dargelegt.«

»Das haben Sie sich schön ausklamüsert. Sie denken wohl, Sie sind een ganz Ausgekochter.«

»Ich denke das nicht nur, Frau Buffke, ich bin einer. Ein kleiner, aber feiner Unterschied, den Sie endlich begreifen sollten.« Sattkowski zwinkerte ihr zu. »Ich wiederhole an dieser Stelle zum letzten Mal mein großzügiges Angebot: Wenn Sie ausziehen, zahle ich Ihnen die Umzugskosten.«

»Een großzügiges Angebot. Ick werd varrickt.«

»Wie undankbar die Leute heutzutage doch sind.« Sattkowski schüttelte theatralisch den Kopf. »Bei Ihnen muss ich natürlich etwas mehr draufschlagen, Herr Popov. Das verstehen Sie sicher, so von Geschäftsmann zu Geschäftsmann«, wandte sich Sattkowski an Juri. »Sie haben natürlich auch jederzeit die Möglichkeit, auszuziehen. Ich habe es Ihnen ja bereits mehrmals angeboten, dass ich Sie aus Ihrem Mietvertrag auf Lebenszeit rauslassen würde. Ich bin ja kein Unmensch. Auch wenn das einige glauben.«

Sattkowski, Dünnebier und der Typ sahen abwartend zu Juri. Der starrte schweigend auf die alte Linde, die auf der kleinen Verkehrsinsel gegenüber stand.

»Wissen Sie, in London und New York zahlen die Leute ganz andere Preise«, fuhr Sattkowski fort. Nicht wahr, Herr Dupont? Da können Sie sicherlich voll und ganz zustimmen?« Sattkowski sah den Typ abwartend an.

Der nickte betreten.

»Aber was erzähl ich den Kleingeistern hier von der großen, weiten Welt.«

»Was interessiert mir New York.«

»Sag ich doch, Kleingeister.« Sattkowski schüttelte den Kopf. »New York. Was für eine tolle Stadt. Die Museen und der Broadway«, sagte er verträumt und fuhr mit seinem Daumen über seinen seidenen Schal.

»Waren Sie schon einmal dort, Herr Dupont? Sie sind doch viel herumgekommen.«

»Ich war noch niemals in New York«, antwortete er.

»Ich war noch niemals in New York«, wiederholte Sattkowski leise, klopfte mit einem Schuh auf den Gehweg und fing an, den Udo-Jürgens-Klassiker laut zu singen. Seinen feisten Hintern wiegte er langsam hin und her, machte einen Ausfallschritt und drehte sich um sich selbst. »Toll, diese Musik. Einfach toll.« Er lächelte beseelt.

Siegbrecht Sattkowski hatte diesen künstlerischen Feinsinn von seinen Eltern geerbt. Er war der Spross von Sarah Sattkowski, einem Theatersternchen, das in den Siebzigern seine große Zeit hatte. Die Komödie am Kurfürstendamm hatte Sarah Sattkowski mit mittelmäßiger Schauspielkunst und die Nachtklubs in Westberlin mit großen Auftritten beglückt. Nach vernichtenden Kritiken zu ihrer Darbietung im Jahr 1981 hatte Sarah Sattkowski beschlossen, nach einer großen Theaterkarriere abzudanken und den jüngeren Kollegen die Bretter der Welt zu überlassen. Ein wahrer Künstler erkannte einfach, wann der richtige Zeitpunkt war, um aufzuhören. Für Sarah Sattkowski war er mit achtundvierzig erreicht. Den werten Herrn Vater, Balthasar Sattkowski, ein ehemaliger Schlagerproduzent, hatte es nicht besser getroffen. Die Musikliebhaber griffen heutzutage nicht mehr nach seinen CDs. Kurz und gut: Die Zeiten standen schlecht, aber das hatte die Sattkowskis zusammenrücken lassen. Mama und Papa setzten voll und ganz auf ihren Sohnemann als Geschäftsmann. Dass dieser neben seinem künstlerischen Feinsinn ein Gespür für das Geschäftliche besaß, hatte er bereits in der Vergangenheit gezeigt. Kurz nach der Wende hatte er das Mietshaus in der Kehrbachstraße fünf günstig von einer städtischen Wohnungsbaugesellschaft gekauft. Das war ein Geniestreich gewesen. Das konnte man nicht anders sagen. Denn mittlerweile war die Bruchbude ein ansehnliches Vermögen wert, wenn man mal von den drei widerspenstigen Mietern absah, das Haus luxussanierte und die Wohnungen als Eigentum einzeln verkaufte.

»Vergessen Sie nicht, ich meine es nur gut mit Ihnen. Wirklich!« Er legte eine Hand aufs Herz.

»Sie kommen anmarschiert wie Graf Koks und reden davon, dass Sie es gut mit uns meinen. Dabei sind Sie kalt wie 'ne Hundeschnauze. Sie wissen ganz genau, dass wir die Mieterhöhung nicht zahlen können. Wissen Sie, als ick hier eingezogen bin, hat man die Linde dort gepflanzt.« Elise zeigte auf den Baum auf der Verkehrsinsel. Die Linde überragte bereits die gegenüberliegende Häuserfront. »Sechzig Jahre wohn ick hier. Sechzig Jahre. Das könn' Sie mit mir nicht machen.«

»Frau Buffke, Sie wissen gar nicht, was ich alles machen kann.«

»Ach Sie! Sie könn' mir mal am Arsch lecken«, sagte Elise.

»Im Notfall wäre Ihr kleiner Arsch schnell geleckt.«

»So 'ne kesse Bemerkung hätt ick Ihnen gar nicht zugetraut.«

»Danke für Ihr Kompliment.«

»Aber lassen Sie mir noch eens sagen zum Thema Arschlecken.«

»Und das wäre?« Sattkowski sah sie lachend an.

»Für Ihren Fettarsch bräuchte man dagegen seine Zeit.«

Das Lachen glitt augenblicklich aus Sattkowskis Gesicht. »Müssen Sie immer das letzte Wort haben, Frau Buffke?«

»Ja.«

Nachdem Sattkowski mit seinem Gefolge von dannen gezogen war, standen Elise, Charlotte und Juri schweigend auf dem Gehweg. Elise stützte sich auf ihren Rollator, Charlotte hielt sich am Rennrad fest, und Juri lehnte sich gegen die Hauswand. Ein alter VW-Bus fuhr an ihnen vorbei und hüllte ihre Fassungslosigkeit in eine Wolke aus Abgasen. Elise hüstelte.

Juri löste sich von der Wand. »Wir müssen was unternehmen.«

»Was willst du denn unternehmen?«, fragte Charlotte.

»Nicht ich! Wir müssen was unternehmen.«

»Was? Ick mit das charakterlose Fräulein?«

»Mich freiwillig mit der alten Schachtel abgeben? Vergiss es.«

»Jetzt habt euch nicht so.«

»Das ist 'ne ganz fixe Idee, Juri. Ick und das Fräulein. Wie soll denn das gehen? Die kriegt ja noch nicht mal die Gusche auf, um mir zu grüßen.«

»Da tönt genau die Richtige. Wenn man Ihnen einen guten Morgen wünscht, ist das so, als ob man eine Wand grüßt.«

»Was? Sie woll'n mir gegrüßt haben? Wer's glaubt, wird selig.«

»Jetzt fangt nicht schon wieder an. Ihr geht mir auf die Nerven. Die Modernisierung wird mich ruinieren. Könnt ihr das nicht verstehen? Ich kann den Laden nach der Mieterhöhung nicht mehr halten. Wie soll ich das meinem Vater beibringen?«

Charlotte und Elise warfen einander Blicke zu, seufzten gleichzeitig auf und schüttelten dann heftig den Kopf.

»Juri, versteh doch. Wir würden uns zerfetzen«, sagte Charlotte.

»Stimmt. Wir schlagen uns nur die Köpfe ein, bis unsre Nese hinten sitzt. Tut mir leid. Nicht mit mir und nicht mit mich.«

# DER GUTE ALTE PARAGRAPH EINS

Als Charlotte am Eingang des Supermarktes ihr Rennrad anschloss, stand der Drachen bereits an der Eingangstür und schabte mit dem Fuß auf dem gekachelten Boden. Heute hatte er sich in Schale geworfen: die blauschwarzen, schulterlangen Haare hochgesteckt, ein kurzer Jeansrock mit Strass, dass es nur so funkelte, und ein rotweiß gestreiftes Sweatshirt mit Fledermausärmeln. Das modische Ensemble wurde von einem weinroten Lippenstift unterstrichen. Seit dem Drachen der eheliche Gefährte abhandengekommen war, besann er sich auf die Mode seiner Jugendzeit; und die lag irgendwo zwischen achtziger Jahre und Pleistozän.

Charlotte ging zur Eingangstür, stoppte und flippte dem Penner Frankie einen Euro rüber. Frankie saß im Schneidersitz auf einer Bastmatte und versuchte, die Münze mit seinem Filzhut zu fangen. Es klimperte, und Frankie dankte mit einem Fingertipp an die Stirn. Charlotte nickte und lief weiter. Instinktiv spürte sie, dass der feuerspuckende Drachen bereits seine Aufwärmphase durchlaufen hatte und ihr jeden Moment den Arsch so richtig verkohlen konnte.

»Morgen, Frau Senftleben«, sagte Charlotte betont gelassen.

Der Drachen holte Luft und feuerte los: »Frau Kubitschek, noch nicht einmal zur Mittagsschicht schaffen Sie es pünktlich. Und wie seelenruhig Sie hier hereinspazieren, als ob überhaupt nichts wäre. Einfach unglaublich.« Der Drachen war gut in Stimmung. »Ihre Ruhe möchte ich haben.«

Dem konnte Charlotte nur beipflichten. Etwas mehr Gelassenheit würde der Senftleben nicht schaden. In letzter Zeit war sie unausstehlicher denn je. Sie lief in einem fort den Angestellten hinterher, schiss alle an und faselte ständig vom Filialwettbewerb, den die Pinkemann-Supermarktkette ausgeschrieben hatte.

»Das ist bereits das dritte Mal in zwei Wochen. Wenn Sie so weitermachen, muss ich Ihnen die zweite Abmahnung erteilen. Was haben Sie dieses Mal für eine Ausrede? Gab es einen Banküberfall und Ihr Kiez musste großräumig abgesperrt werden? Oder mal wieder zerstochene Reifen?« Die Senftleben sah sie mit zusammengekniffenen Augen an.

Charlotte überlegte kurz. »Die Reifen«, antwortete sie schließlich. »Da geht einer nachts um und zersticht Reifen. Leute gibt es, die lassen ihre Wut an unschuldigen Mitmenschen aus. Wer weiß, vielleicht Ärger im Job oder in der Ehe. Na, das kennen Sie ja vielleicht.«

Die Senftleben schwieg für einen erholsamen Moment. Dann fasste sie sich wieder. Ihre Nasenflügel blähten sich auf. »Das ist das letzte Mal. Haben Sie gehört, Frau Kubitschek? Das letzte Mal. Das ist respektlos, auch Ihren Kollegen gegenüber. Wir arbeiten hier im Team. Auch wenn Sie das gerne vergessen. Die Zeiten sind vorbei, in denen jeder nur seins machte. Der Paragraph eins ist abgeschafft. Begreifen Sie das endlich.«

Charlotte stieß einen langen Seufzer aus. Ach, waren das noch Zeiten, als es hieß: Paragraph eins – jeder macht seins. Tagsüber in Ruhe das Obst und Gemüse einräumen und abends reinen Herzens rausspazieren. Das war das Paradies. Heaven can wait.

»Hören Sie mir überhaupt zu? Die Obst- und Gemüseabteilung haben Sie gestern auch nicht in Ordnung gebracht. Die sieht immer noch aus wie ein Saftladen. Muss man Ihnen alles dreimal sagen?«

»Zweimal.«

»Jetzt ist aber Schluss«, zeterte die Senftleben nun richtig los.

Doch Charlotte hörte gar nicht mehr zu. Stattdessen musterte sie die Senftleben ausgiebig. Ihr Streichholzmund sprang wie bei den Figuren in alten Zeichentrickfilmen hektisch auf und ab, ihre Augen waren klein und rund wie Pfefferkörner und ihr Gesicht rot wie die frisch gelieferten Cherry-Tomaten aus Spanien. Der dunkle Oberlippenbart kam in diesem Farbenspiel besonders gut zur Geltung. Langsam wurde der Ton zum Zeichentrick wieder lauter.

»... Lange mache ich das nicht mehr mit, Frau Kubitschek. Hören Sie! Da kann der Herr Herrdeck noch so große Stücke auf Sie halten. Ihre Einstellung ist unter aller Sau.«

»Kein Wunder bei der Bezahlung«, murmelte Charlotte.

»Was haben Sie gesagt? Habe ich richtig gehört, Sie sind mit Ihrer Bezahlung unzufrieden? Da können wir gerne mal drüber reden.«

Charlotte war plötzlich wieder voll da. Hatte die Senftleben ihr tatsächlich angeboten, über eine Gehaltserhöhung zu sprechen?

»Frau Kubitschek, ich finde auch, dass Sie für die Arbeit, die Sie bei uns leisten, total überbezahlt sind.«

Ohhh, was für ein Drachen! Charlotte biss die Zähne zusammen und lief los.

»Wo wollen Sie denn jetzt verdammt noch mal hin?« Die Senftleben kam ihr nachgestöckelt.

»Die Obst- und Gemüseabteilung in Ordnung bringen.«

»Das muss warten. Finden Sie sich in zehn Minuten im Pausenraum ein. Ich möchte eine kurze Ansprache halten.«

Charlotte schob ihre Hände tiefer in die Taschen und stöhnte leise. Eine Ansprache halten, das war die zweitliebste Beschäftigung der Senftleben. Das kam gleich nach Mitarbeiter anscheißen. Die Rede der Senftleben konnte Charlotte sich sparen. Den Inhalt konnte sie jetzt schon in drei kurze Worte zusammenfassen: bla, bla, bla.

Der Spind quietschte, als Charlotte die Tür aufzog. Ein Typ auf einer Postkarte mit Zahnlücke, sonnengegerbter Haut und ausgefranstem Panamahut lächelte ihr entgegen. Charlotte hatte ihn *Null Problemo* getauft. Mister Sorglos empfing sie jeden Morgen mit einem Lächeln. Er war ihr Guten-Morgen-Gruß, ihr Kaffee mit Sahne und ihre Zigarette in einem. Sie lachte und warf sich den weißen Kittel über.

»Hast du wieder die Nacht zum Tag gemacht?«

Sie drehte sich um. Gernot, der Trainee, saß auf dem Besprechungstisch und ließ die Beine baumeln. Charlotte hatte ihn nicht kommen hören. Schweigend stopfte sie ihren Rucksack und die Trainingsjacke in den Spind.

»Ich habe gestern deine CD von Duke Ellington gehört.«

»Ehrlich?«, fragte sie ungläubig.

»Ja«, antwortete er stolz.

»Das überraschst mich, dass du zwischen Umsatzanalysen und Der-Chefin-in-den-Arsch-Kriechen Zeit hast, Swing zu hören?«

»Ich krieche der Senftleben nicht in den Hintern. Ich mache nur meine Arbeit«, antwortete er verärgert.

»Ich krieche der Senftleben nicht in den Hintern. Ich mache nur meine Arbeit«, äffte sie ihn nach. »Wie ein kleiner Roboter rast du von früh bis spät durch den Markt. Pass auf, dass dir nicht irgendwann mal jemand den Stecker zieht.«

»Was ist denn so falsch daran, seinen Job gut machen zu wollen? Kannst du mir das mal erklären?« Er sprang vom Tisch, lief zu ihr und lehnte sich an den Spind.

Sie klappte die Tür zu und sah ihn an. »Seinen Job gut machen? Pf! Du lebst doch nur für den Job. Immer zweihundert Prozent geben. Soll ich dir mal ein Geheimnis verraten?« Sie legte einen Zeigefinger auf die geschürzten Lippen. »Pst … das dürfen die anderen aber nie im Leben erfahren. Schwörst du es?«

Er nickte und trat neugierig näher.

»Gernot, es gibt noch ein Leben außerhalb des Supermarktes«, flüsterte sie ihm ins Ohr.

»Du kannst mich mal. Besser zweihundert Prozent geben als immer nur null Bock haben.« Er ließ Charlotte stehen und eilte hinaus.

Charlotte grinste in sich hinein, lief zum Tisch und goss sich einen Kaffee ein.

»Haste dir wieder ′nen Anschiss eingefangen, Charlotte?«

»Morgen, Biggi.«

Die zierliche, blonde Frau stieß sich vom Türrahmen ab und lief zum Tisch. Sie drückte Charlotte zur Begrüßung einen Kuss auf die Wange.

»Wieder nächtlichen Besuch gehabt?«

»Die Nacht ist nicht allein zum Schlafen da.« Charlotte lachte, und Biggi bekam große Augen.

»Los, erzähl schon.« Sie tippelte von einem Fuß auf den anderen.

»Später.«

»Ach, Charlotte, wie ich dich beneide. Wie gern würde ich mal wieder knutschen. Wenn ich dich nicht hätte, wüsste ich überhaupt nicht, dass es noch Männer da draußen gibt. Mein einziger regelmäßiger Kontakt zu einem Mann ist im Moment der Klassenlehrer von Stine.«

»Hat sie was ausgefressen?«

»Kein Bock auf Schule. Kein Bock auf Lernen. Kein Bock auf irgendwas.«

Charlotte legte ihren Arm um Biggi.

»Alles, was ich sage und tue, ist uncool. Es ist schon uncool, dass ich überhaupt ihre Mutter bin.«

»Nimm es nicht persönlich. Das sind die Hormone.«

»Manchmal beneide ich dich um deine Freiheit. So ein Kind, das ist nicht einfach.«

»Ich weiß, Biggie. Soll ich mal mit Stine reden?«

»Nein, das muss ich selbst hinkriegen.«

# SCHNEEKÖNIGIN IM LACOSTE-SHIRT

Charlotte stand mit den anderen Mitarbeitern im Besprechungsraum und wurde mit Competition, Vision und Mission bombardiert. Sie ließ das Gefasel über sich ergehen.

Gernot hatte recht, es interessierte sie nicht die Bohne. Es war ihr egal, ob ihre Filiale diesen bescheuerten Wettbewerb gewann. Es war ihr egal, dass jemand fortwährend Schnapsflaschen klaute, und es war ihr egal, ob die gesteckten Umsatzziele erreicht wurden oder nicht. Die Senftleben sprach davon, zweihundert Prozent zu geben. Charlotte war froh, wenn sie auf fünfzig kam. Aber was blieb ihr anderes übrig? Sie hatte noch nicht mal eine richtige Ausbildung. Das Einzige, was sie vorweisen konnte, war ein abgebrochenes Abitur. Und welche steile Karriere konnte sie mit vierunddreißig und langjähriger Erfahrung an der Kasse noch hinlegen? Ihr größter beruflicher Erfolg war, dass sie die Obst- und Gemüseabteilung umgestaltet hatte. Die Zwiebeln lagen jetzt getrennt von den Weintrauben, und die Tomaten wurden in rustikalen Holzkisten präsentiert. Ein bisschen Bauern-Schick als Verkaufstrick.

Nach der Ansprache machte sich Charlotte daran, den Saftladen wieder in eine Obst- und Gemüseabteilung umzuwandeln. Gelangweilt sortierte sie Kartoffeln, packte frische Erdbeeren aus und wurde, als sie bei den Gurken war, an die Kasse gerufen. Vor ihrer Kasse stand ein Typ mit Glatze und Hornbrille. Er sah nicht übel aus. Verlegen fuhr er sich mit der Hand über seinen Schädel und lächelte. Neugierig musterte sie, was er aufs Band packte, und zuckte zusammen, als sie seinen Einkauf sah. Hastig zog sie das Sixpack Bier und die praktische, wiederverschließbare Käsepackung über den Scanner und würdigte den Typen mit keinem weiteren Blick. Er stattdessen ließ sich Zeit und schielte beim Einpacken abwartend zu ihr rüber. Erleichtert atmete sie auf, als er davonlief. Als Nächstes trat ein Typ mit einem Tennisschläger unterm Arm an ihre Kasse. Charlotte musterte ihn sorgfältig. Er trug ein dunkelblaues Poloshirt, auf dem ein amerikanisches College-Logo prangte. Seine Jeans hing lässig über den Hüften. Als er sich kurz umdrehte, um eine Packung Zigaretten aus dem Regal über der Kasse zu nehmen, kam Charlotte nicht umhin, seinen Po ausgiebig zu bewundern. Feine, dunkle Haare kräuselten sich an seinem Steiß. Ihr Blick verweilte lange auf dieser Körperregion. Sie beschloss augenblicklich, eine Sonderkategorie im Rahmen ihrer Forschungsstudie einzuführen. Bezeichnung der Kategorie: *Der Knackarsch des Tages*. Gespannt wartete sie, was Mister Winner aufs Band legen würde. Als er eine Packung Tiefkühlpizza, ein Sixpack Bier und eine Dose Suppe aufs Band schob, verfinsterte sich Charlottes Blick. Sie konzentrierte sich auf das Abkassieren und wollte Mister Winner bereits seinen Sieg aberkennen, als sie – tätärätä – eine Du darfst auf dem Band erspähte. Charlottes Gesichtszüge entspannten sich, und sie warf ihm ein breites Lächeln zu. Er kniff die Augen zusammen. Von so viel plötzlichem Frohsinn schien er ganz geblendet zu sein. Charlotte sah auf den Tennisschläger. Ihr kam das Lied »Ich wünschte, ich würde mich für Tennis interessieren« in den Kopf und sie begann, die Melodie vor sich hin zu pfeifen. Es passierte Charlotte oft, dass ihr in den unterschiedlichsten Situationen plötzlich ein Lied in den Sinn kam.

»Tocotronic. Das war die Band meiner Jugendzeit«, sagte der Typ, fingerte an seinem Hosenbund herum und zog die Jeans zurecht.

»Deiner Jugendzeit? Ich hätte dich älter geschätzt«, antwortete Charlotte.

»Und ich dich jünger.«

Ein Grübchen auf seiner linken Wange kam zum Vorschein. Mister Winner hatte seinen Preis völlig zu Recht verliehen bekommen. Darüber war sich Charlotte spätestens jetzt im Klaren. Sie nahm die Margarine und vertippte sich. Upsi! Geduldig sah er ihr zu. Charlotte tippte auf Strohwitwer für ein Wochenende. Das würde die Pizza und das Bier erklären. Gerade wollte sie nach der Käsepackung greifen, als sich jemand direkt vor Mister Winner an der Kasse postierte, den Einkauf beiseiteschob und das Schild *Diese Kasse ist zurzeit nicht besetzt* auf das Band stellte.

Das Grübchen verschwand augenblicklich aus seinem Gesicht. »Hey, was erlauben Sie sich?« Er schob seine Sachen wieder zurück.

Charlotte verschränkte ihre Arme, lehnte sich zurück und musterte ihren obersten Chef, Christian Herrdeck.

»Diese Kasse ist geschlossen. Jetzt stellen Sie sich nicht so an. Da drüben ist geöffnet«, sagte der Herrdeck und zeigte auf Biggis Kasse.

»Ich werde mich beim Chef über Sie beschweren.«

»Der Chef hat es zur Kenntnis genommen.«

»Was? Ich verstehe nicht.«

»Gestatten! Christian Herrdeck, Regionalleiter Ost.«

Der Herrdeck lächelte Mister Winner an. »Jetzt gehen Sie doch endlich. Ich muss mit meiner Mitarbeiterin etwas Wichtiges besprechen. Das kann leider nicht warten.«

Mister Winner fluchte, ließ seinen Einkauf liegen und lief kopfschüttelnd aus dem Markt.

»Kundenfreundlichkeit wird bei Pinkemann wirklich großgeschrieben«, sagte Charlotte.

»Das war eine Ausnahme, Frau Kubitschek. Ich habe es eilig. Aber für Sie wollte ich mir noch Zeit nehmen.« Er setzte sich mit angewinkeltem Bein aufs Band, zupfte ein paar Fussel von seiner schwarzen Jeans und stellte den Kragen seines hansaplastrosafarbenen Lacoste-Shirts auf.

Er erinnerte Charlotte an die Schneekönigin aus dem russischen Märchen-Klassiker. Die trug auch immer Kleider mit einem weit aufgestellten Kragen. Sie musterte ihn ausgiebig, während sie mit der Lehne ihres Stuhls vor und zurück wippte. Er spulte ein paar belanglose Sätze über gute Arbeitsatmosphäre zwischen Angestellten und Vorgesetzten ab. Charlotte quälte sich ein Lächeln raus. Sie nervten die Stippvisiten vom Herrdeck. Aber nach jedem seiner Besuche war die Senftleben wie ausgewechselt. Charlotte mochte sich nicht vorstellen, was die beiden im Büro zwischen

Einkaufslisten und Einnahme-Ausgabe-Kalkulationen so alles anstellten. Aber danach hatte die gesamte Belegschaft drei volle Tage Ruhe, und die Senftleben stolzierte mit einem debilen Lächeln im Markt umher, unterhielt sich mit Kunden und hatte letztens sogar einen Mitarbeiter gelobt. Charlotte hoffte, es würde dieses Mal wieder darauf hinauslaufen.

Am Nachmittag zupfte Charlotte die welken Blätter von den Blattsalaten, als Juri plötzlich neben sie trat.

»Da bin ich. Ich bin gespannt, was du jetzt vorhast.« Er schaute sie neugierig an.

Charlotte sah sich um und überprüfte die Lage. Sie wollte gerade loslegen und Juri erklären, was sie vorhatte, als plötzlich eine junge Frau in einem blau-weiß gepunkteten Kleid an ihnen vorbeilief. Juri sah ihr nach. Die junge Frau warf ihm einen verheißungsvollen Blick zu. Verstohlen fuhr er sich durchs Haar und lächelte.

Charlotte beobachtete die Szenerie schweigend. Ihr kam wieder ein Lied in den Sinn. Leise summte sie: »Katharine, Katharine …«

Juri schaute sie verärgert an. Charlotte zuckte nur mit den Achseln.

»Also, was ist nun?«, knurrte er.

Charlotte schob ihn in die Getränkeabteilung. »Pack so viele Schnapsflaschen ein, wie du tragen kannst.«

»Bist du verrückt?«

»Frag nicht. Mach einfach.« Charlotte spähte zum Büro der Senftleben, schlenderte betont gelassen zur Kasse und ließ einen fassungslosen Juri zurück.

Kurz darauf stand er mit einem Wagen voller Schnapsflaschen an der Kasse und blickte sie verstört an. Charlotte zog eine Flasche über den Scanner, tippte ein bisschen herum und schwenkte die Anzeigetafel zu Juri.

Er sah auf den Betrag und fuhr sich durch das Haar. »Das kannst du nicht machen. Der Einkauf ist mindestens vierhundert Euro wert.«

»Ich würde das an deiner Stelle noch lauter rumposaunen.«

»Charlotte, wenn das jemand mitbekommt.«

Charlotte schaute sich um. Der Ladendetektiv stand abseits und pulte an seinen Fingernägeln. »Wenn du jetzt keinen Aufstand machst, wird es schon niemand erfahren.«

»Die sind doch nicht blöd.«

»Da bin ich mir nicht so sicher. Mach dir keine Gedanken, Pinkemann kann das locker verschmerzen. Die sollen ruhig bluten für die miese Bezahlung.«

Juri schaute sich um und legte einen Fünfer aufs Band. In diesem Moment flog die Bürotür auf, und der Herrdeck eilte durch den Markt direkt auf Charlotte zu. Die Senftleben folgte ihm mit hastigen Schritten. Ihr akkurat hochgestecktes Haar war in Unordnung geraten.

»Christian, warte doch«, rief sie.

Mindestens zwanzig Augenpaare waren auf das Schnellläuferpaar gerichtet.

»Herr Herrdeck«, korrigierte sie sich. Am Konservenregal hatte sie ihn eingeholt. Sie stand vor ihm und gestikulierte wild.

Charlotte verstand nicht, worüber sie sprachen, aber, so viel war klar, einer Meinung schienen sie nicht zu sein. Der

Herrdeck schüttelte in einem fort den Kopf, während die Senftleben mit gespreiztem Zeigefinger unentwegt auf ihn einredete. Er ließ sie stehen und hastete zu Charlotte.

»Charlotte … ich … ich hab es gewusst. Das geht nicht gut«, sagte Juri.

»Du sagst keinen Ton. Verstanden?«, fuhr sie ihn an.

In dem Moment trat der Herrdeck vor sie. »Frau Kubitschek, gute Arbeit. Machen Sie weiter so.«

»Mach ich.«

»Ich muss los. Auf Wiedersehen.« Er lief eilig davon.

Die Senftleben sah ihm entgeistert nach und trabte schließlich in ihr Büro zurück. Die Tür fiel laut ins Schloss.

Charlotte lehnte sich zurück und schnalzte mit der Zunge. »Siehst du, ist alles glattgegangen.«

»Machst du Witze?«

»Ach komm, ein bisschen Nervenkitzel im tristen Alltag ist doch cool.«

»Machst du das öfter?«

»Als ich siebzehn war, habe ich ab und zu mal was geklaut. Ein paar Jeans oder Turnschuhe, die ich mir nicht leisten konnte. Aber das ist lange her. Jetzt bin ich etwas ungeübt. Aber das können wir gerne ändern.«

Während Juri die Flaschen in den Korb packte, sagte er: »Ich wusste gar nicht, dass du so viel kriminelle Energie hast.«

»Ich wusste gar nicht, dass du so zart besaitet bist.« Charlotte grinste ihn an.

Juri wischte sich mit dem Handrücken über seine nasse Stirn. Er war bereits einige Meter entfernt, als er noch einmal stehen blieb und sich umdrehte.

»Was ist?«, rief Charlotte ihm zu.

»Unser Gespräch heute, denk doch noch mal darüber nach.«

»Ich und die fiese Elise? Nee, nee, lass mal. Mir reicht ein Drachen.«

»Bitte«, flehte er.

Charlotte schüttelte hartnäckig den Kopf.

»Denkst nur an dich«, sagte Juri. »Wenn alle nur an sich denken würden …«

»… dann wäre an alle gedacht«, ergänzte Charlotte.

# SWING IST VOLL IHR DING

Elise brauchte eine ganze Woche und etliche Kristallgläschen, um sich nach dem Gespräch mit Sattkowski wieder zu beruhigen. Sie redete sich gut zu, fegte Befürchtungen mit ihrem Hexenhändchen fort und lenkte sich mit ausgedehnten Spaziergängen auf dem Trampelpfad der Erinnerungen ab. Manchmal half das alles nichts, und sie saß mitten in der Nacht hellwach in ihrem Sessel. Dann warf sie sich ihren Mantel über und schob sich am Rollator durch die dunklen Straßen. Stundenlang war sie unterwegs, machte mal hier und mal da eine Pause, setzte sich auf eine Bank und genehmigte sich eine Piepe.

Auch heute Morgen war sie – obwohl sie nachts wieder lange durch die Straßen getippelt war – bereits um sechs aufgewacht und hatte viele Stunden in ihrem blauen Album geblättert. Bei einem Foto hatte sie lange verweilt. Das Foto zeigte Elise und ihre Freundin Marga als junge Frauen mit Bobfrisur. Sie sahen aus wie die Frauen, die in den zwanziger Jahren auf die Konventionen der guten alten Zeit gehörig gepfiffen hatten. Und zwar mit zwei Fingern.

Elises Mutter war damals strikt dagegen gewesen, dass sich die Tochter das schwarze, schulterlange Haar kurz schneiden lassen wollte. Bei allen Zugeständnissen an den Zeitgeist, eine Kurzhaarfrisur, das war ein zu hässlicher Affront gegen das schöne Geschlecht. Heftige Diskussionen hatte es zwischen Mutter und Tochter gegeben. Die Mutter hatte immer eindringlicher mit dem Kopf geschüttelt und einmal sogar mit der Faust auf den Holztisch gehauen. Elise war zusammengezuckt und hatte erkannt, dass sie so nicht weiterkam. Sie musste sich etwas anderes einfallen lassen. Nur mit einer List konnte sie sich schließlich durchsetzen. Fortan band sie täglich ihre Haare zu einem Zopf und schnitt jeden Morgen ein kleines Stück vom Pferdeschwanz ab. Schwarze Haarspitzen mischten sich mit dem weißen Schaum der Zahnpasta im gusseisernen Waschbecken. Zentimeter für Zentimeter arbeitete sie sich heimlich vor. Nach einiger Zeit fiel der Mutter auf, dass der Pferdeschwanz der Tochter nur noch dem Stummelschwanz eines Kaninchens glich. Als Elise auf Bitten der Mutter ihr zusammengebundenes Haar löste, entfuhr der Mutter ein entsetzlicher Schrei. Noch am gleichen Tag zerrte sie die Tochter zu Jonny, dem Friseur am Anhalter Bahnhof. Und Jonny blieb einfach nichts anderes übrig. Bei diesen Haaren war es die einzig kluge Entscheidung. Wirklich, werte Frau Mutter, glauben Sie bitte! Elise saß überglücklich auf dem Friseurstuhl, und die Mutter schaute verdrießlich aus dem Fenster.

Mit dem Bob sah Elise umwerfend aus. Das gab die Mutter natürlich nicht zu. Erst Jahre später, als sich beide an diese Geschichte erinnerten, gestand die Mutter, dass sie den Bob insgeheim auch ganz wunderbar gefunden hatte.

Darüber hinaus waren die kurzen Haare äußerst praktisch: nicht nur am Morgen, sondern auch am Abend. Elise tanzte damals für ihr Leben gerne. Am liebsten zu Benny Goodman, Duke Ellington und Co. Und das in aller Regelmäßigkeit und Heimlichkeit.

Gedankenversunken betrachtete Elise das Foto. Mit dem Daumen fuhr sie über das Papier. Sie konnte es selbst kaum glauben, dass sie, die schrumpelige, alte Schachtel, einmal dieses hochgewachsene, anmutige Ding gewesen sein sollte.

»Das glaubt mir keen Aas. Dem schönen Giovanni würden die Augen aus'm Kopf fallen.« Elise überlegte. »Genau, das mach ick. Den seine Visage will ick sehn.« Sie lachte auf.

Gemächlich schob sich Elise gegen Mittag zum ollen Karl rüber. Sie hatte Glück, der schöne Giovanni war auch da. Als er ihre Bestellung entgegennahm, hielt sie ihm das Foto unter die Nase. Er sah abwechselnd auf das Foto und auf Elise. Fassungslos schüttelte er den Kopf.

»Che bellissima«, sagte er schließlich.

»Das fass ick mal als Kompliment auf.«

»Das können Sie, Signora Buffke. Das können Sie.«

»Da fühl ick mir ja gebumfiedelt.«

Giovannis buschige Augenbrauen schoben sich zusammen.

»Geschmeichelt fühlt sie sich«, rief der olle Karl von der Theke rüber und schlurfte zu Elises Tisch. »Darf ick?« Er nahm das Foto, betrachtete es und schnalzte mit der Zunge.

»Donnerlittken. Sie war'n ja eene richtig kesse Biene. Sie hätte ick gerne mal verknusematuckelt.«

»Verknusema…?«, wiederholte Giovanni und sah ihn fragend an.

»Ist nur was für Erwachsene«, sagte der olle Karl.

»Ah, capito.« Giovanni schmunzelte und fegte mit der flachen Hand ein paar Krümel von der Tischdecke. »Signora, darf ich Ihnen einen Latte macchiato spendieren?«

»Aber komm mir nicht wieder mit so 'n Blümchen an.«

»Na, na, Frau Buffke«, brummte der olle Karl.

»Ist doch wahr, so 'ne dünne Brühe.«

»Sie können meine Kneipentür gleich auswendig betrachten.«

»Ach, komm mal runter von dein'n Appelboom. Mit eener Messerspitze Kaffeepulver kann man eben keene ganze Kanne kochen. Kapier das endlich.«

Der olle Karl wollte etwas erwidern, aber Giovanni kam ihm zuvor: »Vielleicht möchte die Signora lieber einen Kirschlikör?«

»Keene schlechte Idee! Den bereitet ihr ausnahmsweise gut zu.«

Der olle Karl verschränkte die Arme über seinem dicken Bauch und verzog das Gesicht. Giovanni schob ihn zurück zur Theke und brachte Elise ein Glas Likör.

Noch einmal betrachtete er das Foto. »Che bellissima«, seufzte er.

Der olle Karl war hinter der Theke verschwunden. Elise hörte es rascheln, dann klirren und schließlich fluchen. Dann stand der olle Karl wieder aufrecht am Tresen und drehte an den Knöpfen der alten Musikanlage. Es knackte laut.

Elise zuckte zusammen. »Woll'n Sie mir umbringen?«

»Wenn ick das wollte, denn hätt ick das schon längst getan.«

Es knackte erneut. Musik erklang. Elise lauschte und erkannte sofort das Lied »Bei mir bist du schoen«. Ein Lächeln hastete über ihr Gesicht. Ihre mageren Fingerchen klopften im Takt auf der Tischdecke, und ihr Kopf wiegte hin und her.

Giovanni tänzelte zu Elises Tisch. Er verbeugte sich und reichte ihr die Hand. »Darf ich bitten?«

»Wie soll 'n das gehen?«

»Damals wie heute immer noch mit die Beene, Frau Buffke«, rief der olle Karl hinüber.

»Nee, nee, lass mal.«

»Keine Widerrede«, sagte der olle Karl und kam zu ihr gelaufen.

Er stellte sich vor sie und stemmte seine Hände in die Hüften. Schließlich hielt er Elise eine Hand hin. Elise winkte ab. Aber die beiden ließen nicht locker. So standen sie schließlich zu dritt vor der Theke und wippten gemeinsam im Takt auf und ab. Elise gab Anweisungen zur Schrittfolge. Sie liefen durch die Kneipe und drehten sich einige Male. Elise kicherte unentwegt wie ein kleines Mädchen. Als ihr die Puste ausging, führte man sie zum Tisch zurück. Der olle Karl spendierte noch einen Schnabus zur Stärkung. Als sich Elise schließlich auf den Heimweg machte, hielt Giovanni ihr die Tür auf.

»Auf Wiedersehen, Signora Buffke.«

»Ciao, Giovanni.«

»Sie sprechen Italienisch?«

»Nur een paar Wörter.«

»Und die wären?«

»Berlusconi und Korruptioni.«

»Mehr brauchen Sie auch nicht«, sagte Giovanni und zwinkerte ihr zu.

Selig schob sich Elise davon. Das war ein Tag wie schon lange nicht mehr.

Auch Charlotte hatte in den letzten Tagen zu Swing-Musik getanzt. Das war Ablenkung und Überlebenselixier zugleich gegen die schnöde Öde im Supermarkt. Nur durch Zufall war sie zum Swing gekommen. Zwei Jahre hatte sie es mit Tango probiert. Bierernst und steif war sie von Männern über das Parkett geführt worden, und eines Abends hatte sie mit einem Herrn in den frühen Fünfzigern getanzt. Hölzern und unwirsch schob er sie durch den Saal. Nur schwer konnte sie ihm folgen und trat aus Versehen auf seine Schuhe in Krokodillederoptik. Der Herr fauchte, dass man schon ein gewisses Rhythmusgefühl benötigen würde, bevor man sich auf eine Tanzfläche begäbe. Charlotte antwortete, dass eine Frau nur so gut tanzen könne, wie sie vom Mann geführt würde. Darauf lächelte der Herr, zwirbelte an seinem Einstecktuch und sagte, dass er schon unzähligen Frauen ein sehr guter Führer gewesen sei. Er empfahl ihr, doch vielleicht etwas Unterricht zu nehmen. Charlotte hörte sofort auf zu tanzen, schlug ihre hohen Absätze mitten auf der Tanzfläche zackig aneinander und rief ihm »Jawohl, mein Führer!« entgegen. Dann ließ sie den Herrn, dessen Aussehen sich von den frühen Fünfzigern in die – na ja, seien wir mal großzügig – mittleren Sechziger gewandelt hatte, allein zurück.

Danach probierte Charlotte es mit Salsa. Bei einer Probestunde trat eine junge Frau ihre azurblauen Pfennigabsätze in Charlottes Ballen. Das versaute Charlotte die Freude an diesem lateinamerikanischen Ausdruckstanz für den Rest ihres Lebens.

Ein Typ hatte ihr schließlich von Swing erzählt. Swing sei eh der neue Tango, hatte er behauptet. Und so stand Charlotte eines Abends mit einem Haufen fremder, tanzwilliger Leute in einem hell erleuchteten Raum. Die Gruppe wurde in Leader und Follower aufgeteilt. Dann sollte sich jeweils ein Leader und ein Follower zusammenfinden und gemeinsam mit den anderen einen Kreis bilden. Charlotte übte den ersten Triple-Step ihres Lebens mit einem schüchternen Engländer und wechselte nach dem Lied zum nächsten Tanzpartner. Nach einer Stunde war sie eine Runde rum und hatte ihre Hüften an mindestens zehn Männer geschmiegt. By the way: Kennen Sie eine bessere Möglichkeit, wie man in so kurzer Zeit mit so vielen Männern in Körperkontakt kommen kann?

Also, um es kurz zu machen: Swing war voll Charlottes Ding. Sie liebte die musikalische Lässigkeit und die stilvolle Dressigkeit der damaligen Zeit.

Aber trotz der ausgiebigen Tanzvergnügungen fand Charlotte keine Ruhe. Ihre Gedanken kreisten hartnäckig um die geplante Modernisierung und Mieterhöhung. Deshalb fuhr sie an ihrem freien Tag zum Mieterverein und ließ sich von einem Mann mit mildem Blick und eindringlichen Worten beraten. Auch der faselte was von »Zusammen ist man stärker«. Sie verdrehte die Augen und spazierte mit einem Stapel Infoblätter unter dem Arm wieder hinaus.

Sattkowski hatte sich seit dem letzten Gespräch nicht mehr blicken lassen. Dafür lief der Franzose aus Spanien ständig im Haus umher. Mit Block unter dem Arm und Helm auf dem Kopf tat er auf geschäftig. Charlotte nannte ihn insgeheim French Bauleiter. Überall, wo er auftauchte, ob im Keller, im Hof oder auf dem Dach, stellte er sein Kofferradio ab und hörte diese unsägliche Wunschsendung *Ein Stück Glück*. U2 und Adele drangen ungefragt durch die undichten Fenster in Charlottes Wohnung. Jedes Mal, wenn Charlotte den French Bauleiter sah, wurde sie an die bevorstehende Modernisierung erinnert. Was sie ihm am liebsten entgegengeschleudert hätte, war ziemlich klar: Ciao, tschüss und au revoir!

Charlotte versuchte, so gut es ging, ihm aus dem Weg zu gehen. Doch eines Nachmittags gab es kein Entkommen. Charlotte war gerade auf dem Dachboden und suchte in Pappkartons zwischen abgetragenen Turnschuhen und Jeans nach ihren Knickerbockern. Kopfüber hing sie in einem Karton und warf Schuhe im hohen Bogen heraus. Plötzlich hörte sie Schritte. Sie hielt inne und schaute zur Tür. Als sie den French Bauleiter kommen sah, verdrehte sie die Augen. Er grüßte freundlich. Charlotte antwortete nicht. Er lief zu einer Leiter, hängte sein Kofferradio an eine Sprosse und begann, einen Dachbalken zu vermessen. Roxette forderte hartnäckig: »Listen to your heart!« Charlotte vergrub ihren Kopf wieder in dem Karton. Dann richtete sie sich auf und schielte heimlich zu ihm hinüber. Er war völlig in die Arbeit versunken. Maß und schrieb und sah ab und zu gedankenverloren aus einer Dachluke hinaus in den Himmel. Plötzlich fiel ihm sein Stift aus der Hand und rollte über den Boden. Er stieg die Leiter hinunter und hob ihn auf. Währenddessen drehte er sich um und sah zu Charlotte. Die fühlte sich ertappt und beugte sich sofort wieder über den Karton. Erfolglos wühlte sie sich weiter durch ihre Klamotten. Dann richtete sie sich erneut auf, trat gegen die Pappkiste und wandte sich zum French Bauleiter.

»Warum bist du eigentlich nach Berlin gekommen? Barcelona ist doch eine coole Stadt«, rief sie.

»Ich muss Geld verdienen.«

»Verstehe. Da bist du bei Sattkowski genau an der richtigen Adresse. Bist auch so 'n Immobilienfuzzi?«

»Immobilien was?«

»Immobilienmakler.«

»Nein, ich bin Außenhandelskaufmann.«

»Kaufmann! Makler! Ist doch eh die selbe Soße.«

»Nicht ganz. Was ein Außenhandelskaufmann macht, kann ich dir gerne erklären.«

»Willst du mich jetzt wirklich über den Beruf des Außenhandelskaufmanns aufklären? Das wird Sattkowski nicht sonderlich freuen, wenn du deine Arbeitszeit damit vertrödelst. Du weißt doch, Zeit ist Geld.« Sie rieb Daumen und Zeigefinger aneinander.

Er sah betreten drein, wandte sich ab und stieg wieder die Leiter hinauf. Charlotte warf die Schuhe zurück und schob die Kartons zusammen. Staub wirbelte auf und glitzerte im einfallenden Sonnenlicht. Sie wischte sich mit einem Ärmel ihres Sweatshirts den Schweiß aus dem Gesicht und lief zur Tür. Dort blieb sie stehen und wandte sich noch einmal um. »Was hat er dir eigentlich versprochen?«

Der French Bauleiter stieg von der Leiter und schob den Zollstock in die Tasche seiner Cordhose. »Wie meinst du das?«

»Dein Anteil vom Kuchen?«

Er räusperte sich. »Ich kann dich verstehen.«

»Gar nichts verstehst du«, sagte Charlotte, umfasste die Türklinke und drückte sie in einem fort. »Du willst einfach nur schnelles Geld verdienen, ohne die Finger dabei krumm zu machen.«

Der French Bauleiter lief auf Charlotte zu. »Weißt du …«, setzte er an.

»Sagen wir doch besser Sie, Monsieur …?«

»… Dupont.«

»Wissen Sie, Monsieur Dupont, Leute wie Sie, die hier Monopoly spielen wollen, gibt es genug. Aber ihr habt euch geschnitten, wenn ihr denkt, ihr könnt alles in der Stadt einfach so verkaufen.«

»Geschnitten? Was meinst du damit?«

»Verkalkülé. Das habt ihr euch. Warum gehen Sie nicht einfach zurück an die Costa … Costa brata?«

»Costa Brava«, verbesserte er Charlotte.

»Wie bitte?«

»Das heißt Costa Brava.«

»Pf! Klugscheißer.« Wütend riss sie die schwere Eisentür auf. Die Klinke rutschte ihr dabei aus der Hand, und die Tür flog gegen seinen Kopf. Er taumelte.

»Schitte! Alles okay?«, fragte Charlotte aufgeregt.

»Ja … äh … oui«, antwortete er.

Charlotte schob ihn rückwärts zu einem Sessel, der neben der Tür stand. Es staubte, als er sich fallen ließ. Beide husteten.

»Ist wirklich alles okay?«

Er bestastete seine Stirn und nickte zaghaft.

Charlotte sah ihn besorgt an. »Das, das …«

»Schon gut. Sie brauchen sich nicht zu entschuldigen«, beschwichtigte er sie.

Charlotte richtete sich auf und sah ihn irritiert an. »Das hatte ich auch nicht vor.«

# WER ANDEREN 'NE GRUBE GRÄBT, KIPPT SELBA RIN

Es war kurz nach neun, als Charlotte freihändig und mit einem Bier in der Hand die Kehrbachstraße hinunterfuhr. Für dieses Kunststück hatte sie Wochen geübt und sich etliche aufgeschürfte Knie geholt. Sie schloss die Augen und atmete tief ein. Der Wind kühlte ihre Stirn aufs angenehmste, und ein Lächeln schob sich in ihr Gesicht. Feierabend. Und weil es einfach zu schön war – again: *Feierabend.* Dieses Wort war ein einziger Befehl, und dem wollte Charlotte heute Abend Folge leisten. Der Abend war blutjung und der Morgen in weiter Ferne. Es lag eine ganze Nacht dazwischen, und die wollte Charlotte zum Tag machen. Vielleicht ins *Tanz dich glücklich* oder doch lieber ins *Der Kater trollt sich*? Sie trank einen Schluck Bier, trat in die Pedale und pfiff vor sich hin. Der Abend ließ sich gut an.

Als sie der Kehrbachstraße fünf näher kam, verlangsamte sie ihr Fahrtempo. Sie kniff die Augen zusammen und nippte an der Bierflasche. Plötzlich geriet sie ins Schlingern, die Bierflasche rutschte ihr aus der Hand und fiel auf den Asphalt. Charlotte stieg ab und schob die Scherben in ein Gullyloch. Den Rest der Straße lief sie hinunter und konnte nicht glauben, was sie sah. Direkt vor der Eingangstür war eine riesige Grube ausgehoben, in der locker Platz für ein Mittelklasse-Auto war. Über der Ausgrabungsstätte lagen drei Holzlatten. Auf denen balancierte Elise Buffke gerade. Mit ihrem Rollator tippelte sie vor und zurück. Die Latten bogen sich unter ihrem verzweifelten Versuch, zum Haus zu kommen. Wer auch immer dafür verantwortlich war, demjenigen fehlten nicht nur diese drei Latten am Zaun. Charlotte stellte das Rennrad ab und ging zur Grube.

»Brauchen Sie Hilfe?«, rief sie Elise Buffke zu.

»Alles paletti. Ick mach nur 'n bisschen Seiltanz.« Elise Buffke schüttelte entgeistert den Kopf und schimpfte: »Blöde Frage.«

Charlotte verdrehte die Augen. »Bleiben Sie, wo Sie sind. Ich komme.« Eilig tastete sie sich auf den Brettern zu Elise vor. Als sie hinter ihr stand, legte sie die Hände an Elises Hüfte und forderte sie auf, loszulaufen.

»Denken Sie wirklich, die Bretter halten uns beede aus? Sie sind ja keen Fliegengewicht. Und überhaupt, haben Sie zugenommen?«

»Charmant wie immer«, murrte Charlotte und schob Elise unsanft vor sich her.

»Sachte, sachte, Fräulein, sonst fall ick noch rin in die Grube.«

Elise schwankte gefährlich, Charlotte umschlang hastig den schmächtigen Körper und hielt ihn fest.

»Das war knapp«, stieß Elise erleichtert aus.

»Manchmal geht es schneller, als man denkt. Heute noch auf den Brettern, die mehr Geld bedeuten, und morgen schon darunter.«

»Freche Göre!« Elise hob eine Faust mahnend in die Luft. »Passen Sie bloß auf, Fräulein.«

»Passen Sie lieber auf, dass Sie endlich auf die andere Seite ins Haus kommen.«

»Eene alte Frau ist keen D-Zug.«

»Aber auch keine Schnecke.«

»Haste Töne!«

Leise schimpfte Elise vor sich hin, während sie über die wippenden Bretter lief. Charlotte folgte ihr vorsichtig, bis sie festen Boden unter den Füßen hatte. An der Haustür angekommen, blieben sie beide stehen und begutachteten einander mit skeptischem Blick.

»Was? Woll'n Sie jetzt etwa 'n Danke von mir?«

»Ich wusste gar nicht, dass das Wort Danke überhaupt in Ihrem Sprachgebrauch vorkommt.«

»Wenn Sie wüssten, was ick noch für Wörter in meen Sprachgebrauch habe.«

»Das will ich lieber nicht wissen. Aber wer dafür verantwortlich ist, würde mich interessieren«, sagte Charlotte und wies mit dem Kopf in Richtung Grube.

»Wer wohl.«

»Sattkowski?«

»Bei Ihnen fällt der Groschen aber auch pfennigweise.«

»Was denkt der sich eigentlich? Sollen wir die nächsten Tage …«

»Tage? *Wochen!* Mindestens zwee Wochen lang soll'n wir da drübergondeln. Das wird 'n Spaß.«

»Ich finde das überhaupt nicht lustig. Wundert mich, dass Sie so ruhig bleiben, Frau Buffke.«

»Ick habe mir heute Morgen schon genug aufgeregt. Aber

der Fettarsch hat nur gesagt, dass das alles seine Ordnung hätte.«

»Seine Ordnung? Pf!«

»Das ist wegen dem feuchten Keller. Der wird trockengelegt. Den ganzen Dreck haben die mir vor die Fenster gekippt. Haben Sie das gesehen? Wie soll ick denn jetzt Leute kieken?«

Charlotte sah zum Erdhaufen hinüber. »Und das ist wahrscheinlich erst der Anfang.«

»Der Fettarsch ist ganz schön gerissen. Der will uns mit allen Mitteln rausfiestern. Aber wie heeßt es so schön? Wer anderen 'ne Grube gräbt, kippt selba rin.«

»Ich hoffe, Sie haben mal ausnahmsweise recht, Frau Buffke.«

»Ausnahmeweise?«, wiederholte Elise erstaunt. »Ick glaube, meen Schwein pfeift.« Dann lief sie davon. Im Hausflur blieb sie stehen, drehte sich um und wiederholte noch einmal: »Ausnahmsweise. Ick werd varrickt.«

# ZUSAMMEN IST MAN MEHR GEMEIN

Charlotte stand vor der Grube und starrte in das dunkle Loch. Noch immer konnte sie Sattkowskis Dreistigkeit nicht fassen. Ihre Gedanken und Gefühle taumelten auf den Brettern zwischen Fassungslosigkeit und Wut hin und her. Plötzlich fiel ihr ein, dass sie heute noch etwas vorhatte, und lief hastig in die Wohnung. Dort warf sie ihre Klamotten auf den Sessel, schnappte sich ein Bier und den Bademantel und brach in neuer Bestzeit in Griesebachs Wohnung ein. Über ihren neuen Rekord war sie ganz aus dem Häuschen. Triumphierend drehte sie eine Ehrenrunde in Griesebachs Wohnung und ging schließlich pfeifend ins Bad.

Eine halbe Stunde lag sie bereits in Griesebachs Wanne. Das Badewasser und Bier hatten ihren Ärger über Sattkowski fortgespült. Im feuchtnebligen Bad döste sie vor sich hin. Nur das mittlerweile kalte Badewasser und warme Bier hinderten sie am Einschlafen. Charlotte streckte sich und gähnte. Das Wasser plätscherte gegen den Wannenrand. Sie drehte den Hahn auf und bespritzte sich mit kaltem Wasser. Sofort war sie hellwach und stieg aus der Wanne.

Sie hatte heute noch viel vor. Deshalb musste alles fix gehen: Charlotte stand vor dem Schrank und griff nach dem beigen Hemd, der braun karierten Wollhose und den braunen, alten Hosenträgern. Benny Goodman spielte im Wohnzimmer auf seiner Klarinette und lieferte die passende Einstimmung auf den Feierabend. Charlotte postierte sich vor dem Spiegel im Flur. Sie fuhr mit dem Daumen über die Hosenträger, machte ein paar lässige Groove-Walks und zum Abschluss einen Dog-Kick. Dabei stellte sie sich vor, sie würde nicht einem Hund mit ihrer Schuhspitze in den Hintern treten, sondern Sattkowski. Der Gedanke von ihrer Schuhspitze in Sattkowskis Arsch verschaffte ihr ein wohliges Gefühl.

Die schwere, hölzerne Haustür knarrte, als Charlotte sie aufschob. Im Schatten der Nacht sah die Grube wie ein riesiges Loch aus. Charlotte streckte die Arme zur Seite aus und balancierte über die Bretter. Vorsichtig tastete sie sich voran und war bereits auf halber Strecke, als plötzlich die Alarmanlage eines Volvos vor dem Nachbarhaus ansprang. Eine Katze schnellte über die Straße. Erschrocken zuckte Charlotte zusammen, fing an zu wanken und zu schwanken und, na ja, um es kurz zu machen, es gab einen dumpfen Aufschlag. Dann war es still. Charlotte brauchte eine Weile, um die Lage im Allgemeinen und ihre im Besonderen zu kapieren. Eine glatte Bauchlandung hatte sie hingelegt. Mühsam stützte sie sich auf. Alles tat ihr weh. Sie wollte aufschreien, ihre Wut über diesen Fettarsch hinausposaunen, doch das war im Moment unmöglich. Sie hatte nicht nur die Nase gestrichen voll, sondern auch den Mund. Sie spuckte die Erdklumpen aus. Ihr Mund fühlte sich klebrig und die Zunge pelzig an. Feine Körner knirschten zwischen ihren Zähnen. Langsam drehte sie sich um und richtete sich auf. Im Schein der Laterne sah sie an sich herunter. Ihr helles Hemd hatte an Brust und Ellbogen seinen Farbton in braunschwarz geändert. Ein Hosenträger war gerissen. Ein bitterlicher Schrei schallte daraufhin durch die Kehrbachstraße. Es dauerte nicht lange, und Juri stand vor der Grube.

»Charlotte?«

»Blitzmerker«, stöhnte sie.

»Alles in Ordnung?«

»Och, wenn ich den Sattkowski in die Finger kriege.«

»Kannst du die überhaupt bewegen?«

Charlotte hielt ihre Hände vors Gesicht, drehte sie hin und her und ballte sie behutsam zu Fäusten. Danach streckte sie die Arme aus. Erleichtert atmete sie auf. Ihrem Vermöbelungsplan für Sattkowski stand nichts im Weg. Langsam versuchte sie aufzustehen, sackte jedoch sofort wieder zusammen. Sie stöhnte und umschloss mit beiden Händen ihren linken Knöchel.

»Was ist? Hast du dir was getan?«

»Schitte, mein Knöchel.« Ihren Feierabend konnte sie jetzt völlig abschreiben. Sie schlug gegen die Grubenwand. Erde löste sich und rieselte zu Boden. »Was für eine verdammte Scheiße. Das alles nur wegen dieses geldgeilen Fettarschs.«

»Gib mir deine Hände.«

Charlotte erhob sich, humpelte ein paar Schritte und streckte Juri ihre Hände entgegen. Mit festem Griff umschloss er ihre Handgelenke und versuchte, sie hochzuziehen.

»Mann, du bist ganz schön schwer.«

»Lass mich.« Charlotte riss sich los und ließ sich auf den Boden zurückfallen. Wütend nahm sie eine Handvoll Erde und schmiss sie zu Juri hoch.

»Spinnst du? Ist doch nicht meine Schuld, dass du dort unten sitzt«, sagte er und klopfte sich das Hemd ab. »Warte mal, ich habe noch eine Leiter im Laden.« Eilig lief er davon und kam mit einer Holzleiter unterm Arm zurück. Er ließ sie hinunter und kletterte in die Grube. Dann bückte er sich und drückte auf Charlottes Knöchel.

»Auaaa«, schrie sie auf. »Etwas mehr Feingefühl, bitte.«

»Sei nicht so eine Mimose. Das Fußgelenk ist heil geblieben. Ein kalter Waschlappen über Nacht müsste reichen. Komm, steh auf!«

Juri hievte Charlotte hoch und legte ihren Arm über seine Schultern. Langsam liefen sie zur Leiter. Charlotte klammerte sich an die Sprossen und zog sich hinauf, während Juri von hinten schob. Oben angekommen, ließ sie sich auf den Erdhaufen fallen und spuckte weiter vor sich hin.

»Ich hole dir Wasser.« Juri lief erneut davon und kam mit einer Wasserflasche zurück.

Charlotte gurgelte und spuckte. Juri beobachtete sie aufmerksam.

»Was ist?«, fragte Charlotte.

»Siehst du jetzt ein, dass wir was unternehmen müssen?«

»Aber nur wir beide. Okay?«

Juri schüttelte heftig den Kopf. »Das kann ich Elise nicht antun.«

»Mann, Juri, ich versteh das echt nicht. Was findest du nur an der fiesen Elise?«

»Sie kann auch anders.«

»Sie kann auch anders«, äffte Charlotte ihn nach. »Die alte Schachtel ist und bleibt eine wandelnde Giftspritze.«

»Ach, Charlotte, versteh doch. Sie ist nicht mehr die Jüngste. Dreiundneunzig.«

»Ach so, das erklärt natürlich alles. Entschuldigen Sie, ich bin Elise Buffke, bin dreiundneunzig Jahre alt, und in diesem Alter kann ich nur noch Gemeinheiten absondern. Haben Sie bitte Verständnis dafür.«

»Ihre Gemeinheiten sind nicht so gemeint.«

»Doch! Sind sie. Genau so! Das ist ja das Schlimme.«

»Charlotte, ich flehe dich an, spring einmal über deinen Schatten.«

»Du weißt gar nicht, was du von mir verlangst.«

»Du hast was gut bei mir.«

»Was denn?«

»Ein klares russisches Wässerchen?«

»Geklaut aus meinem Supermarkt. Schönen Dank auch.«

Juri zuckte mit den Schultern. »Die Zeiten sind hart.«

»Das sind sie wirklich, sonst würde ich nicht auf deinen bescheuerten Vorschlag eingehen.«

Juri lächelte. »Also bist du dabei?«

»Was bleibt mir anderes übrig?«

»Los komm, bei Elise brennt noch Licht.«

»Aber wenn sie mir wieder blöde kommt, bin ich sofort weg. Hörst du?«

Kurze Zeit später standen sie vor Elises Wohnung und klingelten. Niemand öffnete. Juri drückte noch einmal auf den Knopf. Schließlich war das Scheuern einer Kette an der Tür zu hören. Das Schloss schnappte zurück. Elise linste durch den Türspalt. Dann öffnete sie die Tür und sah beide erstaunt an.

»Hat man nicht mal am Abend seine Ruhe?«

»Guten Abend, Elise«, sagte Juri. »Entschuldige die späte Störung, wir wollten mit dir etwas Wichtiges besprechen.«

»Willste über Sattkowski quatschen?«

Juri nickte.

»Was gibts da zu bequatschen? Der ist und bleibt 'n gemeiner Fettarsch. Bin gespannt, was der sich als Nächstes ausdenkt.«

»Und dabei willst du tatenlos zuschauen?«

Elise zuckte mit den Schultern. »Hast du 'ne bessre Idee?«

»Wir müssen was unternehmen, Elise.«

»Wir?«

»Ja«, sagte Juri und schaute mit ernster Miene drein.

»Ick mit der Rotzgöre? Nie im Leben!«

Charlotte wollte etwas sagen, aber Juri machte eine beschwichtigende Handbewegung in ihre Richtung. »Elise, lass doch mal die alten Sachen. Charlotte will sich mit dir vertragen. Jetzt spring du auch mal über deinen Schatten, sonst …«

»Sonst was? Sonst lande ick auch in der Grube wie das Fräulein?« Elise musterte Charlotte und lachte spöttisch. »Selbst zum Loofen zu doof. Na ja, ick hab nichts andres erwartet.«

»Das muss ich mir nicht länger anhören.« Charlotte zerrte an Juris Arm. »Ich hab es doch gewusst. Das war eine blöde Idee von dir. Komm, wir klären das allein.«

Aber Juri rührte sich nicht. Stattdessen legte er seine Handflächen aneinander und machte ein beschwörendes Gesicht. »Elise, ich bitte dich.«

Elise schüttelte heftig den Kopf.

Charlotte war bereits einige Stufen zu ihrer Wohnung hinaufgehumpelt, als Juri zu schreien begann: »Verdammt, wenn wir jetzt nichts unternehmen, sitzen wir bald alle auf der Straße. Wollt ihr das wirklich? JA?«

»Jetzt mach mal nicht die Pferde scheu«, zischte Elise.

»Das ist die Wahrheit. Begreift das endlich.«

Elise überlegte. Dabei kniff sie ihr Gesicht zusammen. Das faltige Gesicht wurde noch faltiger. Schließlich öffnete sie die Tür. »Aber nur zehn Minuten. Ick brauch meen Schönheitsschlaf.«

Juri machte eine Geste in Charlottes Richtung. Die stand oben an der Treppe und zögerte. Er lief zu ihr und zog sie sacht die Stufen wieder hinunter. Widerstrebend humpelte sie hinter ihm her. Auf ihren Gehstock gestützt, schlurfte Elise durch den Flur. Neugierig schaute sich Charlotte um. Auf der Tapete im Flur schlängelten sich Lindenzweige in Pastelltönen. In der Ecke neben der Wohnungstür standen zwei Krücken, und leere Wasserkästen türmten sich auf. Daneben hing eine Garderobe. An den Messinghaken baumelten lederbezogene Bügel, auf denen eine blaurote Kittelschürze und ein dunkler Mantel mit großen Plastikknöpfen und Biberfellkragen hingen. Auf dem Garderobenschrank stand eine hölzerne Vase, in der verstaubte Plastiknelken steckten. Eine schwarze Katze tippelte in den Flur, gähnte genüsslich und streckte ihre Pfoten von sich.

»Na, Frau Schmidt, ist mächtig was los heute bei uns.«

Frau Schmidt neigte ihr Köpfchen und miaute.

»Kommt weiter«, befahl Elise barsch.

Als Charlotte das Wohnzimmer betrat, war ihr, als ob sie in eine andere Welt eintauchte: eine Couch mit geschwungenen Beinen, ein bauchiger Büfettschrank mit Porzellanfiguren und gehäkelten Deckchen, Sommergräser auf vergilbter Tapete und ein samtener, roter Ohrensessel neben der Balkontür. An der Wand hing eine Schwarzweiß-Fotografie in einem Messingrahmen. Eine junge Frau mit schwarzem glänzendem Haar drehte den Kopf zur Seite und warf über ihre Schulter ein breites Lachen in das Zimmer. Rechts daneben hing ein goldgerahmtes Landschaftsbild, auf dem ein Hirsch im Wald zu sehen war. In jeder Ecke des Zimmers standen Zimmerpflanzen. Ein Geruch aus Veilchen und Tabakrauch lag über allem.

Elise Buffke setzte sich in den Ohrensessel. Frau Schmidt sprang auf ihren Schoß. Zärtlich strich Elise über den Rücken der Katze. Ihr Schwanz schnellte in die Höhe. Charlotte und Juri setzten sich auf die Couch.

»Dass das Fräulein Kubitschek mal in unsrer guten Stube sitzen würde, hätten wir nicht gedacht, was, Frau Schmidt?« Elise nahm eine Piepe vom Wägelchen und zündete sie an.

Charlotte verfolgte alles aufmerksam. Eine Weile herrschte beklommenes Schweigen im Zimmer.

Dann ergriff Juri das Wort: »Ich finde es gut, dass wir endlich alle zusammensitzen.« Er lächelte Charlotte und Elise aufmunternd zu.

»Na ja, stimmt schon, gemeinsam können wir besser was ausklamüsern, um es dem Fettarsch heimzuzahlen.«

»Sie meinen, zusammen ist man mehr gemein«, sagte Charlotte.

»Genau, das meen ick, Fräulein.«

»Bleibt nur die Frage, wie wir das anstellen«, schob Charlotte hinterher.

Die drei sahen sich betreten an.

»Vielleicht hilft uns een kleener Schluck auf die Sprünge.« Elise umfasste die Lehnen des Sessels und schob sich nach vorn.

»Ich mach das schon.« Juri sprang auf und lief in die Küche.

»Wo willst du hin?«, rief Elise ihm nach.

»Wasser holen.«

»Tut mir leid, Wasser ist heute aus. Aber een Schnabus hätt ick noch.«

Juri kam zurück, und Elise zeigte zum Büfettschrank. »Oben rechts.«

Er lief zum Schrank, nahm eine Flasche Likör und drei kleine Kristallgläschen heraus und goss ein. Dann verteilte er die Gläser, und die drei stießen an.

»Hat jemand eine Idee?«, fragte Juri schließlich in die Runde und stellte das leere Glas ab.

»Mit dem Fettarsch ist das 'ne schwierige Kiste. Ick würde dem gerne mal 'n Stück heimzahlen. Dass der merkt, der hat es nicht mit Piesepampeln zu tun. Vielleicht sollten wir die Journaille informieren?«

»Und was dann?«, fragte Charlotte.

»Dann erzählen wir, was in unsrem Haus alles vor sich geht. Von den Ratten im Hof und dem Stromausfall. So 'n fiesen Vermieter wie den Sattkowski, den nehmen die doch mit Kusshand.«

»Ach, das bringt uns nicht weiter«, sagte Juri. »Es müsste etwas sein, was Sattkowski für eine Weile außer Gefecht setzt und uns einige Tage Luft verschafft.«

»Man müsste ihn mit seinen eigenen Waffen schlagen«, sagte Elise.

Juri nickte zustimmend.

»Wir begraben ihn einfach in seiner Grube. Da hätten wir ein für alle Mal unsere Ruhe«, sagte Charlotte. »Aber ob der Fettarsch da reinpasst?«

»Der bestimmt nicht, aber …« Elise hielt inne.

»Aber was?«, fragte Juri. »Ist dir etwas eingefallen?«

»Ick habe letztens in der Zeitung gelesen, dass bei Erdarbeiten für 'n neues Haus in Pankow alte Sachen aus dem letzten Jahrhundert gefunden wurden. Medaillen und Münzen und so. Lauter Schnickschnack. Die Bauarbeiten mussten unterbrochen werden. Der Eigentümer konnte das nicht so gut verknusen, aber was sollte der machen.«

»Etwas aus alten Zeiten«, murmelte Juri vor sich hin.

»Ick hätte da einiges auf Lager. Ick meene oben aufm Dachboden.«

»Mensch, Elise! Das ist die Idee. Du bist super.« Juri sprang auf und lief aufgeregt im Zimmer umher.

»Man tut, was man kann. Und das Fräulein Kubitschek kann's verbuddeln. Tiemwöörk heeßt das doch auf Neudeutsch, oder?«

»Wohl eher Teamwürg«, murmelte Charlotte.

»Was haben Sie gesagt, Fräulein?«

»Nichts, nichts«, antwortete Juri und warf Charlotte einen bittenden Blick zu.

»Warum soll ausgerechnet ich in die Grube steigen, Frau Buffke?«

»Weil Sie schon Ihre Nese ringesteckt und somit bereits Erfahrung gesammelt haben.« Elise lachte heiser auf.

»Das finde ich nicht lustig.«

»Ick schon, und so 'n bisschen Dreck in der Fresse tut 'ner Großschnauze wie Ihnen mal ganz gut.«

»Ich habe es gewusst, Juri. Sie kann einfach nicht anders.«

»Das hat Elise nicht so gemeint«, sagte er.

»Doch! Das hab ick genau so gemeint.«

»Sag ich doch. Sie ist und bleibt eine fie… «

Juri schnellte zu Charlotte und presste seine Hand auf ihren Mund. Charlotte war im ersten Moment zu perplex, um sich zu wehren.

Elise sah dem Spektakel genüsslich zu. Sie schob theatralisch ihre Hand hinter die Ohrmuschel und fragte noch einmal: »Fräulein, ick verstehe Sie so schlecht. Was haben Sie gesagt?«

Charlottes Gesichtsfarbe wechselte von einem frühsommerlichen Roséton in ein spätsommerliches Rot. Sie versuchte, Juris Hand, die an ihrem Mund klebte, wegzuziehen. Aber Juri blieb hartnäckig.

»Dem Fräulein hat es die Sprache verschlagen. Das ist ja mal was, nicht, Frau Schmidt?«

»Elise, hör endlich auf«, rief Juri.

»Wieso denn? Ick amüsiere mir prächtig.« Sie lachte erneut auf. »Sprachlos ist die Rotzgöre. Das ick das noch erleben darf.«

Charlottes Nasenflügel blähten sich auf. Aus ihren Augen traten die Augäpfel wie Glaskugeln heraus.

»Schluss jetzt«, schrie Juri.

Elise zuckte zusammen. Ängstlich sprang Frau Schmidt vom Sessel und verpfiff sich in den Flur. Charlottes Augen richteten sich auf Juri.

»Ihr geht mir auf die Nerven mit euren Kindereien. Wisst ihr überhaupt, was das für mich bedeutet, wenn ich den Laden verliere?«, schrie er weiter und ließ Charlotte endlich los. »Und für meinen Vater«, fügte er hinzu.

Elise presste ihre dünnen Lippen aufeinander und wandte den Kopf zum Fenster. »Der gute alte Sergej«, murmelte sie schließlich.

»Ja, der gute alte Sergej. Den wird es nicht mehr lange geben, wenn er erfährt, dass ich den Laden schließen musste. Begreift ihr, was für mich auf dem Spiel steht?«

Charlotte nahm das Kristallgläschen, goss sich ein und trank es in einem Zug aus.

»Ich muss was unternehmen. Ich kann nicht tatenlos zusehen, wie Sattkowski mich ruiniert. Versteht ihr das denn nicht, verdammt noch mal?«

Charlotte verschränkte die Arme und stierte stumm und mit abgewandtem Blick zur Wand.

»Ich will, dass ihr euch endlich vertragt. Gebt euch die Hand!«

Charlotte schaute wütend zu Elise. Die verschränkte ebenfalls demonstrativ die Arme, und Charlotte wandte ihren Kopf wie ein beleidigtes Kleinkind wieder ab.

»Bitte«, flehte Juri.

Aber Charlotte und Elise rührten sich nicht.

»Schön, wie ihr wollt. Vergessen wir einfach unseren Plan. Aber ich verspreche euch, das werdet ihr noch bereuen.« Er hob den Zeigefinger, während er sprach. »Wir sehen uns. Spätestens im schönen Marzahn.«

»Dort kannst du wenigstens dein mieses Russisch wieder een bisschen aufpolieren.«

»Du bist wirklich unverbesserlich.« Juri stampfte aus dem Zimmer.

»Und das ville Grün beruhigt dein angespanntes Gemüt«, rief Elise ihm hinterher.

Die Tür fiel laut ins Schloss.

Charlotte und Elise blieben allein zurück. Juris Abgang hinterließ eine beklemmende Stille. Charlotte wagte nicht, Elise anzusehen. Langsam erhob sie sich und ging durch das Zimmer zur Tür. Im Vorbeigehen fiel ihr Blick auf die geöffnete Truhe in der Ecke des Zimmers. Die hatte sie vorhin bei ihrer ersten Ortsbesichtigung völlig übersehen. Einige Schallplatten stakten heraus. Zwischen den Platten steckten verrostete Straßenschilder und ein blaues, ledernes Fotoalbum. Sie zögerte, wollte weitergehen, aber Neugierde hielt sie zurück. Sie glaubte, Benny Goodman auf einer der Platten zu erkennen, aber das konnte unmöglich sein. Eine Platte vom größten Musikgenie aller Zeiten in einer Truhe der fiesesten Schachtel aller Zeiten. Undenkbar! So viel Musikgeschmack besaß die Buffke nie im Leben. Charlotte zögerte, bückte sich und zog die Platte heraus. Es war tatsächlich Mister Goodman.

»Sie haben eine Platte von Benny Goodman?«

»Ist 'n Original«, murmelte Elise.

»Das glaub ich nicht.«

»Könn' Sie aber.«

»Sie hören Benny Goodman?«

»Ob ick Benny Goodmann höre? Darauf könn' Sie een lassen.«

»Haben Sie früher Swing getanzt?«

»Was für 'ne Frage.« Elise lachte höhnisch auf. »Sie hätten mir mal sehen sollen. Was ick für 'ne kesse Nummer aufs Parkett gelegt habe. Dass ick auch mal jung war, ist zwar 'ne varrickte Vorstellung, aber stimmen tuts trotzdem. Tanzen war meen Leben. Jeden Abend bin ick los. Natürlich alles streng geheim. Swing war ja verboten.«

»Verboten?«

»War Negermusik. Dazu durfte man als gutes deutsches Mädel nicht tanzen.«

Charlotte strich zärtlich über das Plattencover und hielt die Schallplatte, als ob sie ein Heiligtum wäre.

»Haben Sie einen Plattenspieler?«

»Der looft nicht mehr.«

»Schade.«

»Der Juri kann den bestimmt reparieren«, sagte Elise.

Ein Reigen aus verlegenen, unbeholfenen Blicken folgte.

»Ick mag eigentlich keene Russen. Bis auf Sergej und Juri natürlich. In Marzahn würden die mir ständig über den Weg loofen«, platzte es schließlich aus Elise heraus.

»Warum mögen Sie keine Russen?«

»Das wollen Sie lieber nicht hören, Fräulein.«

»Und ich hasse Natur. So viel Grün vor der Nase. Das ist so furchtbar gesund.«

»Stimmt. Das ist nicht gut für meene Raucherlunge. Da erholt die sich vielleicht noch.«

Sie schwiegen erneut.

»Zu gerne würde ich mal die alte Platte hören«, sagte Charlotte nach einer Weile und fuhr erneut zärtlich über das Plattencover.

»Die ist echt gut«, stieß Elise zwischen zusammengepressten Lippen hervor und schaute Charlotte nachdenklich an. Plötzlich streckte sie ihren Arm aus und hielt Charlotte die Hand hin. Charlotte sah auf das magere Hexenhändchen, dann auf die Schallplatte, zögerte und griff schließlich danach.

Kurze Zeit später stand Charlotte bei Juri im Laden und bat ihn, wieder mit in Elises Wohnung zu kommen. Nur mit Mühe konnte sie ihn überzeugen. Müde folgte er ihr.

»Wo steht der Plattenspieler?«, brummte er, als er in Elises Wohnzimmer stand.

»Unten im Schrank«, antwortete Elise.

Juri lief zum Büfettschrank, öffnete die unteren Türen und zog einen Holzkasten heraus. Sanft fuhr er über das Gehäuse, pustete und schob die Hülle zurück. Staub wirbelte auf. Er hustete und wedelte mit der Hand vor seinem Gesicht. »Von Supraphon! Elise, das ist eine absolute Rarität«, rief er aus. Sein Gesicht hellte sich auf.

»Eene Rarität! Die bin ick auch.«

»Mal sehen, was ich machen kann.«

»Hast ja schon einiges wieder zum Loofen gebracht.« Sie hielt Juri ihr Glas hin. »Een Lippentriller geht noch.«

Juri stellte den Plattenspieler ab und schenkte nach. »Prost! Einer für alle und alle für einen«, sagte er.

»Na, na, jetzt wollen wir mal nicht übertreiben«, sagte Elise.

»Auf die drei Musketiere aus der Kehrbachstraße.« Juri lief zu Charlotte und reichte ihr ein Glas. Sie stand noch immer an der Truhe und blätterte in alten Ausgaben der *Berliner Illustrirten*. Dann legte sie die Zeitschriften zurück und griff nach dem blauen Fotoalbum.

»Pfoten weg«, fuhr Elise sie an. »Denken Sie, Sie können mir ausspionieren?«

»Sorry.«

»Ach was, sorry, sorry, Porree.«

»Nicht schon wieder«, stöhnte Juri.

Charlotte legte das Album zurück und setzte sich auf die Couch. Man trank zusammen noch einige Gläschen. Es wurde spät und später. Der Kirschlikör ging zur Neige, und der Mond stand bald hell am Himmel. Spät nach Mitternacht krochen Charlotte und Juri in die Grube und begannen zu graben. Sie hofften, dass diese schlaflose Nacht ihnen ein paar Tage Ruhe schenken würde.

# HEINRICH SCHLIEMANN IN DER KEHRBACHSTRASSE

Als Charlottes Frühschicht zu Ende war, fuhr sie direkt nach Hause. Vor der Kehrbachstraße fünf herrschte bereits reges Treiben. Sie stieg ab und schob ihr Rad an einem blauen Lieferwagen vorbei, der mit geöffneten Türen auf dem Gehweg parkte. In der Grube kauerten zwei junge Frauen und wühlten mit Gummihandschuhen bekleidet im Erdboden. Vor der Grube stand ein wilhelminisch-schnauzbärtiger Mann: leinenhemdsärmelig, staubgepudert in beiger Shorts mit Panamahut. Heinrich Schliemann in der Kehrbachstraße. Neben ihm blätterte eine zierliche Frau in einem Buch.

»Ich habe was gefunden«, rief eine der beiden Frauen aufgeregt aus der Grube.

Sie richtete sich auf und hielt Heinrich Schliemann etwas Rundes entgegen. Eilig nahm er es, kniff sein linkes Auge zusammen und fuhr mit einem Pinsel darüber. Die Beute blitzte in der Sonne. Charlotte konnte aus der Ferne nichts Genaues erkennen.

»Eine Münze von 1871. Das gleicht mehr und mehr unserem Fund vor einem Jahr oben in der Florastraße«, stieß

Heinrich Schliemann sichtlich bewegt aus. Fassungslos wackelte er mit dem Kopf, während er die Münze unablässig drehte und wendete.

»Wahrscheinlich stand hier früher ein Wohnhaus«, sagte die zierliche Frau mit dem Buch neben ihm. »Das würde den Medaillenfund erklären. Wenn wir Glück haben, Herr Professor Kuhlenrath, können wir die Sammlung im Stadtmuseum um einige neue Exponate ergänzen.«

Heinrich Schliemann schob seinen Panamahut aus der Stirn und lächelte selig. »Gute Arbeit, Frau Doktor Backkruse«, sagte er zu der Frau neben ihm.

Die wischte sich mit dem Handrücken ein paar nasse Haarsträhnen aus der Stirn und nickte zum Dank. »Das Grundstück müssen wir in den nächsten Wochen gründlich untersuchen«, sagte sie.

»Sie übernehmen die Projektleitung, Frau Doktor Backkruse. Stadtarchäologie ab neunzehnhundert ist schließlich Ihr Fachgebiet«, ordnete Heinrich Schliemann an.

Die zierliche Frau strahlte und klappte das Buch zu. Die beiden Frauen in der Grube machten sich in der prähistorischen Ausgrabungsstätte wieder an die Arbeit. Charlotte schloss ihr Rad an und entdeckte Elise und Juri. Sie saßen unter der alten Linde auf der Verkehrsinsel und verfolgten sichtlich entzückt das Treiben des Schliemann-Trupps. Elise zog genüsslich an ihrer Piepe, und Juri nippte an einem Bier. Charlotte lief zu ihnen hinüber. Sofort berichtete Juri die Neuigkeiten. Es war alles nach Plan gelaufen. Heute in aller Frühe hatte er, wie verabredet, beim Bauamt angerufen und gemeldet, dass er in der Grube vor der Kehrbachstraße fünf einige Gegenstände, wahrscheinlich älteren Datums, gefunden habe. Das Bauamt hatte sofort den Denkmalschutz eingeschaltet, der wiederum das Stadtmuseum, und das Museum hatte einige Fachleute losgeschickt. Es wurde nach kurzer Begutachtung sofort ein Baustopp verhängt. Nun wühlten sich Heinrich Schliemann und die drei Damen schon seit Stunden durch die neue Ausgrabungsstätte.

Die gestrige mitternächtliche Aktion hatte sich gelohnt. Charlotte und Juri waren spät abends noch auf den Dachboden gestiegen und hatten in Elises Kisten nach Utensilien von historischem Wert gesucht. Dabei waren sie sich wie Zeitreisende vorgekommen: Alte Zeitungsartikel, vergilbte Bücher, sepiafarbene Postkarten, in Sütterlin verfasste Briefe, Swing-Schallplatten sowie unzählige Blechdosen mit rostigen Medaillen, Münzen und Fotografien waren in den Kisten verstaut. Immer wieder hatte Charlotte vor Entzücken aufgeschrien, als ihr die ein oder andere Platte eines bekannten Swing-Musikers zwischen die Finger geriet. Sie konnte ihr Glück kaum fassen. Juri hatte dann immer einen gewichtigen Gesichtsausdruck aufgelegt, so als ob er schweigend mitteilen wollte, siehst du, das ist die wahre Elise. Stundenlang hatten sie im Schneidersitz auf dem Boden zugebracht und die Puzzleteile eines dreiundneunzigjährigen Lebens betrachtet.

Juri stand von der Bank auf und erzählte nun mit ausladenden Gesten, wie Sattkowski nur eine Stunde später angerauscht kam. Wie ein Aufziehmännchen sei er vor der Grube hin und her marschiert und habe sogar Dünnebier und seinen Assistenten zur Schnecke gemacht. Kurz vor dem

Platzen habe er gestanden. Elise fügte hinzu, dass nicht mehr ville gefehlt hätte, und sie hätten den Fettarsch von der Hauswand kratzen können. Gerne hätte Charlotte dieses Schauspiel live gesehen. Sie stellte sich Sattkowski vor, wie er vor dem Haus tobte. Unweigerlich fiel ihr die Mutter mit dem kleinen Sohn ein, der heute vor ihrer Kasse einen Anfall bekommen hatte, weil die Mama ihm einen Schokoriegel verweigert hatte. Wütend hatte er auf dem Boden gelegen und aus voller Kehle geschrien, bis nur noch ein Krächzen zu hören gewesen war.

»Mit geballter Faust ist er davongefahren«, erzählte Juri weiter. »Ich habe es doch gesagt, wir müssen uns zusammentun.«

»Mal ganz ehrlich. Das hat mir gestern ganz schön was abverlangt«, sagte Elise.

»Wieso?«, fragte Juri.

»Mit dem Fräulein Kubitschek zu reden, das muss ick schon zugeben, ist mir nicht leichtgefallen.« Elise zog an der Piepe.

»Und mir erst«, erwiderte Charlotte trotzig.

»Mir hat sowieso gewundert, dass Sie überhaupt Ihre Gusche aufgekriegt haben. Wo Sie sonst nicht mal grüßen können.«

»Ich habe Sie früher immer gegrüßt.«

»Was? Sie wollen mir gegrüßt haben? Das muss ick überhört haben.«

»Stopp! Stopp!« Juri postierte sich vor Elise und Charlotte. »Auseinander, ihr Streithähne!«

Elise und Charlotte schoben sich auf der Bank in die jeweils andere Richtung, und Juri setzte sich zwischen sie.

»Lasst uns lieber unseren ersten Sieg genießen, statt wieder zu streiten.«

»Ick streit mir doch gar nicht.«

»Ich mich auch nicht.«

Elise und Charlotte setzten eine unschuldige Miene auf.

»Aber eens muss ick noch sagen.«

»Und das wäre?«, fragte Juri seufzend.

»Sattkowski hat jetzt sicherlich 'ne Pike auf uns. Ick bin gespannt, wann wir die Rechnung serviert kriegen.«

Die Rechnung wurde Charlotte nach dem Abendbrot serviert. Sie war gerade dabei, sich für eine Verabredung zurechtzumachen, denn am Vormittag hatte sie im Supermarkt einen Mann im besten Alter kennengelernt. Grau und äußerst schau. Er strahlte eine unaufdringliche Eleganz aus. Aus Versehen hatte sich Charlotte beim Preis der Fruchtzwerge und der fettarmen Margarine vertan. »Oops! I did it again« – Britney Spears fing sofort an, ihren Hit zu singen, und spulte vor Charlottes Kasse eine perfekt einstudierte Choreografie ab, Charlotte wippte dazu mit dem Kopf und summte die Melodie. Mit einem bezaubernden Lächeln entschuldigte sie schließlich ihren Fauxpas. Über die Wangen des grauen, schauen Herren flüchtete ein Rot. Verlegen ließ er seinen Einkauf in den geflochtenen Bastkorb wandern und lud Charlotte auf einen spätabendlichen Drink ein. Das Date very late erklärte er mit einem Geschäftstermin, den er nicht verschieben konnte. Er hoffte auf ihr Verständnis, und Charlotte wiederum hoffte, dass sein abendlicher Geschäftstermin im Beisein seiner Familie stattfinden würde.

Charlotte stand gerade vor ihrem Kleiderschrank, als plötzlich das Licht ausging. Mit ausgestreckten Händen tapste sie zur Wand neben der Tür und drückte den Schalter. Es blieb dunkel. Sie lief weiter in den Flur, tastete sich an der Wand entlang bis zum Stromkasten und drückte auf die kleinen Plastikschalter. Aber es tat sich nichts. Fluchend tastete sie weiter nach der Tasche auf dem Schuhschrank und suchte darin ihr Feuerzeug. Dann fiel ihr ein, dass sie es Biggie gestern geliehen und noch nicht wiederbekommen hatte. Sie überlegte und erinnerte sich an die Taschenlampe. Wie ein Maulwurf wühlte sie sich durch die Fächer des Schuhschrankes, doch statt der Taschenlampe fand sie nur eine leere Kerzenschachtel. Die Kerzen, die sie im unteren Fach verwahrt hatte, waren bei einem Date vor zwei Wochen aufgebraucht worden. Charlotte fiel das Beisammensein im Kerzenschein mit David ein. Der Typ war ein echter Romantiker gewesen und hatte das Schlafzimmer mit Kerzen dekoriert. Am nächsten Tag hatte sie den gesamten Vormittag damit verbracht, die Wachsflecken von den Dielen zu kratzen.

Vorsichtig schlich sie an der Wand entlang, stieß sich den Fuß, jaulte auf und hüpfte durch den Flur zur Wohnungstür. Dort hielt sie sich an der Klinke fest. Juri!, schoss es ihr durch den Kopf. Er konnte sicher weiterhelfen. Langsam lief sie Stufe für Stufe durchs düstere Treppenhaus hinunter.

Mehrmals klopfte Charlotte an Juris Ladentür und rief nach ihm, aber im Laden blieb es still. Schweren Herzens lief sie zurück ins Haus und klingelte an Elises Tür. Dann erinnerte sie sich, weswegen sie hierstand, und klopfte. Einige Zeit verstrich, bis ein Schlüsselklappern zu hören war und sich die Tür langsam aufschob. Im Schein einer Kerze kam Elises verknittertes Gesicht zum Vorschein.

»Ick fall vom Stengel. Sie schon wieder. Sie müssen ja große Sehnsucht nach mir haben.«

»Jetzt werden Sie bloß nicht kindisch, Frau Buffke. Ohne Sie kann ich es schon aushalten, aber nicht ohne Licht.«

»Ick kann zwar ville, aber Licht machen, wie der liebe Herrgott, das kann ick nicht.«

»Aber vielleicht haben Sie noch ein paar Kerzen für mich?«

»Kerzen hab ick. Aber wieso sollte ick Ihnen die geben?«

»Weil ich mir die gestrige Nacht auch wegen Ihnen um die Ohren geschlagen habe, statt gemütlich in meinem Bett zu schlafen«, antwortete Charlotte gereizt.

»Und was haben wir nun von der Aktion? Een dunkles Appartemente. Ville Dank auch!«

»Keine Ursache. Sie brauchen sich nicht bei mir zu bedanken.«

»Na, komm Sie mal rin, Fräulein. Aber dass mir das nicht zum Alltag wird.«

»Sie sind einfach zu freundlich, Frau Buffke.«

»Schön, dass Sie das auch endlich kapieren. Na ja, besser spät als nie.«

Elise schlurfte durch den Flur. Charlotte folgte ihr. Im Wohnzimmer flackerten zwei Kerzen auf dem Tisch und tauchten das Zimmer in ein goldgelbes Licht. Charlotte blieb am Türrahmen stehen. Elise ging zum Schrank, zog eine Schublade auf und legte eine Packung Kerzen auf die Abstellfläche. Langsam lief sie zum Sessel und ließ sich fallen.

»Da war der Fettarsch flott«, sagte sie.

»Kann man wohl sagen.«

»Alles zappenduster. Das erinnert mir an früher.«

»Haben Sie damals schon hier gewohnt?«

»Ick früher in O-Berlin gewohnt? Gott bewahre. Ick bin im schönen West-Berlin geboren. Da leg ick Wert druff.«

»Ich dachte immer, Sie kämen aus dem Osten.« Charlotte lehnte sich an den Türrahmen.

»Könn' Sie mal sehen, wie man sich verdenken kann. Früher konnte ick den Osten nicht leiden.«

»Warum?«

»Im Osten wohnte damals doch die Proleten-Mischpoke. Die Arbeiter-Bagasche, nur arme Schlucker im Prenzlauer Berg und im Wedding. Die haben tagsüber feste geschuftet und abends feste gefeiert. Und wenn die eenen in der Krone hatten, dann waren die noch ungehobelter, als sie sowieso schon waren. Damals hieß es immer, wenn eener sich danebenbenommen hat, der kommt wohl aus O-Berlin.« Elise kicherte und schaute zu Charlotte. »Was stehen Sie überhaupt so dämlich in der Türe. Das macht mir ganz wuschig. Setzen Sie sich mal.«

Charlotte lief zur Couch und setzte sich. Elise ging zum Schrank, holte ein zweites Glas, schenkte ein und schob es über den Tisch. Sie tranken einen Schluck und sahen verlegen in die Flammen der Kerzen auf dem Tisch.

»Wo waren wir stehengeblieben?«, unterbrach Elise die Stille.

»Arbeiter-Bagasche in O-Berlin.«

»Genau. Und wie die gequatscht haben. Een ganz dreckiges Berlinisch. So was können Sie sich nicht vorstellen.«

Charlotte verkniff sich ein Lachen.

»Früher bei mir zu Hause haben wir nur feinstes Hochdeutsch gesprochen. Wenn ick mal *nee* gesagt habe, gab es gleich 'nen Klaps hinter die Ohren. Aber hier im Osten ist mir das feine Hochdeutsch total versaut worden. Ich sag ja, scheiß O-Berlin.« Elise griff nach dem Kristallgläschen und trank einen Schluck. »Und das Beste ist, heute versteht mir hier keene Sau, wenn ick Berlinisch quatsche. Ist das zu fassen. Die Schnösel kieken mir aus ihre schwarzen Horngläser an, als ob ick fremdländisch rede.« Elise schüttelte den Kopf. »Ick bin in 'ner vornehmen Familie aufgewachsen, müssen Sie wissen.«

»Vornehme Familie?« Charlotte verzog ungläubig das Gesicht.

»Jawohl! Das können Sie glauben oder nicht. Wahr ist es trotzdem.«

»Wo haben Sie denn früher gewohnt?«

»Im Roseneck. Eene schöne Gegend. Waren Sie schon mal da?«

Charlotte schüttelte den Kopf. »Ist mir zu tief im Westen.«

»Zu tief im Westen.« Elise kicherte los. »Ick werd varrickt.«

»Und was haben Ihre Eltern gearbeitet?«

»Meen Vater war bei der BTL.« Elise wartete neugierig Charlottes Reaktion ab. Aber Charlotte blieb ungerührt. »Kennen Sie wohl nicht, was? Die BTL – die Biophon-Theater-Lichtspiele. Das war 'ne Institution damals. Alle sind da hingestiefelt, um die neusten Filme zu sehen.«

BTL war das Stichwort. Elises Gedanken spazierten sofort auf dem Trampelpfad der Erinnerungen davon, und ihr

Blick glitt ins Leere. Dann schien ihr bewusst zu werden, dass sie nicht alleine war. Sie schenkte Likör nach, machte es sich im Sessel gemütlich und begann zu erzählen. Sie berichtete Charlotte von der mintgrünen Jugendstilvilla. Dort wohnte sie zusammen mit Mutter Helly und Vater Edwin in einer Drei-Zimmer-Wohnung mit Balkon und Eichenparkett. Elise hatte damals sogar ihr eigenes Kinderzimmer. Das war eine absolute Seltenheit. In dem kleinen Spalt zwischen Schrank und Wand hatte sie ein Versteck. Eine Gummischleuder und die Zeitungsausschnitte über den französischen Radrennfahrer Charlie de Neve bewahrte sie dort in einem kleinen Kästchen auf. Den Rennfahrer de Neve fand sie toll, seit sie denken konnte. Vielleicht war sie wirklich in ihn verknallt gewesen. Das behauptete zumindest Helga, ihre Banknachbarin in der Schule. Elises Mutter war Hausfrau. Sie polierte regelmäßig den Mahagoni-Tisch und stellte am Wochenende Rouladen und selbstgebackenen Kranzkuchen darauf. Unter der Woche blieb der Familie wenig Zeit füreinander. Papa Edwin arbeitete oft bis spät in die Nacht im Kintopp – so nannte man früher das Kino. Mit siebzehn hatte er als Umroller angefangen und Filme nach der Vorstellung von einer Seite auf die andere gedreht. Hart hatte er gearbeitet und hoch hatte er sich gearbeitet, bis schließlich ein Messingschild an seinem Büro hing, auf dem *Geschäftsführer Edwin Schulze* stand.

Jeden Mittwoch gingen Elise und Mutter Helly ins Kintopp in der Potsdamer Straße. Papa Edwin hatte dort eine Lodge reserviert, und Elise durfte sich mit der Mutter die neusten Filme anschauen. Elise kannte sie alle, erst stumm, dann sprechend: Greta Garbo, Marlene Dietrich und Willy

Schaeffers. Später tanzte sie regelmäßig mit Fred Astaire und Ginger Rogers die Treppe in der mintgrünen Villa im Roseneck hinunter. Und noch später nähte die Mutter für die erwachsene Tochter weite Röcke aus glänzender Atlas-Seide und Blusen aus hauchdünnem Batist-Stoff. Das garantierte Elise auf den Tanzveranstaltungen jede Menge neidvolle Blicke der Frauen und schamlose der Männer.

Elise schloss die Augen. »Nur eine kleine Verschnaufpause«, sagte sie entschuldigend.

Kurze Zeit später war ein leises Röcheln zu hören. Ihr Brustkorb hob und senkte sich gleichmäßig. Ihr Gesicht lehnte an einem Sesselohr. Charlotte betrachtete sie. Im Schlaf sah sie beinahe kindlich aus. Frau Schmidt hatte sich zu Elises Füßen gelegt. Charlotte nahm die Decke von der Couch und legte sie über Elise. Sie schlich mit den Kerzen in der Hand aus dem Zimmer und zog die Tür leise hinter sich zu. Bedächtig arbeitete sie sich im Dunkeln die Stufen zu ihrer Wohnung hinauf. Als sie vor ihrer Tür stand, ging das Licht wieder an.

# EINE GEILE SAU IN NACHTBLAU

In den folgenden Tagen kam und ging der Strom. Wie ein untreuer Ehemann stahl er sich für einige Stunden aus dem Haus und kehrte später heimlich zurück. Nach einer Woche hatte die treulose Tomate schließlich erkannt, dass es zu Hause doch am schönsten war, und blieb.

Dafür spielten nun die Wasserleitungen verrückt. Sie prusteten und schnaubten und wollten nicht mehr als ein paar kupferbraune Tropfen hergeben. Der Wassernotstand setzte an einem denkbar ungünstigen Tag ein – an einem Freitag. Das war Charlottes freier Tag, und der wollte sinnvoll genutzt werden: schlafen, essen, schlafen und zum Ausklang des anstrengenden Tages ein erholsames Abendprogramm.

Im *Hotty* spielte heute eine Swing-Band. Charlotte hatte die Band schon vor zwei Wochen gesehen und sofort kapiert, dass die Jungs ihr Handwerk verstanden. Zur Musik hatte sie einige Runden mit einem schnieken Typen gedreht. Bei dem Lied »Bei mir bist du schoen« hatte er seine Hosenträger zurechtgerückt und war mit Charlotte über die Tanzfläche gewirbelt. Selbst Frankie und Zuza, Charlottes

Tanzlehrer, hatten ihnen respektvoll von der Bar aus zugeschaut. Heute Abend hoffte Charlotte auf Teil zwei von Ginger und Fred.

Seit einer halben Stunde stand Charlotte nun schon vor dem Kleiderschrank. Draußen dämmerte es bereits. Auf dem Sessel neben dem Schrank türmten sich Hosen, Shirts und Hemden. Ungeduldig tippte Charlotte mit dem Fuß auf den Dielenboden und zog schließlich die braun karierte Stoffhose mit dem hochgeschnittenen Bund heraus. Die Hose mochte sie am liebsten. Die hatte sie in dem Second-Hand-Laden zwei Straßen weiter unter einem Stapel verwaschener Jeanshosen gefunden. Sie war genau das Richtige für den heutigen Abend – raffiniert tailliert und angenehm bequem. Und falls Sie es noch nicht mitbekommen haben: Charlotte hat eh gerne die Hosen an.

Sie betrachtete sich im großen Flurspiegel, und erst im Schein der Halogenlampe sah sie die weinroten Flecken. Sie kratzte mit dem Fingernagel daran, aber sie blieben hartnäckig. Da fiel es Charlotte wieder ein. Letzte Woche hatte sie mit Juri auf der Bank unter der Linde gesessen. Er hatte Bier dabeigehabt und sie eine Papiertüte mit überreifen Kirschen zum Sonderpreis von Pinkemann. Schluck und Spuck hatten sie gespielt. Völlig im Wettstreit versunken, hatte sie die Tüte auf ihren Schoß gelegt und nicht bemerkt, wie der Saft der überreifen Kirschen durch die Papiertüte auf ihre Hose gesickert war. Sie hatte auf die miese Qualität der Kirschen geschimpft, und Juri hatte sie daran erinnert, dass es als Verkäuferin an ihr gewesen wäre, die Kirschen auszusortieren.

Der Wasserhahn im Bad quietschte. Er weigerte sich weiter, auch nur einen einzigen Tropfen auszuspucken. Jetzt war es kurz nach acht. Einlass war um neun. Das hieß, die Party stieg nicht vor elf. Das sollte zu schaffen sein. Eilig nahm Charlotte die Nagelfeile und ihren Wohnungsschlüssel.

Die Wasserhähne in Griesebachs Wohnung streikten ebenfalls. Charlotte fluchte und rüttelte an den Armaturen. Hastig zog sie Griesebachs Wohnungstür zu und stieg die Treppen hinunter.

Juri telefonierte bereits mit Sattkowski, der wiederum ließ ausrichten, dass er das Problem bei Gelegenheit beheben werde. Juri wiederholte dies aufgebracht und schüttelte unentwegt den Kopf. Charlotte hätte Sattkowski am liebsten durchs Telefon gezogen, aber der Fettarsch würde dann auch noch die Telefonleitungen ruinieren, und die waren das Einzige, was in dem verdammten Haus noch richtig funktionierte. Charlotte lehnte sich gegen den Tresen, fingerte eine Gummischlange aus dem Glas, legte sie um ihren Hals, zeigte auf den Telefonhörer und zog die Schlinge langsam zu. Dabei röchelte sie wie jemand auf dem Sterbebett. Juri lächelte, während er mit Sattkowski sprach, riss ihr die Schlange vom Hals und steckte sie sich in den Mund. Charlotte griff nach einer zweiten Schlange und kaute darauf herum. Währenddessen ließ sie ihren Blick schweifen. Draußen sah sie den French Bauleiter vorbeilaufen. Sie riss die Ladentür auf und stürmte auf ihn zu. Er hatte sie nicht sofort bemerkt und erschrak, als sie sich vor ihn postierte.

»Guten Abend«, grüßte er.

»Was soll die Scheiße?«

»Ich verstehe nicht?«

»Versucht ihr es jetzt auf die Tour?«

»Welche Tour?«

»Welche Tour, welche Tour«, äffte sie ihn nach. »Die Tour de France meine ich bestimmt nicht.«

Er verkniff sich ein Lächeln.

»Wollt ihr uns austrocknen?«

»Austrocken?«

»Tu nicht so. Ihr habt uns doch den Hahn abgedreht.«

»Denken Sie wirklich, das würden wir machen?«

»Bring das verdammt noch mal in Ordnung!«

Der French Bauleiter räusperte sich und hielt sich am Riemen seiner Umhängetasche fest. »Das muss ein Klempner machen.«

»Mir reicht es wirklich. Erst der Stromausfall und jetzt das.«

»Okay, ich kann es versuchen.«

Als nach einer Stunde noch immer kein Wasser aus den Hähnen kam, lief Charlotte noch mal die Treppen hinunter und kaufte bei Juri ein Sixpack stilles Wasser. Er stellte ein zweites dazu. Für Elise, sagte er und machte ein bittendes Gesicht. Nur widerwillig griff Charlotte nach dem Plastikhenkel. Sie fühlte sich wie ein afrikanischer Wasserträger und hatte zu kämpfen, sicher über die Bretter ins Haus zu gelangen.

Lange musste Charlotte auf den Klingelknopf drücken, bis die Tür sich öffnete. Elise linste durch den Türspalt und verdrehte die Augen, als sie Charlotte sah. Stumm hielt Charlotte ihr die Wasserflaschen hin.

»Wasser kommt in den Schrank unter der Spüle«, sagte Elise und ging, ohne eine Antwort abzuwarten, ins Wohnzimmer. Als Charlotte ihr nicht folgte, rief sie: »Brauchen Sie eine Extraeinladung?«

Charlotte lief durch den Flur in die Küche. Sie stellte das Wasser unter der Spüle ab und ging ebenfalls ins Wohnzimmer. Elise saß im Sessel und musterte Charlotte.

»Sie sehen ganz schön angefressen aus.«

»Bin ich auch.

»Wieso?«

»Ich wollte heute Abend tanzen gehen.«

»Und was spricht dagegen?«

Charlotte erzählte von den Kirschflecken auf der Hose.

»Sehen Sie, deshalb esse ick keene Kirschen, sondern trinke die nur. Bei Kirschlikör gibts keen Malheur.« Elise kicherte. Frau Schmidt kam ins Zimmer gelaufen und sprang auf Elises Schoß. »Was wird denn gespielt?«

»Eine Band spielt Swing-Musik der zwanziger Jahre.«

»Für 'ne Zwanziger-Jahre-Party sehen Sie aber ziemlich Achtziger aus.«

»Ihren Kommentar können Sie sich schenken.« Charlotte drehte sich um und lief zum Flur.

»Ganz schön etepetete, das Fräulein«, rief Elise ihr hinterher.

Charlotte ging weiter.

»Wie groß sind Sie eigentlich?«

Charlotte blieb stehen. »1,76 Meter. Wieso?«

»Kommen Sie mal zurück.«

Charlotte zögerte kurz und machte schließlich kehrt.

»Sehen Sie das Bild da?« Elise zeigte auf die Schwarzweiß-Fotografie an der Wand. »Da war ick zwanzig.«

Charlotte ging zur Couch und betrachtete das Foto.

»Da wusste ick nichts vom Leben. Nur Flausen hatte ick im Kopf.«

»Sie sahen gar nicht mal so übel aus.« Charlotte schaute abwechselnd auf das Foto und auf Elise.

»Muss es unbedingt 'ne Hose sein?«, fragte Elise schließlich. »Ick habe früher nur Kleider und Röcke getragen. Haben wir alles selbst genäht. Meene Tante Hetha war Zuschnittmeisterin. Sie hatte ihren eigenen Salon in der Blücherstraße. Meene Mutter hat oft bei ihr ausgeholfen, und nebenbei sind een paar Schnipsel abgefallen. Ick war immer schick gekleidet, müssen Sie wissen. Zur Einsegnung hat mir meene Mutter een königsblaues Atlaskleid genäht und zum Schulabschluss een lindgrünes Kleid mit Volant. Alle anderen Weiber hab ick ausgestochen, sogar die schöne Jula.« Elise hielt inne, und ihr Blick verlor sich auf dem Balkon.

»Alles in Ordnung?«, fragte Charlotte nach einem langen Schweigen.

»Die Taschentücher«, befahl Elise und hielt Charlotte auffordernd ihre Hand hin.

Charlotte nahm die Packung vom Sofatisch und reichte sie ihr. Hastig griff Elise danach und warf sie auf den Balkon. Spatzen flogen auf und tschilpten laut.

»Hört mir bloß auf zu meckern.« Als sich alle Spatzen verzogen hatten, ließ sich Elise zufrieden in den Sessel zurückfallen. Dann murmelte sie Unverständliches und fing an zu husten.

Charlotte reichte ihr eine weitere Packung.

Elise spuckte in ein Taschentuch und warf es in den kleinen Abfalleimer, der direkt neben dem Sessel stand. »Man muss alles gut zusammenhaben, wenn man nicht mehr so flott auf die Beene ist.« Sie sah Charlotte nachdenklich an. »Ick rede mir schon wieder die Gusche fusselig. Ick brauche was, um meene Zunge anzufeuchten.«

Charlotte lief zum Schrank, nahm die Kristallgläschen und die Likörflasche heraus und goss ein.

»Jung müsste man noch einmal sein. Das Alter ist nicht rosig. Das kann ick Ihnen sagen. Und wissen Sie, was das Schlimmste ist?«

Charlotte schüttelte den Kopf.

»Na ja, woher sollen Sie junges Ding das auch wissen.« Elise hielt Charlotte das Glas hin. »Man altert nur äußerlich«, sprach sie weiter, während Charlotte nachgoss. »Innen drin bleibt man jung. Wissen Sie, wie sich das anfühlt? Die ganzen Gefühle sind immer noch da. Liebe und der ganze Quatsch.«

»Ich dachte, das hört irgendwann auf«, sagte Charlotte.

»Das können Sie sich abschminken, Fräulein. Ick fühl mir noch genauso wie mit zwanzig, wenn mir der schöne Giovanni beim ollen Karl den scheußlichen Kaffee serviert.« Elise musterte Charlotte. »Wie alt sind Sie eigentlich?«

»Vierunddreißig.«

»Ach wirklich? Ick dachte, 'n Ticken älter.«

»Danke.«

Elise zuckte entschuldigend mit den Schultern. »Stellen Sie sich mal vor, Sie wären heute so alt wie ick und fühlten sich da drin wie vierunddreißig.«

»Das will ich mir lieber nicht vorstellen.«

»Ick hatte früher keene Angst vorm Altwerden. Aber das Alter hat mir Angst gelehrt. Ach, lassen wir das. Alles dummes Geschwätz von 'ner alten Schachtel. Lassen Sie uns lieber übers Tanzen reden. Das ist zur Abwechslung mal was Schönes.« Elise streichelte Frau Schmidt, die es sich auf ihrem Schoß gemütlich gemacht hatte, und musterte Charlotte. »Eens hat sich bestimmt bis heute nicht geändert.«

»Und das wäre?«

»Man braucht was Anständiges zum Anziehen, um unanständig zu sein.«

Elise und Charlotte verzogen gleichzeitig ihren Mund zu einem schelmischen Lächeln.

»Kommen Sie mal mit, Fräulein.« Elise stand auf, stützte sich auf ihren Gehstock und fiel jedoch sofort in ihren Sessel zurück. »Das Been macht nicht mehr mit, wie es sollte.«

»Sie sollten mal zum Arzt gehen.«

»Sollten, sollten … Burg Stolpen.«

»Soll ich Ihnen helfen?«

»Nee, lassen Sie mal. Das muss ick sonst auch alleene schaffen.« Elise schob sich mit aller Kraft an den vorderen Rand der Sitzfläche, stand auf und umklammerte den Messinggriff ihres Gehstocks. Langsam torkelte sie zum Büfettschrank und stützte sich ab. »Ist nicht meen Tag heute«, sagte sie keuchend.

Charlotte stand auf und reichte Elise eine Hand. Elise wollte protestieren, aber Charlotte war schneller. »Keine Widerrede«, sagte sie und hakte Elise bei sich unter.

Gemeinsam gingen sie ins Schlafzimmer. Elise ließ sich auf das Bett fallen, und Charlotte sah sich im Zimmer um. Ein gelb-braun gemaserter Kleiderschrank mit blauen Keramikknäufen füllte fast vollständig die Wand neben der Tür aus. Das Holz des Schrankes glänzte wie frisch gewachste Lederschuhe. Auf dem Schrank stapelten sich Kartons in unterschiedlichen Größen und Farben. An der Wand über dem Bett war eine kleine Leselampe angebracht. Sie hatte die Form einer Lilienblüte. Daneben hing in einem postkartengroßen Holzrahmen ein Spruch in altdeutscher Schrift:

> Im Glück nicht jubeln,
> im Sturm nicht klagen,
> das Unvermeidliche
> mit Würde tragen.

Gegenüber dem Bett stand eine alte Frisierkommode mit einem dreiteiligen Spiegel. Unter der verglasten Abstellfläche lag ein gehäkeltes Deckchen. Auf der Kommode standen ein Nähkästchen, ein Parfum-Flakon in Form eines Frauentorsos und ein gerahmtes Schwarzweiß-Foto.

»Gehen Sie mal zum Schrank und machen die linke Tür auf.«

Charlotte lief zum Schrank und öffnete die Tür. Zum Vorschein kamen in Folie verpackte Kleider, Röcke und Blusen. Langsam fuhr sie über die eng aneinandergepressten Kleiderbügel und zog schließlich ein nachtblaues Kleid mit kleinen, strahlend weißen Punkten heraus und hielt es sich an.

»Das Blau passt gut zu Ihren Teufelslocken.«

Charlotte begutachtete das Kleid.

»Ziehen Sie's mal an.«

Zögernd schob sie die Folie vom Kleid und fuhr mit ihren Fingern über den Stoff. Dann zog sie ihre Hose und das T-Shirt aus und streifte das Kleid über. Geschmeidig floss es am Körper hinab. Am Saum war es ausgestellt und schwang bei jeder Bewegung nach. Neugierig lief sie zum Spiegel und betrachtete sich. Das Kleid saß perfekt. An Hüfte und Brust lag es gut an. Die kurzen Ärmel waren leicht gerafft, der Ausschnitt genau, wie er sein sollte: nicht zu tief und nicht zu hoch.

»Das habe ick früher oft getragen, wenn ick mir heimlich zum Schwoofen davongeschlichen habe. Zuerst ging es ins *Tanzcasino*.«

»Mit dem hier?«, fragte Charlotte und griff nach dem gerahmten Foto eines jungen Mannes, das auf dem Nachttisch stand.

»Pfoten weg.« Elise saß augenblicklich kerzengerade auf dem Bett. »Geben Sie das her.«

Charlotte reichte ihr das Foto.

»Stecken Sie Ihre Nese nicht in Sachen, die Sie nichts angehen. Kapiert!« Hastig schob sie das Bild unter die Bettdecke. »Was nun?«, fragte sie barsch. »Wollen Sie das Kleid haben oder nicht?«

»Das kann ich nicht annehmen.«

»Reden Sie keen Klumpatsch, falls ick es für 'n Tanzabend brauche, sag ick Ihnen rechtzeitig Bescheid.«

Charlotte drehte sich noch einmal vor dem Spiegel. Das Kleid stand ihr einfach zu gut.

»Was nun? Ja oder ja?«

»Meinen Sie das wirklich ernst?«

»Seh ick aus, als ob ick scherze?«

»Stimmt, Sie scherzen nicht.«

»Na, na, Fräulein. Überlegen Sie sich gut, was Sie sagen, sonst denk ick noch mal über meen Angebot nach.«

»…«

»Ick leih Ihnen das Kleid, und Sie geben mir 'nen Schnabus beim ollen Karl aus. Abgemacht?«

Das klang einfach zu verlockend. Charlotte schlug ein. Ihr Abend war gerettet.

»Und passen Sie auf, dass es in den tiefen Ausschnitt nicht reinregnet. Die haben für heute Nacht Regen angesagt.« Elise lachte. Ihr Lachen ging langsam in ein Röcheln über. Sie fingerte ein Taschentuch zwischen Matratze und Bettgestell hervor und spuckte hinein. Dann betrachtete sie Charlotte. »Sie sehen echt knorke aus. Das muss ick zugeben, auch wenn's schwerfällt.«

»Knorke«, wiederholte Charlotte. »Voll old school. Wie süß.«

»Was sagt denn die Jugend heute?«

Charlotte überlegte.

»Wahrscheinlich, 'ne geile Sau in Nachtblau«, beantwortete Elise ihre Frage selbst.

Dem hatte Charlotte nichts hinzuzufügen.

# DIE GÄSTE MACHEN DEN CLUB

Charlotte schlenderte die Mauer aus Backstein entlang und lief unter dem Torbogen in den Hof hinein. Durch die großen Fenster vom Gebäude gegenüber fiel Licht auf das Pflaster. Trompeten erklangen. Charlotte tat einen Schritt nach vorn und einen zurück, schwenkte ihre Hüfte und drehte sich einmal um sich selbst. Der Saum des Kleides schwang um ihre Knöchel. Sie pfiff zur Melodie und lief weiter.

Vor dem Eingang standen ein paar Leute und rauchten. Auf dem Stromkasten neben der Tür saß eine junge Frau mit Wasserwelle und rotlackierten Nägeln. Bedächtig zog sie an einer Zigarette, blies den Rauch gemächlich aus und musterte Charlotte.

»Nix los hier. Heute ist Pärchenabend angesagt.«

»Mal sehen. Die Gäste machen den Club.«

Die junge Frau lächelte und zog erneut an ihrer Zigarette. »Schickes Kleid. Von Fräulein Schneider?«, fragte sie.

Charlotte schüttelte den Kopf: »Von Frau Buffke.«

Der Saal war übersichtlich gefüllt. Drei Pärchen tanzten um den Betonpfeiler in der Mitte. In der hinteren Ecke des Saals hingen Leute auf den Sofas ab und starrten auf ihre Handys. An der Bar standen Frankie und Zuza, Charlottes ehemalige Tanzlehrer. Sie hoben ihr Bier zum Gruß. Charlotte winkte ihnen zu und lief auf die Tanzfläche. Sie zog eine Runde zwischen den Pärchen und warf den Jungs dabei einen vielsagenden Blick zu. Von den Mädels bekam sie einen bösen zurück. Dann ging sie zur Bar.

»Ist ja voll tote Hose hier«, sagte sie.

»Die Band hat kurzfristig abgesagt«, erklärte Zuza.

»Der Schlagzeuger ist krank«, fügte Frankie hinzu.

»Aber wir hoffen, unser DJ wird es rausreißen«, sagte Zuza und nahm einen Schluck.

»Sieht im Moment nicht danach aus.« Charlotte sah auf die Tanzfläche.

»Das kann man ändern«, sagte Frankie und hielt Charlotte eine Hand hin.

Sie tanzten drei Lieder lang. Dann musste Frankie sich um seine anderen Tanzschülerinnen kümmern.

»Kundenpflege«, sagte er und zog ab.

Charlotte bestellte ein Bier, lehnte sich an den Tresen und sah den anderen beim Tanzen zu. Plötzlich schlängelte sich ein Typ zwischen den Pärchen hindurch und kam direkt auf sie zu. Charlotte erkannte ihn sofort. Der hüpfende, eilige Gang war einmalig. Er stellte sich neben sie und orderte ein Bier.

»Was machst du denn hier?«

Er lächelte und nippte an seinem Bier.

»Du bist wie ein läufiger Hund. Rennst mir nach und pinkelst mir ans Bein.«

»Wann habe ich dir ans Bein gepinkelt?«

»Das warst doch du letzte Woche, der mir den Drachen auf den Hals gehetzt hat, als ich heimlich eine geraucht habe!«

»War ich gar nicht.«

»War ich gar nicht«, äffte Charlotte ihn nach. »Egal, sag mir lieber, was du hier willst?«

»Du hast mir doch den Flyer in die Hand gedrückt, und ich habe gedacht …«

»Was dachtest du?«

»Ich dachte, das war eine indirekte Aufforderung.«

»Eine indirekte Aufforderung?«

»Ja, durch die Blume gesprochen, sozusagen.«

Charlotte starrte ihn fassungslos an. »Denkst du wirklich, dass ich durch die Blume spreche?«

Gernot nestelte am Barhocker herum und drehte den Sitz hin und her.

»Gernot, begreif endlich. Hand in Hand durch den Supermarkt spazieren und gemeinsam die Preisschildchen zurechtrücken, das ist nix für mich.«

Gernot beobachtete die Pärchen auf der Tanzfläche. »Charlotte, ich …«, setzte er an, aber der Mut schien ihn zu verlassen, und er sprach nicht weiter.

»Was?«

Gernot drehte sich zu ihr und sah sie lange an. Dann trank er einen Schluck Bier und stellte die Flasche wieder ab. »Bis morgen, Charlotte.« Er lief los, blieb mitten auf der Tanzfläche stehen und drehte sich noch einmal um. Dann ging er schließlich davon.

Charlotte sah ihm kopfschüttelnd nach. Gernot tat ihr fast ein bisschen leid, aber sie passten einfach nicht zusammen. Sie fuhr gelangweilt mit dem Zeigefinger über den Hals ihrer Bierflasche und schaute in die Runde. Die Tanzfläche war noch immer übersichtlich gefüllt, die Musik war ziemlich mau und das Bier lau. Fred ließ sich heute auch nicht blicken. Teil zwei von Ginger und Fred konnte Charlotte also abschreiben.

Charlotte beschloss zu gehen. Sie bezahlte und verabschiedete sich von Zuza und Frankie. Doch dann entdeckte sie ihn. Hochgewachsen, braunes Haar, sanfte Gesichtszüge. Er war geschmackvoll gekleidet: beiger Kaschmirpulli, braune Leinenhose und rahmengenähte Lederschuhe. Dezente Eleganz! Charlotte tippte auf einen noblen, westlichen Bezirk. Zehlendorf? Oder doch Charlottenburg? Auf alle Fälle gutes Elternhaus und beste Bildung. Klavier am Montag, Französisch am Dienstag, und damit der Junge lernt, nicht unterzugehen, Schwimmen am Donnerstag. Kurz und gut: Charlotte fand ihn süß, und Klassengegensätze ziehen sich bekanntlich an.

Er lehnte an der Tür und hielt sich an einem halbvollen Weinglas fest. Charlotte stellte sich an die andere Seite des Türrahmens und musterte ihn aus den Augenwinkeln. Er warf ihr einen flüchtigen Blick zu. Charlotte konnte ihn gerade so auffangen und lächelte ihm zu. Es dauerte eine Weile, bis er kapierte und sie zum Tanzen aufforderte. Seine Hände waren warm, seine Führung konzentriert und seine Schritte geschmeidig. Ab und zu wischte er sich die Hände am guten Leinen ab. Sie tanzten einige Lieder, und er lächelte verlegen. Bei einem gemeinsamen Glas Wein erzählte er von sich. Er hieß Konstantin, wohnte in Zehlendorf. Seine Frau Mama war Galeristin und der Herr Papa Gastronom. Sie tanzten ein weiteres Mal zusammen. Als es drei war, fuhr er Charlotte, Gentleman, wie er war, nach Hause. Im kleinen BMW Z3. Das Sitzpolster war weich, die Musik getragen und die Nacht noch jung. Die Lichter der Laternen zogen in weißen Bahnen am Autofenster vorbei. Charlotte öffnete das Fenster, hielt ihre Hand in den kühlen Fahrtwind, warf den Kopf in den Nacken und lachte. *BMW – Freude am Fahren.*

Charlotte bat ihn noch auf einen Gute-Nacht-Trunk nach oben. Die Auswahl in der Bar war übersichtlich: Jägermeister oder Wasser.

»Jägermeister?«, fragte er etwas irritiert, als Charlotte ihm die Flasche in die Hand drückte.

»Es ist gut, immer etwas Jägermeister im Haus zu haben. Nach einem Essen wirkt der Wunder.«

»Kochst du?«

»Jetzt werd nicht kleinlich.«

Er trank einen Schluck on Ice und sah sich neugierig im Wohnzimmer um. Die verzweigten Risse in der Wand erinnerten ihn an Kunstwerke von Man Ray. Who the fuck is Man Ray?

Er war fasziniert von der schlicht eingerichteten Wohnung. Ja, mein Lieber, es braucht so wenig, um glücklich zu sein.

Charlotte saß auf der Couch und beobachtete ihn. Er stand vor ihrer Plattensammlung und ging die Scheiben durch. Für einen jungen Typen hatte er eine erstaunlich gute Kenntnis von alten Scheiben. Er nahm eine Platte von Glen Miller und legte sie auf. Dann zog er Charlotte von der Couch und legte seine Arme an ihre Hüfte. Langsam wiegten sie sich zur Musik. Charlotte spürte seinen warmen Atem im Nacken. Er fuhr mit dem Zeigefinger jeden Wirbel ihres Rückens ab, vergrub sein Gesicht in ihren Haaren und sog ihren Duft ein. Dann öffnete er den Reißverschluss ihres Kleides. Es raschelte, als der weiche Seidenstoff an ihrem Körper hinabglitt. Er umfasste ihre Taille, verweilte kurz, fuhr schließlich tiefer und zog ihr langsam den Slip aus. Küssend stolperten sie ins Schlafzimmer. Er legte sich neben Charlotte aufs Bett, sah sie schweigend an und fuhr mit dem Zeigefinger die Linien ihres Gesichtes nach. Er hielt an der kleinen Kuhle ihrer Kehle inne, fuhr weiter über das Dekolleté, umkreiste ihre Brüste und küsste sanft den Bauchnabel. Dann legte er seinen Kopf auf Charlottes Bauch. Charlotte fuhr durch sein feines Haar, zog ihn zu sich und streifte ihm Pullover und Hose ab. Seine Haut fühlte sich so weich an wie sein Kaschmirpullover. Seine Berührungen waren zaghaft, beinahe ehrfurchtsvoll. Lange küsste er sie, legte sich auf sie und schob seine Hände über ihre Arme bis zu den Handflächen. Dann liebte er Charlotte sanft und leise.

Als Charlotte am Morgen erwachte, war er bereits verschwunden. Erleichtert atmete sie auf. Er war ein wahrer Gentleman und wusste, was sich gehörte.

# DAS EKELHAFTE WORT MIT G

Heute fuhr Charlotte pünktlich zur Arbeit. Während sie sich zwischen wartenden Autos hindurchschlängelte und an roten Ampeln vorbeiradelte, pfiff sie vergnügt vor sich hin. Auf der Zielgeraden ließ sie den Lenker los, breitete ihre Arme aus und reckte den Kopf in die Höhe. Der kühle Fahrtwind strich über ihr erhitztes Gesicht. Für einen kurzen Moment schloss sie die Augen und fühlte sich vollkommen frei und losgelöst. Himmlisch! So musste sich fliegen anfühlen.

Als Charlotte in der Umkleide ihren Kittel überzog, trat Biggie neben sie. An Charlottes leuchtenden Augen erkannte sie sofort, was Sache war, und wollte alle Einzelheiten der letzten Nacht wissen. Charlotte berichtete ausführlich, und Biggie seufzte in einem fort. Gerade als Charlotte berichtete, wie sie eng umschlungen mit Mister Gentleman getanzt hatte, kam der Drachen in die Umkleide und befahl Charlotte, mit in sein Büro zu kommen. Charlotte warf Biggie einen fragenden Blick zu, aber die zuckte nur mit den Achseln.

Im Büro kam der Drachen sofort zur Sache. Er wollte wissen, warum in letzter Zeit so viele Spirituosen in der Getränkeabteilung fehlten. Charlotte spielte am Stifteköcher herum und machte einen auf ahnungslos. Der Drachen kniff seine mit Kajal unterstrichenen Augen zusammen und fixierte sie. Aber Charlotte blieb standhaft. So ließ der Drachen sie schließlich ohne ein weiteres Wort ziehen. Irritiert lief Charlotte aus dem Büro. Was? Das sollte alles gewesen sein? Sie wartete, ob sich die Tür nicht doch noch einmal öffnete und der Drachen ihr einen weiteren Anschiss so à la *Wie sieht Ihre Abteilung eigentlich schon wieder aus?* hinterherfauchte. Aber nix tat sich. Charlotte war kurz davor, zurück ins Büro zu spazieren, um dem Drachen zu gestehen, dass sie die ganze letzte Woche heimlich eine Zigarettenpause gemacht hatte und dass sich die angelieferten Äpfel noch immer unausgepackt im Lager befanden. Ein klitzekleiner Anschiss musste doch drin sein. Bitte! Der Mensch ist schließlich ein Gewohnheitstier.

Der Rest des Arbeitstages verlief ruhig. Einziger Höhepunkt war Elises Besuch. Als sie in der Schlange an der Kasse stand, keifte sie eine junge Mutter mit einem Baby an, nannte sie eine blöde Milchkuh und das daraufhin losweinende Baby eine Memme. Als Elise an der Reihe war, berichtete sie Charlotte, dass die Grube vor dem Haus am Morgen zugeschüttet worden war. Charlotte begriff den Ernst der Lage, und sie verabredeten ein Treffen für den Abend. Elise zahlte, faselte was von *Termine über Termine* und schob sich am Rollator davon.

Nach ihrer Schicht fuhr Charlotte sofort in die Kehrbachstraße. Als sie bei Elise klingelte, öffnete ihr Juri mit einer Zigarette im Mundwinkel. Er forderte sie mit einer kurzen Kopfbewegung auf einzutreten. Eilig lief er ins Wohnzimmer zurück, kauerte sich vor einen kleinen Holzkasten auf dem Boden und schraubte daran. Elise saß im Sessel. Sie hatte Frau Schmidt auf dem Schoß und die Piepe in der Hand. Sie nickte Charlotte zum Gruß zu. Plötzlich war ein Rauschen zu hören. Elise zuckte zusammen, und Frau Schmidt sprang vom Sessel und verkroch sich unter der Couch. Danach war es wieder still. Juri warf den Schraubendreher auf den Boden. Er kullerte quer durch das Zimmer bis zur Holztruhe. Elise winkte Charlotte heran und flüsterte ihr ins Ohr, dass Juri heute schlecht gelaunt sei. Seine Katharine habe eine Entscheidung getroffen und die Entscheidung hieß Scheidung.

»Dann müssen wir heute nett zu ihm sein«, murmelte Charlotte.

»Nett? Keen Problem! Das ist meene Spezialität«, antwortete Elise und zog wieder an ihrer Piepe.

Es rauschte erneut. Juri hielt ohne aufzusehen eine Hand in die Höhe und verlangte ungeduldig nach einer Schallplatte. Charlotte eilte zur Truhe und zog Duke Ellington heraus. Es knisterte, als Juri die Nadel auf die Platte setzte. Ein Klavier erklang. Eine Trompete gesellte sich zu ihr. Der Rhythmus wurde beschwingter. Juri wischte sich über die nasse Stirn. Er sah auf, und ein Lächeln flüchtete über sein Gesicht. Elise wippte den Kopf hin und her. Charlotte postierte sich vor Juri und streckte ihm eine Hand entgegen.

»Und fünf und sechs und fünf, sechs, sieben, acht«, gab Charlotte vor.

Sie zeigte Juri den Groove-Walk. Mit federndem Schritt spazierten sie eine Runde durch das Zimmer. Vorbei am Sofa, am Büfettschrank und an einer aufmerksamen Elise.

»Jetzt fehlt nur noch die passende Kluft«, rief Elise und machte eine Geste in Richtung Schlafzimmer.

Charlotte tanzte aus dem Zimmer und zog Juri hinter sich her. Kurze Zeit später standen sie wieder im Wohnzimmer. Charlotte hatte sich für ein grünes Seidenkleid mit einem dünnen roten Ledergürtel entschieden. Juri trug einen braunen Tweedanzug und eine Schiebermütze. Wie ein Model legte er seine Hand in die Taille und spazierte mit ausladenden Hüftbewegungen im Zimmer auf und ab. Elise und Charlotte jubelten und klatschten dem Dressman Beifall. Juri drehte sich einmal um sich selbst, verbeugte sich tief und lange und lief schließlich zur Truhe. Dort zog er eine Platte heraus und legte sie auf. Die Musik wurde ruhiger. Er richtete sich auf, nahm Charlottes Hand und zog sie zu sich. Ein Geruch aus Metall und Salz kroch in ihre Nase. Zu den sanften Klängen der Klarinette tanzten sie schweigend miteinander. Juri schmiegte sich an Charlotte und schloss seinen Arm fester um ihre Taille. Sie tanzten, ohne sich wirklich zu bewegen. Kleine Bewegungen, große Wirkung! Als das Lied verklungen war, entschlüpfte Charlotte Juris entschlossener Umarmung und lief zur Couch. Ihr Blick wanderte zu Elise, die völlig gedankenverloren in ihrem Sessel hing und auf den Boden starrte.

»Alles in Ordnung?«, fragte Charlotte.

Elise sah erschrocken auf. Juri lief zu Elise, kniete sich vor den Sessel und legte seine Hände auf ihren Schoß.

Langsam streckte Elise ihr Hexenhändchen aus und strich über Juris Kragen. »Den Anzug hat er am liebsten getragen. Als der Kragen abgewetzt war, hab ick den einfach abgetrennt und andersherum wieder angenäht.«

»Redest du von deinem Gustav?«, fragte Juri.

»Ach, papperlapapp. Gustav! Der Gustav war 'n guter Ehemann, aber …« Elise verstummte, wandte sich ab und sah zum Fenster hinaus.

»Aber was?«, fragte Juri.

Elise griff nach dem leeren Kristallgläschen auf dem Beistellwägelchen und hielt es ihm vor die Nase. Er stand auf, holte die Flasche Likör aus dem Schrank und goss ein. Elise nippte an ihrem Glas und schielte abwechselnd zu Juri und Charlotte.

»Ach, lasst uns lieber was ausklamüsern. Wegen dem Fettarsch von Sattkowski seid ihr doch schließlich hier.«

Juri kniete sich wieder vor Elise und legte seine Arme auf ihren Schoß. Sie schob ihn von sich.

»Nimm deine Flossen weg«, fuhr sie ihn an.

Erschrocken stand er auf.

»Was machen wir nun?«, fragte Charlotte.

»Auf alle Fälle Ärger«, antwortete Elise. »Und darauf een Schnabus.« Ihr Glas schnellte in die Luft. »Könn' wir nicht was mit Fasebuck machen?«, fragte sie.

»Womit?«, fragte Juri.

»Bist wohl 'n bisschen aus der Zeit gefallen, was? Fasebuck! Das Ding, wo die jungen Leute ständig drin sind, wenn ick in 'nem Café sitze.«

»Meinst du Facebook?«, fragte Charlotte.

»Sag ick doch. Das geht mir ziemlich auf den Keks. Dieses Fasebuck. Früher konnte man sich in 'n Café setzen und hatte immer 'n Gespräch an der Backe. Und heute? Manchmal wünsch ick mir 'nen Knopf, auf den ick drücken könnte und denn wär das Interpol aus.«

»Internet«, korrigierte Juri.

»Meen ick doch. Stellt euch mal vor. Interpol wäre aus. Das wär 'n Ei.« Der Gedanke schien sie sehr zu erfreuen. Sie kicherte wie ein kleines Mädchen.

Die drei stießen auf einen Totalausfall von Interpol an und sahen sich kurz darauf wieder stumm an.

»Einfälle habt ihr wie 'n ollet Haus«, unterbrach Elise die Stille. »Wir müssen die Schwachstelle finden und da ansetzen. Hab ick aus 'nem Krimi.«

»Der Dünnebier vielleicht«, sagte Juri.

»Nee, nee, der ist seinem Geschäftspartner treu ergeben, wie 'n Dackel seinem Herrchen. Aber der andere.«

»Der Franzmann?«, fragte Charlotte.

»Genau. Der machte 'nen guten Eindruck auf mir.«

»Wenn Sie sich da mal nicht täuschen.«

»Ick irre mir selten.«

»Der ist nur in Berlin, um fett Kohle zu machen.«

»Woher wissen Sie das so genau, Fräulein?«

»Hat er mir selbst erzählt.«

»Ihr habt euch unterhalten? Das ist doch schon mal 'n guter Anfang.«

»Für was?«

»Für 'n netten Abend.«

»Für 'n netten Abend? Und dann?«

»Und dann? Und dann? Fräulein Kubitschek, Sie sind doch sonst nicht auf'n Kopp gefallen. Bei so 'nem netten Abend lässt sich bestimmt rauskriegen, was der Sattkowski als Nächstes im Schilde führt.«

»Warum soll ausgerechnet ich mich mit dem Typen treffen?«, fragte Charlotte.

»Sie haben schließlich die meiste Expertise auf diesem Gebiet.«

»Einen ganzen Abend mit diesem Blödmann. Das halte ich nicht aus. Bestimmt schleppt der auch abends sein Scheißkofferradio mit sich herum.«

»Fräulein Kubitschek, jeder muss Opfer bringen. Oder wollen Sie, dass wir alle Opfer der G… G…« Elise stockte. »Wie heißt dieses ekelhafte Wort mit G doch gleich? Nicht Genozid, aber mit G fing das auch an.«

»Meinst du Gentrifizierung?«, fragte Juri.

»Genau, das meen ick!«

# MEDIASPREE IST KEINE BONNE IDEE

Charlotte hatte einige Tage verstreichen lassen, bevor sie den French Bauleiter ansprach. Gestern früh hatte sie ihn schließlich im Hof abgepasst. Er war wie üblich voll in seinem Element gewesen – mit Stock und Block. Als Vorwand diente Charlotte sein Tête-à-Tête mit der Eisentür auf dem Dachboden. Sie bestand auf einer Entschuldigung bei einem Kaltgetränk und musste sich mächtig ins Zeug legen, um überzeugend rüberzukommen. Der French Bauleiter war zuerst irritiert, später rougiert, und schlussendlich akzeptierte er.

Es war zehn nach acht. Charlotte lehnte am Bauzaun der Strandbar Kiki Nofeld und wartete. Acht war ausgemacht. Genervt kickte sie einen Stein auf die Straße. Gewöhnlich ließ sie auf sich warten. Zwei Mädels in Miniröcken, Sneakers und Jutebeutel gingen an ihr vorbei und verschwanden hinter dem Zaun. Charlotte lief vor dem Eingang auf und ab, sah immer wieder auf das Display ihres Telefons und ließ gelangweilt eine Kaugummiblase nach der anderen platzen. Jetzt war es fünfzehn nach acht. Charlotte hatte von Anfang an gewusst, das Ganze war eine Schnapsidee. Eine Kirschlikörschnapsidee!

Da entdeckte sie ihn. Hastig kam er auf sie zugelaufen: beige Chinohose, dunkelbraunes Hemd und ein Strickpulli über den Schultern. Sein Kleidungsstil lag irgendwo zwischen BWL-Chic und Bayern-VIP. Er entschuldigte sich mehrere Male. Charlotte murmelte missmutig, dass es schon okay wäre. Schweigend liefen sie zum Eingang.

Rot-blau gestreifte Liegestühle waren auf gelben Sand gekleckst. Ein gebrechlicher Holzsteg versuchte, sich am Ufer festzuhalten, links stand eine Imbissbude aus Brettern und Blech, und rechts, von Bäumen und Sträuchern umgeben, befand sich eine Tischtennisplatte. Die Leute hingen in ihren Liegestühlen und ließen Sandkörner durch die Finger rieseln. Es roch nach Bratwurst und Lindenblüten. Charlotte lief zur Bar.

»Was willst du trinken? Geht auf mich«, sagte sie und zog einen zerknüllten Zehner aus der Hosentasche.

»Ich nehme ein Becks.«

»Ein Mädchenbier?«

Er räusperte sich und musterte die Spirituosen, die sich auf einem Regal aneinanderreihten. »Kannst du mir was empfehlen?«

Charlotte überlegte. Er war sicher der Typ *nüchtern zu schüchtern,* aus dem sie mit einem Mädchenbier garantiert nichts Brauchbares herausbekommen würde. »Die haben gute Cocktails hier. Den Virgin Suicide kann ich empfehlen«, sagte sie und konnte sich ein Grinsen nicht verkneifen.

Verlegen sah er auf den surrenden Kühlschrank. Charlotte verstand und bestellte zwei Mädchenbier.

Sie liefen zwischen den Liegestühlen zum Steg hinunter. Er knarrte, als sie ihn betraten. Charlotte schob zwei Liegestühle zusammen und ließ sich in einen fallen. Ihre Jeans kratzte auf dem harten Plastikstoff. Sie nahm einen Schluck und überlegte krampfhaft, wie sie ein Gespräch anfangen sollte. Doch ihr fiel nichts ein, worüber sie sich mit dem French Bauleiter unterhalten könnte. Innerlich verfluchte sie Elise und ihre Schnapsidee, also starrte sie stumm aufs Wasser. Eine Brise fuhr über sie hinweg und zerzauste ihm die Pilzkopffrisur.

»Gehst du oft hierher?«, fragte er schließlich.

»Ja, aber wer weiß, wie lange noch. Siehst du da drüben die eingezäunte Fläche?« Sie zeigte auf die andere Spreeseite. »Da wurden einmal die besten Partys der Stadt gefeiert. In ein paar Monaten feiert man dort nur noch eins. Richtfest!«

»Was wird dort gebaut?«

»Was wohl! Ein Bürogebäude.« Charlotte trank einen Schluck und zündete sich eine Zigarette an. Dann zeigte sie auf Backsteinruinen, Bretterbuden und Baukräne und erzählte. Ihre Sätze begannen jedes Mal mit *Hier war einmal* … und *Dort wird bald* …

»In Barcelona gibt es solche Bars überhaupt nicht mehr, und die Seine in Paris ist auch komplett bebaut.«

»Das wird in Berlin nicht anders werden.«

»Was? Die Spree zubauen?« Er sah sie ungläubig an.

»Nennt sich Mediaspree, die Idee.«

»Mediaspree«, wiederholte er. »Mediaspree – ist keine bonne Idee.«

»Non, Monsieur, absolut nicht. Apropos keine bonne Idee. Wie läuft es eigentlich mit deiner Arbeit? Kommst du gut voran?« Charlotte sah auf das Wasser und strich betont gelangweilt über das Etikett der Bierflasche.

Er schwieg.

»Hast du viel zu tun?«, versuchte sie es erneut.

»Ach, lassen wir das. Über die Arbeit mit einer Frau an so einem schönen Ort zu sprechen, das ist bei uns in Frankreich ein Frevel.«

Charlotte seufzte auf. Das konnte ein langer Abend werden.

»Ein richtiger Franzose«, murmelte sie leise.

»Was ist denn ein richtiger Franzose?«

Charlotte überlegte. Sie konnte unmöglich ihre ehrliche Meinung ablassen. Das würde ihn sicher vor den Kopf stoßen, und dann würde sie keine Information in die Kehrbachstraße mitnehmen können.

»Romantisch?«, fragte er.

»Zum Beispiel.« Charlotte zog an ihrer Zigarette und betrachtete ihn heimlich aus den Augenwinkeln. Er hatte seinen Blick zum Nachthimmel gewandt.

»Ein schöner Sternenhimmel«, sagte er. Seine Stimme hatte einen weichen Unterton.

Charlotte schwante Böses. Wenn er ihr jetzt den Wagen zeigte, würde sie augenblicklich aufstehen und gehen.

»Wusstest du, dass Sternenstaub der Abfall eines toten Planeten ist?«

Charlotte musste husten.

»Sternenstaub«, wiederholte er. »Wie sich der wohl anfühlt?«

»Ist bestimmt voll toxisch.«

Er wandte seinen Blick vom Himmel ab und sah zu ihr. »Du bist wohl keine große Romantikerin?«

»Ich steh nicht auf so was.«

»Auf was?«

»Auf rote Rosen, Liebesschlösser an Brücken und Erläuterungen zum Abendhimmel.«

»Es müssen ja nicht immer rote Rosen sein.«

»Sondern?«

»Geklaute Blümchen zum Beispiel. Ist doch auch romantisch.«

»Und im Winter?«

»Im Winter?« Er überlegte. »Ein gepinkeltes Herz im Schnee.«

»Mit komplettem Namen?«

»Kommt darauf an.«

»Worauf? Auf die Frau?«

»Nein, auf den Namen«, erwiderte er.

Charlotte trank einen Schluck und grinste in sich hinein. Er konnte tatsächlich witzig sein. Das hätte sie ihm nicht zugetraut.

»Ich finde, ein Leben ohne Romantik, das ist wie ein Leben ohne Musik«, sagte er.

»Ein Leben ohne Musik? Das kann ich mir echt nicht vorstellen.«

»Ich mir auch nicht«, pflichtete er Charlotte bei.

»Auf welche Musik stehst du denn? Mal abgesehen von Roxette?«

»Nervt das sehr?«

»Nerven? Das ist die Untertreibung des Tages.«

Er sah sie gekränkt an.

»Also, was ist? Was für Musik magst du noch? Warte, lass mich raten. Justin Bieber, deshalb deine Pilzkopffrisur.«

»Sehe ich etwa so aus?«

Charlotte nickte.

Verlegen fuhr er sich durchs Haar und überlegte. »Ich mag viele Musikgenres.«

»Gib mir ein Beispiel.«

»Elektronische Musik.«

»Du hörst elektronische Musik? Du siehst so b…« Charlotte entschied sich, den Satz nicht zu Ende zu führen.

»Brav aus?«

»Nee, eher bieder.«

Er runzelte die Stirn.

Charlotte zuckte mit den Schultern. »Sorry, ich bin nur ehrlich.«

»Dann erzähle ich lieber nichts von meinen anderen Musikvorlieben?«

»Machst du jetzt einen auf beleidigte Leberwurst?«

Er sah stumm auf das Wasser.

»Na los. Schlimmer als Roxette geht's nimmer.«

Er schüttelte den Kopf. Charlotte musste lange betteln, bis er schließlich eine Melodie anstimmte. Er summte leise vor sich hin. Charlotte kannte die Melodie. Das war … das war so bekannt, dass sie verdammt noch mal nicht darauf kam.

»Etwas mehr Musikkenntnis hatte ich schon erwartet.« Er stand auf und machte einen Schritt nach vorn und einen zurück.

»Schitte«, rief Charlotte. »Du machst Witze, oder? Sag, dass das ein Witz ist!«

Er schüttelte den Kopf. »Non, Mademoiselle, ich verarrrsche Sie nicht.«

»Das ist doch ›Time of My Life‹ aus *Dirty Dancing.*« Charlotte prustete los. »Lass mich raten, deine Lieblingsszene ist die im Wasser, als Johnny sein Baby auf Händen trägt.«

»Falsch.«

»Sondern?«

Er nippte an seiner Bierflasche.

»Los, erzähl schon«, bettelte Charlotte.

»Erinnerst du dich an die Szene, in der die Angestellten eine Party machen?«

»In dem Bungalow?«

»Genau. Alle tanzen, und Baby kommt mit einer Melone unter dem Arm herein.«

»Ja, ich erinnere mich.«

»Und weißt du noch, wie die Szene weitergeht?«

»Nee.«

»Johnny kommt mit seiner blonden Tanzpartnerin hinein.«

»Die schwanger ist?«

»Genau. Also, er kommt mit ihr herein und sieht Baby und mustert sie. Die steht vor ihm und ist total nervös. Beide schauen sich eine Weile schweigend an. Dann fragt Johnny, was sie hier macht. Und was antwortet Baby?«

»Ich weiß nicht mehr.«

»›Ich habe eine Wassermelone getragen‹«.

Sie lachten beide los.

»Ich habe eine Wassermelone getragen. Stimmt, das ist zu blöd.« Charlotte sah ihn an und schüttelte den Kopf. »*Dirty Dancing*. Das ist echt special. Fährst du auch mit Rollschuhen durch die Straßen und singst die Melodie von *Xanadu*?«

»So verrückt bin ich nun auch wieder nicht.«

»Aber ich wette, du tanzt durch Paris wie Gene Kelly in dem Film …«

»… *Ein Amerikaner in Paris*«, fiel er ihr ins Wort. »Genau!«

»Nur wenn es regnet«, sagte er.

»Den Film hab ich als kleines Mädchen so was von geliebt. Wegen Leslie Caron habe ich ohne Ende Spagat am Türrahmen geübt.« Charlotte pfiff eine Melodie vor sich hin.

»I got rhythm«, stimmte er ein.

»Die Tanzszene ist toll.«

»Finde ich auch.«

»Und Gene Kelly ist auch nicht übel.«

»Ich weiß nicht.«

»Ich schon.«

»Magst du noch ein Bier?«, fragte er.

Charlotte nickte. Er stand auf, lief davon, und Charlotte schaute ihm nach.

Sie tranken ein weiteres Bier und später noch eins und stritten darüber, wer großartiger war, Fred Astaire oder Gene Kelly. Dann tanzten Johnny und Baby noch einmal auf dem Bootssteg, und Charlotte und der French Bauleiter sangen lauthals »Time of My Life«. Die anderen Leute hörten ihnen zu und klatschten Beifall.

Zu später Stunde, als sie wieder draußen vor dem Bauzaun standen, kam er doch noch auf seine Arbeit zu sprechen und erwähnte, dass Sattkowski am Freitagmorgen einen amerikanischen Investor in der Kehrbachstraße erwarte. Ganz beiläufig ließ er diese Neuigkeit fallen, während er seine Schuhe zuband. Charlotte hob sie unauffällig auf und steckte sie behutsam ein. Dann verabschiedeten sie sich und gingen in unterschiedliche Richtungen davon. Charlotte blieb noch mal stehen, schaute ihm nach. Er war gar nicht so bierernst, wie sie immer gedacht hatte. Dann fiel ihr wieder ein, warum sie sich eigentlich mit ihm getroffen hatte, und atmete erleichtert auf. Fräulein Bond hatte, es vollbracht. Sie hatte ihre first Mischn pörfect erfüllt.

# RAIDER HEISST JETZT TWIX – SONST ÄNDERT SICH NIX

Am Freitagmorgen versammelten sich Elise, Charlotte und Juri in Elises Wohnzimmer. Sie standen hinter der Gardine und schauten neugierig auf die Straße. Draußen vor dem Haus wartete bereits das Empfangskomitee auf den ausländischen Investor. Sattkowski hatte sich in eine weiße Leinenhose und ein helles Hemd gequetscht. Um seinen Hals hing ein lila Seidenschal. Es fehlten nur noch Plateauschuhe, und er hätte Dieter Thomas Kuhn die Show gestohlen. Dünnebier stand neben ihm und sah immer wieder auf seine Uhr. Der French Bauleiter starrte reglos auf den Gehweg. Für zehn Uhr war die Besichtigung angekündigt. Jetzt war es bereits Viertel nach.

Elise wollte sich gerade in ihren Sessel setzen, als ein dunkelblaues Auto vor dem Haus hielt. Ein junger Mann stieg aus. Sattkowski sprach mit ihm und zeigte nach rechts. Elise, Charlotte und Juri sahen sich sorgenvoll an. Der junge Mann stieg wieder ein und fuhr davon. Die drei atmeten erleichtert auf. Er hatte wohl nur nach dem Weg gefragt. Elise ließ sich in den Sessel fallen. Juri schob einen Stuhl zum Fenster und setzte sich. Charlotte machte es sich auf der Couch gemütlich. Sie gähnte in einem fort und musste aufpassen, nicht einzuschlafen. Letzte Nacht hatte sie es auf knapp drei Stunden Schlaf gebracht. Die nächtliche Aktion mit den Straßenschildern hatte sie mehr als nur sehr geschlaucht.

Gestern Abend hatten die drei wieder zusammengesessen. Charlotte hatte erzählt, dass am Freitag eine Besichtigung mit einem amerikanischen Investor anstand. Sofort waren sie sich einig, der Ami sollte sich verpfeifen: Hey, Mister, fuck off, sonst machen wa Zoff. Wie üblich hatte Likör die Runde gemacht, und die entscheidende Idee kam Charlotte kurz vor Mitternacht. Sie hatte in der Truhe nach alten Platten gestöbert und dabei die Straßenschilder herausgeangelt: verbogen, rostig und mit altdeutschen Lettern bedruckt. Friedrichstraße, In den Zelten, Belle-Alliance-Straße. Charlotte wollte wissen, was es mit den Schildern auf sich hatte, und Elise blieb nichts anderes übrig, als zu erzählen.

Zu jedem Schild hatte sie eine Erinnerung parat. In den Zelten, so hieß damals eine Straße im Berliner Tiergarten. Wie Perlen auf einer Schnur hatten sich dort Vergnügungscafés aneinandergereiht. Jeden Freitag hatte sie dort Walzer getanzt und Wein getrunken. Walzer, das wäre für Elise eigentlich etwas zum Einschlafen gewesen. Eigentlich – wäre da nicht Kuno gewesen. Kuno? Charlotte und Juri horchten auf. Den Namen hatte Elise nie zuvor erwähnt.

Kennengelernt hatte Elise Kuno während ihrer Besuche bei den Großeltern auf dem Land. Und fortan besuchte Kuno vom Land regelmäßig die Stadt. Gemeinsam zogen sie am Wochenende los. Elises Mutter ließ sie gewähren.

Ein junger Mann aus gutem Hause konnte schließlich kein schlechter Umgang sein.

In der Belle-Alliance-Straße, nur zwei Häuser vom dichtenden Doktor Gottfried Benn entfernt, hatten Elise und Kuno während eines heftigen Gewitters Schutz in einem Hauseingang gesucht. Nass bis auf die Knochen standen sie beieinander. Kuno zitierte Verse von Benn und rubbelte währenddessen Elises Rücken warm. In der Friedrichstraße saßen sie oft im Café *Moka Efti*. In der hintersten Ecke aß Elise die Kranzkuchenkrümel aus Kunos Mundwinkeln.

Mit jedem weiteren Wort ließ Elise Kuno im Wohnzimmer lebendig werden. Er war der älteste Sohn eines Rittergutsbesitzers, Erstgeborener von vier Kindern. Eine Ahnengalerie so lang wie die Straße Unter den Linden, poliertes Silberbesteck und Damast-Servietten mit Monogramm im Büfettschrank. Sein Vater, Heinrich zu Leutwitz, wollte ihn zwingen, die Tochter des Gutsbesitzers aus dem Nachbarort zu heiraten. Erbe und Titel standen auf dem Spiel. Doch das *von* und *zu* war Kuno egal, denn er war hin und weg von dem Mädchen mit dem schwarzen, glänzenden Haar und dem breiten Lachen. Sie oder keine – Kuno stellte Vater Heinrich vor die Wahl, und der gab schließlich kriegsmüde nach. So stand es also fest, die bürgerliche Elise Schulze sollte den adligen Kuno zu Leutwitz heiraten. Eine große Sensation im Hause zu Leutwitz und eine noch größere im Hause Schulze.

Elise trank einen Schluck. »Wir passten zusammen wie Bommel auf Latsch«, fuhr sie fort.

1939 wurde Kuno zur Armee eingezogen. Mit Blechbüchse, Zigaretten der Marke Josetti Juno und einem Foto von Elise im grünen Leinenrucksack machte er sich auf. Er schrieb regelmäßig und kam sogar zweimal auf Fronturlaub. Doch dann blieben seine Briefe aus. Drei Monate lang lief Elise täglich zur Post. Bis eines Tages der Postbote einen fleckigen, zerknitterten Umschlag brachte. Mutter Helly musste ihn öffnen und vorlesen. Elise verstand die Worte nicht. Als Mutter Helly zu Ende gelesen hatte, stand Elise auf, legte den Brief auf den Zeitungsstapel, ging zum Büfettschrank und deckte den Tisch. Vier Gedecke stellte sie darauf: für Vater Edwin, Mutter Helly, Tochter Elise und Schwiegersohn Kuno.

Vier Wochen vor der Hochzeit war Kuno an der Ostfront gefallen. Ein Granatsplitter hatte ihn mitten in den Brustkorb getroffen und Elise das Herz zerfetzt. In ihrem Schmerz hatte sie damals die Straßenschilder abmontiert. Spät in der Nacht war sie zu allen Orten, die sie mit Kuno besucht hatte, gefahren, auf eine kleine Holzleiter gestiegen und hatte die Straßenschilder abgeschraubt. Die Schilder waren damals ihr einziger Trost gewesen, und so klammerte sie sich heimlich an sie. Viele Jahre brauchte Elise, um Kunos Tod zu verwinden. Ein Gurkenfabrikant, ein Pianist und ein Schneider waren ebenso angetan von dem schwarzen, glänzenden Haar und dem eleganten, melancholischen Lächeln, das Elise gegen das breite Lachen eingetauscht hatte. Doch Elise konnte Kuno nicht vergessen. Irgendwann war der Krieg zu Ende. Alles lag in Trümmern: Berlin, die elterliche Wohnung, ihr Glaube und ihre Pläne für die Zukunft. Dann kam Gustav Buffke. Aber das war eine andere Geschichte.

Mit feuchten Augen hatte Elise zärtlich über die verbeulten Schilder gestrichen. Dann drückte sie sie Charlotte in die Hand.

Spät in der Nacht waren Charlotte und Juri losgezogen. Sie stiegen, wie Elise damals, auf eine kleine Leiter, schraubten die weißen Straßenschilder ab und die rostigen, verbeulten an. Die Kehrbachstraße wurde zur Friedrichstraße, die Reimstraße zur In den Zelten und die Waldhauser Allee zur Belle-Alliance-Straße. Raider heißt jetzt Twix – sonst ändert sich nix. Die nächtliche Umbenennungsaktion einiger Straßen, so hofften sie, würde für Verwirrung bei Ortsfremden, wie zum Beispiel Investoren aus Amerika, sorgen.

Es war halb zwölf. Sattkowski telefonierte. Er schien sehr aufgebracht zu sein. Kurz darauf fiel eine Autotür krachend ins Schloss, und vor der Kehrbachstraße fünf war eine große, weiße Wolke zu sehen. Ob das abgelassener Dampf einer wütenden Person oder eines schlecht eingestellten Auspuffs eines Automobils war, konnte leider nicht in Erfahrung gebracht werden. Aber so viel sei hier noch erwähnt: Der Streich mit den Schildern war aufgegangen. Wenn auch anders als ursprünglich geplant. Der Ami hatte sich so ganz und gar nicht amerikanisch zu Fuß in die Kehrbachstraße aufgemacht und sich dabei von Elises Straßenschildern verwirren lassen. Er war gelaufen und gelaufen und hatte sich richtig schön verlaufen. Irgendwo im tiefsten Wedding war er schließlich gelandet. Auf seinem Weg war er an einem äußerst interessanten und zum Verkauf stehenden Haus vorbeigekommen und hatte durch Zufall den Eigentümer vor Ort angetroffen. Das Haus war gut in Schuss und der Preis um einiges günstiger als im angesagten Prenzlauer Berg. Der Amerikaner – Businessman, wie er war – hatte sofort zugeschlagen. Darüber war Sattkowski ganz und gar nicht *amused.*

Über die Aktion mit den Schildern berichtete sogar eine regionale Tageszeitung:

**Ein Schild-Bürgerstreich**

Unbekannte benannten in einer nächtlichen Aktion von Donnerstag auf Freitag Straßen in Prenzlauer Berg um. Neue Straßenschilder wurden durch alte ersetzt. Ob die Tat politisch motiviert war, konnte bis jetzt nicht in Erfahrung gebracht werden. Es gibt Vermutungen, dass die Aktion einer Gruppe des linken Widerstands zuzuschreiben ist. Diese setzt sich gegen steigende Mieten in Berlin ein und machte in den letzten Monaten immer wieder durch verschiedene illegale Aktionen auf sich aufmerksam.

Die drei hatten sich wieder einmal erfolgreich gegen Sattkowskis Pläne zu Wehr gesetzt. Das bestärkte vor allem Elise und Juri, und sie versuchten, Fräulein Bond zu überzeugen, dass sie am Ball bleiben und weitere Informationen auskundschaften sollte. Doch das Fräulein Bond zierte sich.

# DAS OLLSTE UND TOLLSTE GESCHENK

Zwei Tage später traf sich Charlotte mit dem French Bauleiter auf ein Tischtennismatch im Park um die Ecke. Sie schlug zwei Fliegen mit einer Tischtenniskelle. Sie heimste wichtige Infos über Sattkowskis weitere Pläne ein und gewann ganz nebenbei das Match mit zwei zu eins. Der Sieg bescherte ihr ein kurzes Hochgefühl, und das konnte sie am Ende eines anstrengenden Arbeitstages mehr als nur sehr gebrauchen. Sie hatte sich heute einen heftigen Anschiss vom Drachen eingefangen.

Durch die von Fräulein Bond ausspionierten Informationen konnten sich Elise, Charlotte und Juri bestens auf die anstehenden Besichtigungstermine mit Ole Knausgard aus Norwegen und Xiao Pling aus China vorbereiten. Diesmal wurde das Ganze eine schräge Angelegenheit: Schränke und Regale in Elises und Charlottes Wohnung wurden mit Seilen aus Nylon festgebunden. Herr Knausgard und Frau Pling bestaunten mit hochgezogenen Augenbrauen die Verstrickungen. Auf Nachfragen wurden der abschüssige Boden und die morschen Dielen angeführt. Dieses kleine, aber durchaus feine Detail, das nicht im Kaufexposé erwähnt worden war, sorgte für große Irritation, und Herr Knausgard und Frau Pling zogen kopfschüttelnd ab.

Eine Woche später setzte Elise das Geschenk, das sie zu ihrem vierundneunzigsten Geburtstag bekommen hatte, bei einer Besichtigung ein. Juri hatte ihren Wunsch, ›Interpol‹ ausschalten zu können, ernst genommen und ihr einen Störsender gebaut. An ihrem Geburtstag war er Elise feierlich überreicht worden, und alle drei hatten bereits früh am Morgen mit Kirschlikör angestoßen. Elise fand, das war das ollste und tollste Geburtstagsgeschenk, das sie je bekommen hatte.

Noch an ihrem Geburtstag selbst hatte sie das Geschenk ausprobiert und war nachmittags in das Café am Ende der Straße getippelt, in das sie nur noch selten ging. Früher war sie mit Gustav oft dort gewesen. Damals war das Lokal eine hübsche Kneipe gewesen. Zugequalmt, vergilbte Gardinen und ein übellauniger Wirt, der ständig seine Gäste anblaffte, hatten für eine gemütliche Atmosphäre gesorgt. Das waren noch Zeiten. Gustav hatte Molle und Korn getrunken und Elise Kirschlikör. An besonderen Tagen gab es selbstgebackenen Käse- oder Apfelkuchen. Doch heute war von den früheren Annehmlichkeiten nichts mehr übrig. Der Käsekuchen hieß jetzt Cheese Cake und der Apfelkuchen Apple Pie. Statt Molle, Korn und Likör wurde Kaffee in Plastikbechern verkauft, die an Schnabeltassen für Babys erinnerten, und statt des übellaunigen Wirts stand jetzt eine dauergrinsende Frau hinter der Theke. Junge Menschen saßen stundenlang beieinander und sprachen kein einziges Wort miteinander. Stattdessen starrten sie erwartungsvoll auf ihre

Telefone. Elise bestellte einen Kaffee und setzte sich an einen Tisch am Fenster. Heimlich kramte sie in ihrer Tasche nach Juris Geschenk und drückte auf den Knopf. Gespannt wartete sie, was passieren würde. Einige Sekunden später begannen Leute, nervös auf ihre Telefone zu tippen und ratlos umherzuschauen. Mit der Zeit kam immer mehr Bewegung in die Sache. Einige begannen, im Café umherzulaufen und das Telefon mal hierhin und mal dorthin zu halten. Elise fühlte sich an den Film *E.T. – Der Außerirdische* erinnert: »E.T. nach Hause telefonieren.«

Als all diese Bemühungen nichts halfen, verließen die ersten Gäste fluchtartig das Café. Elise beobachtete das Spektakel von ihrem Tisch aus und trank dabei in Seelenruhe ihren Kaffee. Sie kam sogar mit ihrer Tischnachbarin ins Gespräch und erfuhr, dass sie auch eine Katzenliebhaberin war. Das Thema reichte für den Rest des Nachmittags. Also kleiner Tipp nebenbei: Stay disconnected once in a while!

Erwähnt sei noch, dass der Kaufinteressent, bei dessen Besichtigung Elise den Störsender aktiviert hatte, ebenfalls irritiert abzog. Denn Juri hatte ihm fachkundig erläutert, warum es in der Kehrbachstraße fünf kein Internet gäbe: Die Verteilerstation sei zu weit weg. Genauer gesagt am Ende der Straße. Und die vielen jungen Anwohner in den Nachbarhäusern nutzten das Internet mehr als nur sehr intensiv, so dass das Netz nicht bis zum Haus reichte. Sattkowskis Argument, die Leitungen der Telekom zu nutzen, schmetterte Juri ebenfalls ab. Die Telekom hatte Kapazitätsengpässe und könne keine neuen Anschlüsse legen. Eine Immobilie ohne Internet – das war wie der Kauf einer Mietwohnung ohne Rauswurf der Altmieter. Erneut verließ Sattkowski griesgrämig die Kehrbachstraße fünf.

Elise, Charlotte und Juri trafen sich einen Tag später zu einer kleinen Siegesfeier. Bei reichlich Likör redeten Juri und Elise wieder eindringlich auf das Fräulein Bond ein, ihre äußerst erfolgreiche Arbeit fortzusetzen. Fräulein Bond zögerte und konnte erst spät und nach etlichen Likörgläschen für eine weitere Mission gewonnen werden.

Tags darauf und wieder bei klarem Verstand, bereute Charlotte ihre Entscheidung. Aber versprochen war versprochen. Das sei die gleiche Chose wie bei einem Geschenk, meinte Elise. »Geschenkt ist geschenkt, und wiederholen ist gestohlen.«

# BABY MACHT JOHNNY NASS

Am Mittwochabend trafen sich Charlotte und der French Bauleiter in der Kneipe vom ollen Karl. Charlotte hatte einen harten Tag hinter sich. Die Senftleben hatte ihr ständig mit dem Saftladen von Obstabteilung in den Ohren gelegen. Müde hing sie auf dem Tresen, spielte an einem verstaubten Plastikveilchen herum und starrte auf den Bildschirm, der über der Theke hing. Dort liefen Videos aus den Achtzigern in Endlosschleife. Der French Bauleiter stand schweigend neben ihr und fuhr mit dem Zeigefinger den Rand seines Bierglases entlang. Ein paarmal nahm er Anlauf und sagte Sätze, die wie Salzstangen in der Mitte zerbrachen. Drei Biere brauchte Charlotte, um halbwegs gesprächig zu werden. Nach dem fünften ließ sie sich sogar zu einem Lächeln hinreißen, und nach einer Tanzeinlage vom French Bauleiter zu Michael Jacksons »Moonwalker« konnte man ihren Zustand durchaus als ausgelassen bezeichnen. Im Anflug dieser Heiterkeit hatten sie ihr Gesprächsthema von neulich wieder aufgegriffen und unterhielten sich über gute Musik und das, was andere dafür hielten. Charlotte ließ fallen, dass sie gerne mal betrunken in eine Oper gehen würde. Das wäre bestimmt ein Spaß, und nüchtern könnte sie diese Musik nicht ertragen. Der French Bauleiter überlegte kurz, dann bezahlte er und zog Charlotte aus der Kneipe.

Wankend stiegen sie die Stufen des altehrwürdigen Gebäudes hinauf. Er hielt Charlotte die schwere Türe auf. Von einer Garderobiere mit Bleistiftmund und glänzendem Messingschild am schwarzen Blouson wurden sie empfangen.

»Betrunken in die *Zauberflöte*! Ich bitte Sie, meine Herrschaften! Wenn das Mozart wüsste.«

»Der war doch selbst ein oller Suffkopp«, faselte Charlotte und machte einen kleinen Ausfallschritt nach hinten.

Der French Bauleiter eilte zu Hilfe. Die Garderobiere fand keine Worte und wies mit ausgestrecktem Arm und schnappatmend zur Tür!

Ziellos liefen sie durch die Straßen. Autos rasten vorbei. Im Lichtkegel der Scheinwerfer fielen warme Regentropfen auf den Asphalt.

»›Some people feel the rain, other just get wet‹«, rief Charlotte und lief übermütig auf die Straße.

Tänzelnd schlängelte sie sich zwischen den fahrenden Autos hindurch, streckte die Arme aus und jauchzte. Autos hupten und machten einen großen Bogen um sie. Der French Bauleiter hatte Mühe, sie wieder auf den Gehweg zu ziehen. In einem neonbeleuchteten Kiosk mit *Psychologie heute* und vertrockneten Croissants in der Auslage kauften sie zwei Flaschen Bier und liefen weiter durch den Sommerregen. Irgendwann erreichten sie den Alexanderplatz. Charlotte setzte sich auf den Rand des Brunnens und schaute auf den Fernsehturm.

»In vierzig Sekunden bist du mit dem Fahrstuhl oben.«

»Fahrstuhl?«, wiederholte er. »Komisches Wort.«

»Findest du?«

»Stell dir das Wort doch mal bildlich vor.«

Vor Charlottes Augen fuhr ein Holzstuhl an der Außenmauer des Fernsehturms hinauf. Sie feixte.

»Im Deutschen gibt es schon seltsame Wörter.«

»Ein weiteres Beispiel«, forderte Charlotte.

»Streicheleinheit. Wie kann man Liebkosungen nur in Einheiten unterteilen? Und wie misst man eine Streicheleinheit? In Sekunden oder in Quadratzentimetern?«

Charlotte stand vom Brunnenrand auf und trank einen Schluck. In der Ferne erklang eine Sirene.

»Wie oft warst du schon auf dem Fernsehturm?«, fragte er. »Bestimmt oft, oder? Meine Mutter hat uns mindestens einmal im Jahr auf den Eiffelturm geschleppt.«

Charlotte schwieg. »Ein einziges Mal«, antwortete sie schließlich zögernd.

»Nur ein Mal?«

»Damals mit meinem kleinen Bruder. Ich weiß noch, alle haben nur nach unten geschaut. Wie winzig die Häuser von hier oben aussehen, und diesen ganze Mist haben sie gefaselt. Aber mein kleiner Bruder starrte immerzu nach oben. In den Himmel. Er wollte wissen, ob man die Turmkugel, in der wir standen, wie eine Brotdose aufklappen könnte. Ihm konnte es nie hoch genug sein. Sind wir jetzt im Himmel, hatte er gefragt. Er war fasziniert vom Himmel. Schon als kleiner Junge wollte er wissen, wie Wolken schmecken und ob sie knirschen, wenn man auf ihnen läuft. Er kannte alle Arten. Mit fünf! Cumulus, Stratus und so weiter. Er malte sie jeden Tag in sein Wolkentagebuch. Wolkenforscher. Das war sein Berufswunsch.«

»Und ist er es geworden?«

Charlotte drehte sich zu ihm um und sah ihn traurig an. »Ja.«

Eine Horde Jugendlicher zog grölend an ihnen vorbei. Langsam verschwanden sie im Dunkel der Nacht. Aus der Ferne war eine Gitarre zu hören. Der French Bauleiter trank einen Schluck und setzte sich auf den Rand des Brunnens. Die Gitarre verstummte. Er nahm noch einen Schluck, räusperte sich und pfiff die Melodie von »Time of My Life«. Charlotte lächelte. Die Gitarre stimmte ein. Während er pfiff, stand er auf, zog Schuhe und Socken aus, krempelte seine Hose hoch und stieg in den Brunnen. Er kniete sich nieder, hielt seine Arme in die Höhe und sah abwartend zu Charlotte.

»Du spinnst.«

Er machte eine Bewegung mit der Hand. »Allez, allez, Mademoiselle.«

»Hey, Mann, du hast sie doch nicht alle.«

»Los, du Feigling.«

Feigling? Das konnte Charlotte nicht auf sich sitzen lassen. Sie trank ihr Bier in einem Zug leer, streifte ihre Turnschuhe ab und schob die Hosenbeine über die Knie. Schließlich stieg sie in den Brunnen und gab einen kurzen, spitzen Schrei von sich. Eiskaltes Wasser umspülte ihre Füße und Waden. Der French Bauleiter streckte seine Arme erneut herausfordernd in die Höhe. Charlotte nahm alle

Kraft zusammen, die sie in ihrem betrunkenen Zustand aufbringen konnte, und lief auf den French Bauleiter zu. Kurz vor dem Ziel kam sie auf dem rutschigen Grund ins Schlingern und landete im Wasser. Sie schrie auf, stützte sich auf ihre Hände und schüttelte sich wie ein nasser Hund. Er presste die Lippen zusammen und versuchte, sich ein Lachen zu verkneifen. Charlotte holte mit einladenden Bewegungen aus und bespritzte ihn. Yeah, Baby, mach Johnny nass!

Hemd und Hose klebten auf seiner Haut. Kleine Inseln brauner Hautflecken zeichneten sich ab. Charlotte versuchte, sich aufzurichten. Er reichte ihr die Hand und zog sie hoch. Dann kniete er nieder und streckte seine Arme erneut aus. Charlotte nahm ein zweites Mal Anlauf. Sie lief auf ihn zu. Er umfasste ihre Hüfte. Mit aller Kraft stieß sie sich ab, und er versuchte, sie in die Höhe zu stemmen.

»Die Arme … du musst die Arme ausstrecken«, presste er heraus.

Charlotte breitete die Arme aus.

»Den Kopf … streck deinen Kopf in die Höhe.«

Charlotte riss den Kopf nach oben und sah in den fast schwarzen Himmel. Seine Arme begannen zu zittern. Hey, was ist los mit dir, Johnny? Er schwankte und verlor schließlich das Gleichgewicht. Charlotte landete neben ihm im Wasser, und erneut ließ die Kälte sie zusammenzucken. Sie kniete sich hin. Rinnsale liefen über ihre Stirn und Wangen. Er beugte sich zu ihr. Sein warmer Atem schlug Charlotte entgegen. Seine dunklen Haare klebten an seiner Stirn. Lange sah er sie an und fuhr schließlich über ihre Nase und ihren Mund, hielt inne und strich ihre Oberlippe nach.

Sanft zog er sie zu sich heran und erkundete mit seinen Lippen ihren Mund. Seine Lippen tasteten sich langsam weiter über ihr Gesicht. Seine Finger fuhren zwischen ihre und hakten sich ein. Er zog Charlotte fester an sich und umarmte sie. Sie konnte sein Herz schlagen hören. Es pochte heftig. Gleichzeitig fühlte sie, wie sich ihres mehr und mehr zusammenzog. Gedanken rasten durch ihren Kopf, schlugen wie Flipperkugeln gegen ihre Schädeldecke. Und ganz plötzlich spürte sie Angst in sich aufsteigen. Sie quoll wie Sirup durch ihren Körper, vom Bauch durch das Herz in die Kehle. Sie legte sich um ihren Hals wie eine Schnur und zog sich langsam zu. Charlotte bekam keine Luft mehr. Sie befreite sich aus seinen Armen und stieg eilig aus dem Brunnen.

»Ich muss los«, sagte sie, ohne ihn anzusehen.

Arthur schien nicht zu begreifen. Er saß im Brunnen und verfolgte irritiert, wie Charlotte über ihre nasse Kleidung strich und die Feuchtigkeit in wabernden Blasen aus der Hose schob. Langsam stieg er aus dem Brunnen. Als er neben sie trat, lief sie los und ließ ihn einfach stehen.

Nach einer Weile holte er sie ein. Sie liefen durch die Straßen und zogen eine Spur des Schweigens hinter sich her. Als sie vor der Kehrbachstraße fünf ankamen, setzte er an. Aber Charlotte ließ ihn nicht zu Wort kommen. Sie verabschiedete sich hastig und verschwand im Haus. Hundemüde lag sie den Rest der Nacht wach, drehte sich von einer Seite auf die andere, starrte auf den Zeiger des Weckers und hoffte, es würde endlich Morgen werden.

# BEFEHLSVERWEIGERIN

Frankie, der Penner, saß auf seiner Bastmatte. Er nickte zum Gruß, während Charlotte eilig ihr Rad vor dem Supermarkt anschloss.

»Lange nicht gesehen«, rief Charlotte, während sie an ihm vorbeihetzte.

»Hatte viel zu tun.«

»Was stand an?«

»Hab Juri im Laden geholfen.«

»Juri? Woher kennst du den denn?« Charlotte blieb stehen.

»Ist mir ständig über den Weg gelaufen mit seinem Korb voller Schnapsflaschen.«

»Okay, ich verstehe.«

»Nein, so ist es nicht.«

»Wie denn?«

»Ich habe ihn mal besucht und die kaputten Geräte, die sich in seinem Laden stapeln, gesehen. Mein Vater hatte früher auch eine Firma für Reparaturen. Er wollte, dass ich die mal übernehme. Aber das war nicht mein Ding.«

»Was? Einen auf Businessman zu machen?«

Frankie nickte. »Juri hat mir ein Glas Wasser auf den Tisch gestellt und einen Schraubendreher in die Hand gedrückt.«

»Dann brauchst du die ja nicht mehr.« Charlotte hielt eine Ein-Euro-Münze in der Hand.

»Biste heute schlecht gelaunt?«

»Nö.«

Als Charlotte später an der Kasse saß, vertippte sie sich ständig, gab Wechselgeld falsch heraus und stritt mit einer jungen Frau über eine nicht korrekt ausgepreiste Packung Orangensaft. Biggi nervte sie die ganze Zeit und wollte Neuigkeiten wissen, aber Charlotte schwieg eisern.

»Guten Tag, Mademoiselle, verkaufen Sie auch Vasen?«

Charlotte hatte ihn nicht kommen sehen, er stand mit einem Sträußchen Veilchen vor ihr. Charlotte starrte abwechselnd auf die Veilchen und auf Arthur und bekam kein einziges Wort heraus.

»Aus dem Vorgarten«, sagte er. »Des Nachbarhauses.«

Biggi, die eine Kasse weiter saß, seufzte laut auf.

Charlotte verdrehte die Augen. »Tut mir leid. Wir haben keine Vasen im Sortiment«, antwortete sie und mied seinen Blick.

»Aber eine leere Flasche, die gibt es bestimmt?«

»Vielleicht.«

»Geht es dir gut, Charlotte?«

»Ist gerade viel los.«

Arthur sah sich im leeren Supermarkt um. Schweigend fuhr Charlotte mit dem Zeigefinger über die Tasten der Kasse und blies den Staub aus den Fugen.

»Was ist denn los?«, fragte er schließlich.

»…«

»Charlotte, ich fand unseren Abend gestern schön. Ich dachte, du …«

»Was dachtest du?«, platzte es aus ihr heraus. »Denkst du, du kannst hier einfach so aufkreuzen und den Romeo spielen wegen eines schönen Abends?«

»Er hat dir also auch gefallen?«

»Ich war betrunken. Mehr nicht.«

»Mehr nicht?«

Charlotte sah ihn trotzig an.

Er wartete, schien auf etwas zu hoffen: ein Zeichen, ein Wort.

Charlotte biss die Zähne zusammen.

Schließlich legte er die Veilchen auf das Band und ging davon.

Biggi kam zu Charlotte gelaufen und sah sie entgeistert an.

»Halt jetzt bloß die Klappe«, fauchte Charlotte sie an.

Biggie tippte mit dem Zeigefinger an ihre Stirn und schüttelte den Kopf.

»Ach, lass mich.« Charlotte nahm die Blumen und warf sie in den kleinen Plastikeimer zu ihren Füßen.

Am gleichen Abend bestand Charlotte auf ein Treffen mit Juri und Elise. Aufgeregt lief sie in Elises Wohnzimmer auf und ab. Elise saß in ihrem Sessel und Juri auf der Couch, und sie verfolgten neugierig Charlottes Wohnzimmer-Marathon.

»Eine Schnapsidee war das von Anfang an mit Arthur«, stieß Charlotte schließlich hervor und sah Elise und Juri vorwurfsvoll an. Dann schritt sie wieder eilig auf und ab.

»Charlotte hat recht. Auf Dauer ist das keine Lösung.«

»Das schmeckt dir wohl nicht, was?«, fragte Elise Juri.

»Mir? Wieso?«

»Ist ja nicht übel, der Franzmann. Also wenn ick sechzig Jahre jünger wär.«

»Ich habe die Nase voll. Ich will ihn nicht weiter ausspionieren.«

»Ist was vorgefallen?«, fragte Elise.

»Wie meinst du das?«

»Ick meene, ist die Chose aufgeflogen?«

»Nein, aber die Sache wird mir zu heiß.«

»Zu heiß? Das tut mir jetzt aber mal genauer interessieren.« Elise machte es sich in ihrem Sessel gemütlich und schien auf eine Erklärung zu warten.

»Ist was mit dir und dem Franzmann?«, fragte sie weiter.

»Blödsinn. Aber wenn das alles auffliegt.«

»Was? Dass du mit dem Franzmann durch die Gegend ziehst?«

»Nein, verdammte Scheiße, dass wir den Sattkowski ausspionieren.«

»Mein lieber Herr Gesangsverein, bist doch sonst nicht so zimperlich. Ick seh mir schon in 'nem schönen Plattenbau am Stadtrand sitzen.«

»Zu Ost-Zeiten hat man sich um diese Wohnungen gerissen. Warmes Wasser aus der Wand, und der Grundriss ist auch ganz okay«, sagte Charlotte.

»Du darfst den formidablen Ausblick aus dem zwanzigsten Stock nicht vergessen.«

»Stimmt.«

»Tolle Aussichten. Meine letzten Tage in so 'ner Hundehütte zu verbringen.«

»Jetzt mach mich nicht dafür verantwortlich«, rief Charlotte.

»Das ist aber keene vornehme Art, 'ne alte Frau so anzumosern.«

»Jetzt fangt bloß nicht wieder an zu streiten«, sagte Juri.

»Wer hat sich denn für euch so ins Zeug gelegt?«, fragte Charlotte.

»Worin hast du dir gelegt?«

»Ach, ihr könnt mich mal.« Charlotte winkte genervt ab, und kurze Zeit später fiel Elises Wohnungstür laut ins Schloss.

# Das Leben ist ein Wunschkonzert

Charlotte mied es, auf Arthur zu treffen. Sie schlich sich am Morgen zeitiger als gewöhnlich aus dem Haus und verließ fluchtartig die Kehrbachstraße. Abends, wenn sie von der Arbeit abgekämpft nach Hause kam und die Treppe hinauf zu ihrer Wohnung stieg, zuckte sie zusammen, wenn sie Schritte im Hausflur hörte. Hastig suchte sie das Weite. Das Katz- und Mausspiel ging auf. Nur manchmal ertappte sie sich dabei, wie sie heimlich aus dem Fenster schielte und nach Arthur Ausschau hielt.

Die Tage im Supermarkt waren anstrengend, und in den Nächten schlief sie mies. Wenn sie gar nicht schlafen konnte, knallte sie sich vor den Fernseher und versuchte, über einer alten Ami-Gangster-Reihe auf dem Dritten einzuschlafen. Früh wachte sie müde im Wohnzimmer auf und zählte die Stunden, bis sie wieder ins Bett kriechen konnte.

Bei Juri ließ sich Charlotte nur einmal blicken und war überrascht über die vielen Veränderungen, die in seinem Laden in so kurzer Zeit vor sich gegangen waren. In den Regalen, in denen vor kurzem noch Flaschen gestanden hatten, stapelten sich nun alte Toaster, Drucker, Tonbandgeräte, Videorekorder und Radios. Frankie saß am Tisch, und vor ihm lagen die Einzelteile eines Druckers. Charlotte musste zehn Minuten warten, bis Juri seine Kundschaft bedient und Zeit für sie hatte. Sie gingen nach draußen und rauchten eine Zigarette. Juri redete auf Charlotte ein, ihre Spionagetätigkeit wieder aufzunehmen. Aber Charlotte hörte ihm überhaupt nicht zu. Stattdessen sah sie angestrengt auf die Straße. Gerade als Juri von Katherine berichtete, fuhr ein Auto in die Kehrbachstraße ein und hielt direkt neben ihnen. Charlotte zog ein letztes Mal hastig an ihrem Zigarettenstummel und wollte sich verabschieden, da hörte sie bereits seine Stimme. Er rief ihren Namen. Charlotte tat so, als sei sie zu sehr in das Gespräch mit Juri vertieft, um ihn wahrzunehmen. Sie lachte gekünstelt auf und fiel Juri um den Hals. Sie hing an ihm, bis sie die Haustür ins Schloss fallen hörte. Dann lief sie davon und ließ einen verstörten Juri zurück.

Einige Tage später lief Charlotte Arthur trotz aller Vorsichtsmaßnahmen auf dem Dachboden über den Weg. Sie hatte in der Nacht zuvor von Simon geträumt und war am Morgen völlig gerädert aufgewacht. Den ganzen Tag war ihr übel gewesen, und ihre Gedanken hatten Runden in Endlosschleife gedreht. Am Nachmittag hatte sie alle Kraft zusammengenommen und sich beim Drachen abgemeldet. Den Rest des Tages hatte sie sich eigentlich in ihrem Bett verkriechen wollen, aber es hatte sie magisch auf den Dachboden gezogen. Lange hatte sie vor der gut verschnürten Pappkiste gesessen, bis sie sie schließlich doch auspackte.

Sie saß in dem verstaubten Sessel und blätterte geistesabwesend in dem Fotoalbum. Ein lautes Geräusch ließ sie aufschrecken. Arthur stand mit einer Leiter in der Tür. Schweigend lief er zu der Dachluke, schob die Leiter zurecht und kletterte die Sprossen hinauf. Bevor er loslegte, schaltete er sein Kofferradio an. Scott McKenzie sang »People in Motion«. Arthur drehte auf und summte die Melodie mit. Charlotte warf ihm einen verächtlichen Blick zu. Er bemerkte es und summte umso lauter vor sich hin. Als das Lied zu Ende war, kündigte eine säuselnde Männerstimme einen Anrufer an. Charlotte kannte die Stimme. Die hatte sie in den letzten Wochen einfach zu oft gehört. Es war der Moderator der bekackten Wunschsendung *Ein Stück Glück*. Und jetzt machte irgendein Typ seiner Freundin über das Radio eine Liebeserklärung.

»Kannst du das bitte ausmachen? Das nervt.«

»Ich mag die Sendung.« Arthur stieg von der Leiter. »Mich würde wirklich eins interessieren ...«

»Und das wäre?«

»Wann genau bist du eigentlich so zynisch geworden?«

»Du kannst mich mal. Hörst du?! Ich habe noch nie an diesen Unfug Liebe geglaubt.«

»Weißt du, du tust mir einfach nur leid.«

»Pf! Franzose.«

»Ich finde die Liebe etwas Wunderbares, und ich finde es schön, wenn Menschen zu ihrer Liebe stehen und es ihnen egal ist, ob sie sich vor anderen zum Plubs machen.«

Plubs? Charlotte war kurzzeitig irritiert. »Es heißt ›zum Plebs machen‹.«

»Mademoiselle Cool würde das natürlich niemals tun.«

»Was? Sich zum Plubs machen?« Sie grinste.

»Immer schön Sicherheitsabstand halten. Sobald dir jemand zu nahe kommt, wird er abserviert. So ein Leben im Dauerfrostzustand ist sicher anstrengend. Das verbraucht bestimmt viel Energie.«

»Das hast du dir wunderbar zusammengereimt. Aber so ist es nicht. Ich bin einfach nur ehrlich.«

»Ehrlich womit?«

»Die Leute können ihr kleines, beschissenes Leben nicht aushalten und reimen sich sonst was zusammen, um es erträglicher zu machen. So ist es doch.« Sie lief zu ihm und stellte sich vor ihn. »Das Leben ist aber kein Wunschkonzert.«

»Und wenn doch?«

»Den Schwachsinn glaubst du doch selbst nicht.«

»Selbst wenn das Leben so beschissen ist, was ist falsch daran, es mit jemandem zu teilen?«

»Weil ... weil ...« Charlotte rang nach Luft. »Weil du irgendwann sowieso wieder allein dastehst. Gerade wenn du angefangen hast, dich an den anderen zu gewöhnen.«

»Aber so ist das Leben. Wenn du nichts riskierst, hast du schon verloren. Und wenn du etwas riskierst ...«

»... verlierst du noch mehr«, fiel sie ihm ins Wort.

Plötzlich stand Sattkowski auf dem Dachboden. »Ich suche Sie schon die ganze Zeit, Herr Dupont. Wir fahren jetzt. Kommen Sie bitte zum Auto. Und Fräulein Kubitschek, ich habe es bereits Ihren werten Nachbarn gesagt. Am Freitag früh um zehn Uhr bitte bei Frau Buffke einfinden. Ich habe etwas Wichtiges mit Ihnen zu besprechen.«

»Freitag um zehn muss ich arbeiten.«

»Dann sollten Sie sich freinehmen. So unersetzlich werden Sie ja wohl bei Hinkemann nicht sein.«

»Pinkemann. Wie die Pinke.« Sie rieb Daumen und Zeigefinger aneinander. »Dürfte Ihnen bekannt vorkommen.«

»Ja, davon habe ich durchaus schon mal gehört.« Er zog an seiner Hose. »Kommen Sie jetzt bitte, Monsieur Dupont!«

Arthur lief zur Leiter und klappte sie zusammen. Charlotte wollte noch etwas sagen, aber er war bereits an der Tür.

»Arthur«, rief sie schließlich doch.

Er drehte sich um.

»Du wolltest doch wissen, wann es passiert ist. 19. September 1998.« Sie lief zu ihm und hielt ihm das aufgeschlagene Fotoalbum hin.

Er betrachtete das Foto. Darauf war ein kleiner Junge mit roten Locken in einem viel zu großen Strickpullover zu sehen. Er stand mit einem Fernrohr in der Hand auf einer Wiese und sah zum Himmel hinauf. Unter dem Foto stand: *Simon erforscht wie immer die Wolken.*

»Kommen Sie doch endlich«, forderte Sattkowski.

Arthur schien etwas erwidern zu wollen, aber als Sattkowski noch einmal mit gereizter Stimme nach ihm rief, eilte er davon.

# Selbstgespräche sind die besten Gespräche

Seit dem Zusammentreffen mit Arthur auf dem Dachboden rumorte es gewaltig in Charlottes Bauch. Sie hatte das Gefühl, als ob Wackersteine darin lägen. Zwar nicht so große wie beim bösen Wolf, aber ordentliche Dinger waren es schon! Hinzu kam, dass ständig jemand auf ihren Schultern saß und ungefragt seine Meinung kundtat. Wie in dem Song der Fetten Brote aus den Neunzigern saß ein Engel auf der einen und ein Teufel auf der anderen Seite.

Seit Tagen ließen die beiden Charlotte keine Ruhe. Bei jedem Schritt waren sie zu dritt! Zerstreut lief Charlotte durch die Straßen und faselte dabei vor sich hin wie eine alte, senile Schachtel. Die Leute sahen ihr nach und schüttelten den Kopf.

Engel und Teufel nervten Charlotte auch heute.

*»Sag mal, meine liebe Charlotte, hast du etwa schlechte Laune?«*

Charlotte blieb stehen und prustete los. »Ich, schlechte Laune? Warum sollte ich?«

*»Wegen Arthur.«*

»Ich pfeife auf diesen Franzosen. Hörst du, ich pfeif drauf. Pf! Im Gegensatz zu ihm bin ich realistisch.«

*»Meine Liebe, du und realistisch? Dass ich nicht lache. Realistisch wärst du, wenn du diese Typen, diese Adrians und Co …«*

»Hieß der nicht Marius?«, unterbrach Charlotte.

*»Lenk nicht ab, meine Liebe. Also, realistisch wärst du, wenn du dir nicht nur für eine Nacht das Bett wärmen lassen würdest. Der Winter deines Lebens wird kommen, und er wird lang und kalt sein.«*

»Gott, wo hast du denn den Spruch her?« Charlotte lachte los.

*»Halt deine Klappe. Ich bin noch nicht fertig. Realistisch wärst du, wenn du deinen Arsch hochkriegen und in deinem kleinen, vertrackten Leben mal aufräumen würdest. Und realistisch wärst du, wenn du Simon endlich ziehen lassen würdest. Er ist schon vor langer Zeit gegangen, nur du hängst noch an den Schatten seines kurzen Gastspiels.«*

»Lass Simon da raus. Hörst du, verdammt noch mal?!« Charlotte kickte wütend eine Blechdose gegen eine Hauswand.

*»Dein Geschrei imponiert mir nicht mehr. Ich habe mich von dir lange genug ins Bockshorn jagen lassen.«*

»Ich hab niemanden ins Bockshorn gejagt.«

*»Erzähl keine Märchen, meine Liebe, und gib es endlich zu, dass Arthurs Worte dich getroffen haben.«*

»Ich bin nicht getroffen. Hörst du. *Ich bin nicht getroffen.* Mir geht es gut. Sehr gut. Ging es nie besser.«

*»Und die schlaflosen Nächte?«*

»Als ob ich die Nächte sonst zum Schlafen nutze.«

*»Und deine schlechte Laune?«*

»Ich habe keine schlechte Laune. Scheiße noch mal. Nur ein kleines Stimmungstief. Das ist das Wetter.«

*»Ich verstehe, der Sommersonnenschein deprimiert?«*

»Och Schitte, du nervst echt.« Charlotte kickte die Dose in einem hohen Bogen vom Gehweg auf die Straße.

*»Und deine Wackersteine im Bauch, meine Liebe?«*

»Sind nur Blähungen. Ich sollte meine Ernährung umstellen.« Sie rieb ihren Bauch.

*»Genau, meine Liebe. Ich wüsste, was dir guttäte.«*

»Das wäre?«

*»Junges, frisches Gemüse aus Südeuropa.«*

»Gemüse aus Südeuropa?« Charlotte blieb stehen.

*»Direktimport von der Küste Spaniens.*

Charlotte verstand noch immer nicht. »Küste Spaniens?«, wiederholte sie.

*»Ja, aus Barcelona. Alles, was von dort kommt, ist doch süß, sonnengebräunt und gereift.«*

»Witzbold! Und außerdem, Arthur und süß? Pf!«

*»Komm, er sieht nicht übel aus. Das musst du zugeben.«*

»Ich weiß nicht.«

*»Ich schon. Und warum musst du ständig an ihn denken?«*

»Mach ich doch gar nicht.« Charlotte verzog den Mund.

*»Erzähl das deiner Großmutter.«*

»Habe keine.«

*»Letzte Frage, dann lass ich dich in Ruhe.«*

»Schwörst du es?«

*»Hat er dir ein bisschen das Herz gerührt?«*

»Ich weigere mich, diese Frage zu beantworten.«

*»Keine Antwort ist auch eine Antwort.«*

»Das Gespräch ist hiermit beendet.«

*»Nicht für mich. Ich habe auch noch ein Wörtchen mitzureden«*, sagte plötzlich eine zweite Stimme.

Charlotte blieb stehen. »Jetzt mischst du dich auch noch ein. Könnt ihr mich nicht mal eine Minute in Ruhe lassen.«

*»Eins, zwei, neunundfünfzig, sechzig Sekunden. Die Zeit ist um. Was ich noch anmerken möchte: Überleg dir die Sache mit Arthur genau. Du weißt, was passiert, wenn du dein Herz an jemanden hängst. Es kann dort hängenbleiben. Du erinnerst dich, wie es beim letzten Mal ausging? Dein Herz an einen kleinen Jungen zu hängen … Mann, Mann, Frau Kubitschek, das war so dumm.«*

»Er war mein Bruder.« Charlotte spürte, wie sich ihr Magen zusammenzog.

*»Halbbruder! Und weißt du noch, wie du dich damals gefühlt hast? Alles in dir war dunkel und modrig. Wie in einem Brunnen.«*

*»Und Charlotte der Frosch«*, tönte es plötzlich wieder von der anderen Seite.

»Ich, ein Frosch? Warum?«

*»Kennst du die Geschichte vom Frosch im Brunnen nicht?«*

»Nö.«

*»Dann helf ich dir auf die Sprünge. Also hör zu!«*

Charlotte lehnte sich an eine Hauswand und schloss die Augen.

*»Ein kleiner Frosch saß in seinem Brunnen und hüpfte von einem Ende zum anderen. Der Brunnen war klein und dunkel, aber vertraut. Er mochte den Brunnen. Noch nie in seinem Leben hatte er ihn verlassen. Eines Tages setzte sich ein anderer Frosch auf den Brunnenrand. Er erzählte dem kleinen Frosch in dem dunklen Brunnen von der Welt da draußen. Er sprach über*

*das weite Meer und die leckeren Insekten. Schließlich überredete er den kleinen Frosch mitzukommen. So hüpfte der kleine Frosch das erste Mal in seinem Leben aus dem Brunnen. Er war fassungslos, wie groß alles war. Das Meer war so weit, und Insekten gab es so viele. Er fühlte sich bei dem Anblick so verloren, dass er hastig in seinen Brunnen zurücksprang.«*

»Was willst du mir damit sagen?«

*»Sei kein Frosch, Charlotte!«*

*»Und auch keine dumme Gans«*, schallte es von der anderen Seite.

»Ach, lasst mich bloß in Frieden.« Charlotte wedelte mit der Hand vor ihrem Gesicht, als ob sie einen Schwarm Mücken vertreiben wollte.

*»Welcher Frieden?«*, riefen beide Stimmen gleichzeitig.

»Haltet eure Klappen«, tobte Charlotte und trat gegen die Hauswand.

»Mit wem redest du?«

Charlotte erschrak und drehte sich um. Elise stand vor ihr. Charlotte war so im Streitgespräch versunken gewesen, dass sie Elise gar nicht bemerkt hatte. Sie stand auf ihren Rollator gestützt und sah sie neugierig an.

»Mit mir selbst«, antwortete Charlotte.

Elise verzog ihren Mund und lächelte. »Selbstgespräche sind die besten Gespräche. Ist sonst alles in Ordnung bei dir?«

»Ja, alles bestens! Wieso?«

»War nur 'ne Frage der Höflichkeit.«

»Höflichkeit«, wiederholte Charlotte und schaute gedankenverloren zur Krone eines Baumes, der neben ihnen auf dem Gehweg thronte. Der Wind fuhr durch die Äste, und sie sahen aus, als ob sie Charlotte zuwinkten. Charlotte schloss die Augen und rieb sich die Lider.

»Hast du Zeit?«, fragte Elise schließlich.

»Wofür?«

»Um mir zum Herrn Doktor zu begleiten?«

»Geht es dir nicht gut?«

»Ach papperlapapp, mir geht es blendend. Reine Routineuntersuchung.«

»Wann hast du deinen Arzttermin?«

»Um halb drei.«

Charlotte zog ihr Handy aus der Hosentasche. »Das war vor zehn Minuten.«

»Wer später kommt, muss nicht so lange warten.«

# WARUM ALTE MENSCHEN IMMER ERDFARBENE KLEIDUNG TRAGEN

Elise und Charlotte wurden in der Arztpraxis von einer jungen Schwester mit weißem Kittel und schwarzen Fingernägeln empfangen. Um ihren schlanken, bleichen Hals schlängelte sich der schuppige, dunkle Schwanz eines tätowierten Drachens. Es sah aus, als ob sich eine Schlinge um ihren Hals zuzog.

Im Wartezimmer nahmen sie auf weinroten Kunstlederstühlen Platz. Der Raum war fast leer. Gegenüber der Tür saß eine junge Mutter mit ihrem Baby. Mit aufgerissenen Augen schaute es neugierig im Zimmer umher und warf seine kleinen Fäuste unkoordiniert in die Luft. Neben der Mutter saß ein alter Mann mit roter, dicker Nase und kurzrasiertem Schädel. Er blätterte in einer Autozeitschrift und hustete immer wieder.

»Es gab mal Zeiten, da bin ick gerne zum Arzt gegangen.«

»Gerne zum Arzt?«

»Hier konnte ick Leute treffen und 'n bisschen quatschen. Heute werd ick nur noch abgefrühstückt.«

»Der Leute wegen zum Arzt …« Charlotte sah sie an. »Ist das nicht umständlich?«

Elise schwieg.

»Gehst du deshalb auch lieber am späten Nachmittag einkaufen, weil der Supermarkt da voller Leute ist?«

»Zu Hause fällt mir doch die Decke auf'n Kopf. Bei euch ist wenigstens was los.«

»Ich dachte, ihr Alten macht das nur, um die anderen zu ärgern.«

»So kannst du dir verdenken.«

Charlotte betrachtete Elise und überlegte.

»Willst du noch was wissen?«, fragte Elise, die ihren Blick bemerkt hatte.

Charlotte zögerte.

»Spucks ruhig aus. Warum, warum? Wer nicht fragt bleibt dumm.«

»Ist nicht so wichtig.«

»Keene falsche Zier.«

»Okay, wenn du es unbedingt wissen willst, ich habe mich schon immer gefragt, warum alte Menschen immer erdfarbene Klamotten tragen?«

»Wirklich 'ne dumme Frage. Das ist doch ganz logisch.«

»Ach ja?«

»Damit wir Alten uns schon mal daran gewöhnen können, dass wir bald unter der Erde liegen.« Elise lachte.

Ein älterer Mann in einem weißen Kittel und Birkenstock-Latschen stand in der Tür. Er rief Elises Namen und reichte ihr die Hand. Bedächtig schlurfte sie mit ihm davon. Charlotte nahm eine Zeitschrift vom Plexiglastisch und schlug sie auf. Schminktipps für den Sommer, Männer verraten ihre Sex-Geheimnisse und eine Reportage zum Thema: *Wie Sie zufriedener mit Ihrem Leben werden*. Genervt warf sie die Zeitschrift zurück auf den Tisch und lehnte sich an die Wand. Sie folgte dem roten Sekundenzeiger auf der Uhr über der Tür. Nach zwanzig Minuten kam Elise ins Wartezimmer zurück.

»Das hat aber lange gedauert.«

»Alte Frau ist keen D-Zug«, fuhr Elise sie harsch an.

»Ist ja schon gut. War nicht so gemeint. Was hat denn der Arzt gesagt?«

»Gehst gesund zum Arzt und kommst krank wieder.«

»Also hat er was gefunden?«

»Lass uns gehen. Sofort«, befahl Elise.

Hastig schob sich Elise an ihrem Rollator über den Gehweg. An der Kreuzung lief sie ohne auf die Ampel zu achten auf die Straße. Ein Auto hupte und wich mit einem Schlenker aus. Der Fahrer gestikulierte wild und schüttelte den Kopf.

Eilig griff Charlotte nach Elises Arm und zog sie von der Straße. »Mensch, Elise, was ist denn los?«

Elise kniff ihr faltiges Gesicht zusammen. »Du schuldest mir noch was«, sagte sie nach einer Weile, ohne Charlotte anzuschauen.

»Und das wäre?«

»Einen Schnabus beim ollen Karl.«

»Den hätte ich beinahe vergessen.«

»Ick aber nicht.«

Beim ollen Karl war wie immer Flaute. Sie setzten sich an den Tisch am Fenster. Charlotte schob die graue, bauchige Keramikvase mit den verstaubten Plastikveilchen an den Rand des Tisches und fuhr über die Tischdecke, um die Krümel zusammenzuschieben. Der olle Karl brachte zwei Gläser Kirschlikör. Sie tranken einen Schluck und starrten durch die Spitzengardine hinaus auf die Straße.

»Du siehst blass aus um die Nese«, bemerkte Elise schließlich.

»Das würde ich eher von dir behaupten.«

»Quatsch! Mir geht es gut. Aber ick würde gerne wissen, was mit das Fräulein Kubitschek los ist.«

Charlotte fuhr mit dem Zeigefinger gedankenverloren an der Silhouette des vollen Glases entlang. Elise beobachtete sie aus zusammengekniffenen Augen.

»Hat das mit dem Franzmann zu tun?«, fragte Elise schließlich.

»Blödsinn!«

»Charlotte, ick würde dir gerne mal was erzählen. Das kannst du ruhig als Geseire von 'ner alten Schachtel abtun. Aber ick war nicht immer so 'n Miesepeter.«

»Tatsächlich?«

Elise bestellte noch einen Schnaps und begann zu erzählen. Sie erzählte vom Ende des Krieges und wie Berlin in Schutt und Asche lag. Die Zeiten waren ungewiss, und was kommen würde, war es noch mehr. Nichts war mehr so, wie es einmal war. Am wenigsten Elise. Sie hatte Kunos Tod, der mittlerweile fünf Jahre zurücklag, noch immer nicht verwunden. Aus dem lebensfrohen, jungen Mädchen war eine melancholische, erwachsene Frau geworden. Elise nahm einen Schluck und fuhr fort. Sie erzählte von ihrer Mauer. Eine Mauer, die sie selbst gebaut hatte. Eltern und Freunde hatten bei den Bauarbeiten hilflos zugesehen. Sie alle standen vor dem meterhohen Schutzwall und mühten sich ab, um einen Blick ins Innere zu erhaschen. Aber Elise wimmelte die Zaungäste geschickt ab und blieb der einzige Zuschauer ihrer traurigen Solonummer.

Durch ihre Freundin Marga hatte sie Ende der vierziger Jahre Gustav kennengelernt. Er wohnte im selben Haus wie Marga. Elise hatte sein Interesse anfangs gar nicht bemerkt. Marga musste sie erst mit der Nase darauf stoßen. Elise fand den Gustav ganz lustig. Gustav hingegen war sofort Feuer und Flamme für die junge, dunkelhaarige Frau mit dem melancholischen Blick. Zu ihrem ersten Treffen in einem Café auf der Kastanienallee musste Marga Elise überreden. Unsicher stand Elise am Schaufenster einer Eisenwarenhandlung, die sich neben dem Café befand. Interessiert inspizierte sie die Nägel und wollte wieder umdrehen. Marga musste aus ihrem Versteck, einem Hauseingang auf der gegenüberliegenden Straßenseite, kommen und Elise durch die Tür in das Café schieben.

Als Gustav Elise zwei Jahre später einen Heiratsantrag machte, willigte sie schließlich ein. Er hatte liebevoll für sie gesorgt. Das hatte ihr nach den Kriegsjahren, der Einsamkeit und der Entbehrung gutgetan.

Aber auch Gustav war nicht in der Lage gewesen, die Mauer um Elise einzureißen. Er hatte geschuftet – einundfünfzig Jahre lang. Den Putz konnte er abklopfen, mehr war nicht drin gewesen. Irgendwann gab er entkräftet auf, und einige Jahre später starb er. Seitdem saß Elise alleine in der Wohnung. Sie hatte keine Menschenseele mehr, mit der sie über die unsägliche neue Zeit wettern oder gemeinsam ein Gläschen trinken konnte. Es gab einfach niemanden in ihrem Leben. Sie könnte von dieser Erde verschwinden, und keinem würde es auffallen. Allein und unbeweint zu sterben – das war immer ihre größte Angst gewesen. Und sie hatte alles getan, damit genau das eintrat.

Elise rieb sich die Augen. »Juri und du, ihr seid seit langer Zeit die ersten Menschen in meinem Leben. Das tut meinem schrumpeligen Herzen gut. Die Einsamkeit frisst mir auf. Die ist wie 'n Krebs in der Seele. Wenn ick wenigstens 'ne richtige Krankheit hätte, über die ick jammern könnte. Aber über Einsamkeit redet man nicht. Außer mit meene Blumen.«

»Du redest mit deinen Blumen?«

»Ick rede mit Blumen und du mit dir selbst. Wo ist der Unterschied? Weißt du, Juri und du, das ist …« Sie verstummte und schabte verlegen mit dem Fingernagel über einen gelben Fleck auf der Tischdecke. »Na ja, mit euch fühl ick mir wieder lebendig.« Sie seufzte. »Meen Gott, jetzt werde ick sentimental. 'ne sentimentale, alte Schachtel. Das ist nicht zum Aushalten.«

Charlotte legte ihre Hand auf Elises Hexenhändchen. Wie Pergament faltete sich die dünne Haut unter ihren Fingern.

»Ick muss mal aufs Klosett.«

»Soll ich mitkommen?«

»Bloß nicht. Pinkeln kann ick noch alleene.« Elise schlurfte mit dem Rollator davon.

Charlotte stützte ihren Kopf auf eine Hand und sah Elise gedankenversunken nach, bis sie hinter der Holztür verschwand. Dann wandte sie ihren Kopf zum Fenster und beobachtete durch die vergilbte Spitzengardine die Menschen, die draußen vorbeihetzten. Elises Worte hallten in ihr wie ein Echo in einer Bergschlucht. Charlotte spürte, wie sich ihr Magen zusammenzog. Die Wackersteine waren heute besonders schwer. Ihre Augen wurden feucht. Schitte, ihr war tatsächlich zum Heulen zumute. Aber sie würde jetzt nicht einen auf Heulsuse machen und losflennen. Nicht beim ollen Karl, und vor Elise schon gar nicht. Charlotte zog die sich langsam ausbreitende Traurigkeit mit einem lauten Schniefen wieder zurück.

Elise kam zum Tisch zurück und setzte sich. »Eener geht noch, oder?«

Charlotte nickte und hob die Hand. Der olle Karl kam erneut an ihren Tisch gelaufen und schenkte nach. Einige Minuten saßen sie vor den vollen Gläsern und schwiegen sich an.

»Ick habe deine Narbe gesehen, damals, als du in meinem Schlafzimmer das Kleid anprobiert hast. Was ist passiert?«

»Welche Narbe?«

»Du weeßt genau, wovon ick rede.«

»Das ist lange her.« Charlotte nahm das Likörglas und trank es in einem Schluck leer. »Noch eins«, rief sie dem ollen Karl zu.

»Willst nicht darüber quatschen?«

»Elise, das ist vorbei, hörst du? Vorbei!«

»Vorbei«, wiederholte Elise leise und warf Charlotte einen zweifelnden Blick zu.

# GIBT ES WIRKLICH EIN LEBEN AUSSERHALB DES S-BAHNRINGS?

Am Freitagmorgen versammelten sich Charlotte und Juri in Elises Wohnung. Charlotte saß auf der Couch. Juri stand am Fenster und sah hinaus. Elise hatte es sich in ihrem Sessel gemütlich gemacht und zog an der Piepe. Niemand sagte ein Wort. In der Ferne war das Rumpeln der Straßenbahn zu hören. Es klingelte. Die drei schauten einander an. Aber keiner bewegte sich, um die Tür zu öffnen. Es klingelte ein zweites Mal – eine lange Sequenz mit eindringlichen Zwischentönen. Juri lief schließlich zur Tür.

Sattkowski und Dünnebier traten ins Wohnzimmer. Arthur folgte ihnen und blieb am Büfettschrank stehen.

»Setzen Sie sich, die Stühle kommen gleich«, sagte Elise.

Juri hatte sich wieder ans Fenster gestellt und rührte sich nicht. Elise machte mit dem Kopf ein Zeichen in Richtung Küche. Gemächlich setzte er sich in Bewegung, holte drei Stühle und stellte sie in die Mitte des Zimmers. Sattkowski und Dünnebier setzten sich.

»Nehmen Sie Platz, Herr Franzmann«, sagte Elise.

Doch Arthur schüttelte stumm den Kopf. Sattkowski machte es sich auf dem Holzstuhl bequem. Ein Hemdknopf in Höhe seines Nabels stand offen und gab den Blick auf seinen Bauch frei. Ein schwarzes Loch lugte aus dem Hemdschlitz hervor. Charlotte konnte nicht anders, als es anzustarren. Um den Nabel zog sich ein Ring aus schwarzen Haaren, die sich kräuselten. Flusen hatten sich in seinem Bauchnabel verfangen. Angewidert verzog sie das Gesicht. Sattkowski nahm aus der Akte, die unter seinem Arm klemmte, einige Blätter heraus. Arthur, der alles genau verfolgte, wandte seinen Blick von Sattkowski ab und starrte verlegen auf den Boden.

»So, dann wollen wir mal zur Sache kommen«, sagte Sattkowski. »Ihnen ist sicherlich nicht entgangen, dass wir dieses Haus verkaufen wollen oder besser gesagt müssen.«

»Müssen?«, fragte Charlotte verächtlich.

»Ja, Fräulein Kubitschek, ein Haus bedeutet eine Menge Arbeit. Sie würden mich sicher verstehen, wenn Sie selbst Hauseigentümer wären. Aber das wird wohl in diesem Leben nicht mehr passieren.« Sattkowskis Lippen kräuselten sich zu einem höhnischen Lächeln. »Ja, so viel Arbeit. Man kommt kaum hinterher.« Er seufzte, warf Charlotte einen gespielt bekümmerten Blick zu und fuhr mit der Hand über seine Kranzfrisur.

»Sie meenen, Sie kommen mit dem Pinkezählen nicht hinterher.«

»Die geringe Miete, die Sie zahlen, deckt nicht mal meine laufenden Kosten.«

»Bei Ihrem maßlosen Leben ist das auch keen Wunder. Sie Fettarsch können den Hals ja nicht voll genug bekommen.«

»Schluss jetzt, das muss ich mir nicht anhören. Die Entscheidung steht fest, das Objekt wird verkauft. Basta.«

»Das Objekt, meene Fresse.«

»Ihnen scheint viel an dem Haus zu liegen, da Sie unsere Versuche, das Haus an einen soliden und seriösen Investor zu verkaufen, in den letzten Wochen auf niederträchtigste Weise sabotiert haben.«

Elise, Charlotte und Juri machten überraschte Gesichter.

»Jetzt tun Sie nicht so. Ich bin nicht auf den Kopf gefallen.«

»Sind Sie sich da wirklich sicher?«, fragte Elise. Charlotte und Juri prusteten los. Sattkowski schniefte.

»Lass dich nicht provozieren, Siegbrecht«, sagte Dünnebier ruhig.

Sattkowski strich sich über den Bauch und nestelte am offenen Knopf. »Lassen Sie uns bitte wie erwachsene Menschen miteinander reden.«

»Und das in meenem jugendlichen Alter.«

»Also, meine Damen und mein Herr, ich möchte Ihnen ein Kaufangebot unterbreiten.«

»Ein Kaufangebot unterbreiten? Sie wollen, dass wir die Wohnung kaufen?« Elise starrte Sattkowski entgeistert an.

»Eine Immobilie ist heute die beste Kapitalanlage. Man muss natürlich auch über das notwendige Kapital verfügen.« Sattkowski gab Dünnebier einige weitere Blätter aus der Aktenmappe. Der reichte sie weiter. Gemeinsam studierten Elise, Charlotte und Juri die Zahlen auf dem Papier und zuckten zeitgleich zusammen. Charlotte sah auf und warf Arthur einen hilflosen Blick zu. Er stand noch immer am Büfettschrank und schaute erneut betreten zu Boden.

»Das ist 'n Witz, oder?«, sagte Elise schließlich.

»Wie Sie sicherlich schon bemerkt haben, mache ich keine Witze.«

»Ja, das ist uns bereits aufgefallen«, bemerkte Charlotte.

»Meine Damen und mein Herr, Sie müssen das Ganze als langfristige Investition betrachten. Die Wohnung könnte bei entsprechender Tilgung in zwanzig Jahren Ihr Eigentum sein.«

»Ick bin vierundneunzig.«

»Sie haben selbst gesagt, liebe Frau Buffke, dass Ihre Familie sehr alt geworden ist. Einige Jährchen werden Sie uns doch hoffentlich noch erhalten bleiben. Und warum nicht im Alter noch einmal etwas wagen? Für kommende Generationen solide Werte schaffen.«

»Sie halten sich wohl für 'n ganz Gewieften, was?«

»Sie haben es immer noch nicht verstanden, Frau Buffke. Ich halte mich nicht nur dafür.« Er lächelte selbstgefällig.

»Herr Sattkowski, Sie entschuldigen bitte, aber ich muss mal telefonieren«, sagte Arthur plötzlich.

»Herr Dupont, das ist jetzt aber äußerst ungünstig. Das ist ein sehr wichtiges Gespräch.«

»Es geht nicht anders. Tut mir leid.« Er lief aus dem Zimmer.

»Das ist 'ne Menge Pinke. Woher soll ick die denn nehmen, wenn nicht stehlen? Können Sie mir das mal verraten?«

»Sie haben doch sicherlich im Laufe Ihres langen Lebens die ein oder andere Mark in den Sparstrumpf getan.«

»Sparstrumpf? Dass ick nicht lache. Wissen Sie, nicht jeder ist mit 'nem Messinglöffelchen im Arsch auf die Welt gekommen.«

»Frau Buffke, wir wollen doch mal schön bei der Wahrheit bleiben. Es war kein Messinglöffelchen, sondern ein Goldlöffelchen.«

»Oh Verzeihung. Und sicherlich war es auch keen kleenes Löffelchen, sondern 'n großer. Bei Ihrem Arsch.«

»Genauso war es, Frau Buffke. Also, meine Damen und mein Herr, lassen Sie es sich durch den Kopf gehen.«

»Da gibt es nichts zu überlegen«, sagte Juri.

»Ich stehe auch nach wie vor zu meinem großzügigen Angebot, Sie aus dem lebenslangen Mietvertrag zu entlassen, Herr Popov. Und Ihnen, Frau Buffke und Fräulein Kubitschek, helfe ich nach wie vor gerne beim Umzug in eine andere Wohnung.«

»'Nen alten Baum verpflanzt man nicht.«

Sattkowski verdrehte die Augen. »Kommen Sie mir nicht wieder damit. In der heutigen Zeit muss man auch im Alter flexibel bleiben. Am Stadtrand hätten Sie die Natur direkt vor der Haustür. Sie lieben doch Pflanzen, Frau Buffke.«

»Sie wollen uns an den Arsch von Berlin verfrachten, nur damit Sie sich in Ihrer Vierzimmerwohnung im schönen Charlottenburg 'nen Dicken machen können.«

»Fünfzimmerwohnung, wir wollen korrekt bleiben«, korrigierte er Elise.

»Fünfzimmer für eene Person?«

»Für eine Familie.«

»Für eine Familie?« Elise sah Sattkowski mit durchdringendem Blick an. »Sie sind doch erst seit kurzem geschieden? Und 'ne neue Frau, die Sie niederträchtigen Fettarsch gerne haben soll, findet sich nicht so schnell.«

»Schluss jetzt!«, stieß Sattkowski wütend aus. »Mein Privatleben geht Sie gar nichts an.«

»Sie wohnen wieder bei Mami und Papi, stimmt's?« Elise lachte schadenfroh auf.

»Jetzt reicht es!« Sattkowski schnellte auf, und der Stuhl kippte um. »Entweder Sie kaufen, oder Sie verziehen sich aus der Kehrbachstraße. Sie werden sowieso rausfliegen, wenn wir einen neuen Eigentümer haben. Und überhaupt, man muss nicht immer mitten in Berlin leben. Es gibt verdammt noch mal auch ein Leben außerhalb des S-Bahn-Rings«, schrie er zornig. Dann hastete er aus dem Zimmer und knallte die Wohnungstür zu.

Dünnebier schaute ratlos in die Runde und trabte ebenfalls davon.

»Die Kaufsumme könnte ich nie im Leben auftreiben, auch wenn ich noch so hart bei Pinkemann schuften würde. Da müsste ich schon den Supermarkt ausrauben«, sagte Charlotte.

»Das Potenzial dafür hättest du«, entgegnete Juri.

»Stimmt. Und es wäre gerade ein guter Zeitpunkt. Wir haben einen Haufen Knete in der Hauptkasse. Der Geldtransport hat Probleme und war schon einige Tage nicht mehr da.«

»Na, denn werd ick heute Abend mal 'nen Spaziergang zum Supermarkt machen.«

»Aber verlauf dich nicht. So spät am Abend«, sagte Juri.

»Keene Sorge. Ick kenn die Gegend gut. Ick bin öfters nachts unterwegs.«

»Nachts alleine?«, fragte Juri.

»Ick mag die Nacht. Da sind alle Blödmänner im Bett.«

»Das stimmt«, sagte Charlotte.

# WIE MAN DICKE LUFT IN DÜNNE SCHEIBEN SCHNEIDET

Das Gespräch mit Sattkowski ging Charlotte nicht aus dem Kopf. Während der Arbeit musste sie unaufhörlich daran denken. Sie stellte sich vor, wie es wäre, auf einem Balkon in der zwanzigsten Etage dieser riesig hohen Bauten am Rande der Stadt zu stehen und den Blick über die grüne Weite schweifen zu lassen. Schon allein der Gedanke an so viel Natur ließ sie erschauern. Nachts wälzte sie sich im Bett und träumte von Sattkowski. In dem Traum befand sie sich in einem Wald und war umgeben von Birken, Tannen und Linden, so weit das Auge reichte. Vor ihr stand Sattkowski. Sein dicker, gedrungener Körper war mit dichtem, dunklem Fell behaart. Staubflusen umrandeten seinen Bauchnabel, aus dem sich Elises Kopf in Zeitlupe herausschob. Es fehlten nur noch das rote Käppchen und ein Bastkorb, und das Horrormärchen wäre perfekt.

Nur mit Mühe quälte sich Charlotte am Morgen aus dem Bett. Als sie später gähnend am Schloss ihres Rennrads herumhantierte, fuhr Sattkowskis Auto vor. Sie stöhnte, da sie noch nicht einmal die gestrige Begegnung mit dem Fettarsch verdaut hatte. Eine zweite verkraftete sie nicht so schnell. Hastig stieg sie auf ihr Rad. Doch bevor sie losfahren konnte, stand Arthur vor ihr und hielt das Rad mit einer Hand am Lenker fest. Charlotte biss ihre Zähne zusammen und sah ihn abwartend an. Er fuhr über seine Bartstoppeln und kratzte sich am Kinn. Er schien etwas sagen zu wollen.

»Superauftritt gestern«, beendete Charlotte schließlich die Schweigeminute. »Dazu würde mir auch nichts einfallen.« Sie ruckelte energisch am Rad, er ließ den Lenker los, und Charlotte fuhr eilig davon.

Vor dem Supermarkt bot sich ihr eine Szene wie in einem Sonntagabend-Tatort. Vor dem Supermarkt standen mehrere Polizeiautos. Der Eingang und der Parkplatz waren mit rotweißem Klebeband abgesperrt. Auf dem Parkplatz waren Umrisse aus Kreide gezeichnet. Biggie, Gernot und die Senftleben standen bei einem Polizisten und redeten aufgeregt auf ihn ein. Der Polizist machte sich Notizen. Charlotte stieg ab und schob das Rad zum Fahrradständer. Als die Senftleben sie erblickte, kam sie mit dem Polizisten im Schlepptau sofort herübergelaufen. Sie redete hektisch auf Charlotte ein und tippte währenddessen ununterbrochen mit dem Finger gegen ihre Schulter. Der Polizist sah Charlotte mit forschendem Blick an. Sein Walkie-Talkie am Hosenbund krächzte und spuckte verzerrte Wortfetzen aus. Er bat die Senftleben zu gehen. Widerwillig zog sie ab und positionierte sich in unmittelbarer Nähe. Der Polizist kniff seine Augen zusammen, musterte Charlotte erneut eindringlich und wollte schließlich wissen, was sie letzte Nacht getan hatte.

Charlotte musste an den Piloten gestern Nachmittag im Supermarkt denken. Sie ärgerte sich insgeheim, dass sie ihn hatte ziehen lassen. Er hätte ihr ein Alibi verschafft und sicherlich noch so einiges mehr. Mit gespiegelter Brille und goldenen Schulterstreifen hatte er vor ihr an der Kasse gestanden und auf einem Kaugummi gekaut. Ihr kam sofort das Lied von 2raumwohnung in den Sinn, »Nimm mich mit«. Charlotte sang leise vor sich hin, während sie seinen Einkauf über den Scanner zog. Er lächelte, zog seine verspiegelte Brille ein Stück herunter und sah Charlotte tief in die Augen. Einen Piloten, der auf dem Silbertablett dahergeflogen kam, das gab es nicht alle Tage. Über den Morgen danach müsste Charlotte sich sicher auch keine Sorgen machen. Er war es bestimmt gewohnt, schnell einen Abflug zu machen. Aber Charlotte war dieses Mal einfach nicht in der Stimmung gewesen, mit dem Piloten let's fly in the sky zu spielen. Deshalb hatte sie ihn ziehen lassen – was ihr jetzt zum Verhängnis wurde.

Der Polizist wiederholte seine Frage. Charlotte erzählte ihm die traurige Wahrheit: allein und früh war sie zu Bett gegangen. Zeugen somit ausgeschlossen. Ein älterer Mann kam auf sie zu und stellte sich als der ermittelnde Kommissar vor. Er sah aus wie der Kommissar aus dem Kieler Tatort: müde und mürrisch und mit zerknittertem Hemd, das an einigen Stellen aus dem Hosenbund hing. Er stellte Fragen zum Geldtransporter und zu auffälligen Kunden. Schließlich erklärte er Charlotte, was vorgefallen war: In der letzten Nacht hatte es einen Überfall auf den Geldtransporter gegeben. Der oder die Täter hatten die Einnahmen der letzten Tage erbeutet. Zweihundertsechzigtausend Euro. Der Zeitpunkt der Tat lege die Vermutung nahe, dass die Täter Kenntnis davon hatten, wie viel Geld sich im Supermarkt befand. Somit gehörte Charlotte, wie alle Mitarbeiter, zum Kreis der Verdächtigen. Die Worte des Kommissars drangen wie aus weiter Ferne langsam zu Charlotte vor. Sie versuchte, sich zu konzentrieren, aber ihr ging pausenlos das Gespräch von gestern Abend durch den Kopf. Der Kommissar hatte vorerst keine weiteren Fragen und ließ Charlotte gehen. Sie war wie gelähmt. Tausend Fragen schossen ihr durch den Kopf.

Nach einiger Zeit lief sie zum Absperrband auf dem Parkplatz und versuchte, einen Blick auf den Tatort zu erhaschen. Der Kommissar ging an ihr vorbei zu seinem Assistenten. Beiläufig belauschte sie das Gespräch zwischen ihnen. Der Assistent berichtete, dass die Spurensicherung soeben angerufen und Spuren von einer weiteren Person ermittelt hatte. Anhand der bisherigen Beweislage sei man zunächst von einem Verdächtigen ausgegangen. Dieser müsse die beiden Sicherheitsleute überwältigt, gefesselt, in der Fahrerkabine eingeschlossen und das Geld an sich genommen haben. Aber anhand der neuen Beweislage müsse es noch einen weiteren Täter geben. Momentan sehe alles danach aus, dass der zweite Täter den ersten aus dem Hinterhalt überrascht und überwältigt hatte. Die Blutspritzer an der Tür des Autos untermauerten die Theorie. Der erste Täter könne durch einen Schlag mit einem harten Gegenstand auf den Hinterkopf überwältigt worden sein. Der Gerichtsmediziner habe messingfarbene Lackpartikel und blutverkrustete Haare gefunden, die auf einen Schlagstock hindeuten könnten. Die zweite Person, so setzte der Assistent seine Analyse fort, könne den Geldkoffer an sich genommen haben und geflohen sein. Vom ersten Täter gebe es keine Spur. Die eingeschlossenen Sicherheitsleute hätten etwa eine halbe Stunde nach dem Überfall ein lautes Motorengeräusch und Reifenquietschen gehört. Das könne darauf hindeuten, dass der ursprüngliche Täter kurze Zeit später wieder zu sich gekommen sei, das Fehlen des Geldes bemerkt habe und geflüchtet sei. Man suche also zwei Tatverdächtige, von denen einer in besonders großer Gefahr sei, falls der andere ihm auf die Spur käme.

Charlotte schlich unbemerkt davon und lief direkt der Senftleben in die Arme. Die hielt ihr eine Standpauke. Von Konsequenzen, einer kriminellen Ader, Beweisen und einem Geständnis war die Rede. Der Drachen war in seinem Element. Er spie in einem fort Anschuldigungen aus, und mit jedem Wort wurde es brenzliger. Wäre nicht ein Auto mit quietschenden Reifen vorgefahren und hätte den Drachen abgelenkt, dann wäre von Charlotte bald nur noch ein Häufchen Asche übrig gewesen. Die Autotür schnellte auf, und der Herrdeck sprang heraus. Hastig schritt er auf die Senftleben zu und schob sie unter dem Absperrband durch und über den Parkplatz in den Supermarkt. Hinter rotierenden Türflügeln diskutierten sie heftig miteinander. Charlotte beobachtete den Streit. Es sah nach ziemlich dicker Luft aus. Sie sah Hände in der Luft wirbeln und hörte Stimmen, die scharf und kantig klangen. Wie gut geschliffene Messerklingen schnitten sie die dicke Luft in hauchdünne Scheibchen. Plötzlich schrie die Senftleben laut auf und stieß den Herrdeck von sich weg. Der machte einen Ausfallschritt nach hinten, stolperte über eine Angebotspalette Grillkohle und landete auf dem Fliesenboden. Erhobenen Hauptes ging die Senftleben davon und ließ ein Häufchen Asche neben der Palette Grillkohle zurück. Charlotte hatte Glück gehabt. Der Drachen hatte den Herrdeck erlegt anstatt ihrer.

Der Herrdeck brauchte eine Weile, bis er sich wieder gesammelt und die waagrechte Position in eine aufrechte eingetauscht hatte. Er lief zum Kommissar, gab ihm seine Karte und erklärte, dass er für Fragen jederzeit zur Verfügung stehe. Das *Jederzeit* wiederholte er mit Nachdruck. Er betonte, dass ihm sehr viel an einer schnellstmöglichen und lückenlosen Aufklärung gelegen sei. Er nickte kurz zum Abschied und eilte davon.

Der Überfall bescherte Charlotte unverhofft einen freien Tag. Die Spurensicherung brauchte noch Zeit, und die Senftleben musste ihre Mitarbeiter unfreiwillig ziehen lassen. Aber, so mahnte sie eindringlich, alle Mitarbeiter sollten sich zur Verfügung halten. Charlotte und Biggie klatschten ab und umarmten sich zum Abschied. Dabei bemerkte Charlotte Frankie. Er saß abseits und beobachtete das Treiben genau. Charlotte lief zu ihm, reichte ihm eine Zigarette und zündete sich selbst eine an.

»Ist ziemlich viel los hier.« Sie versuchte, beiläufig zu klingen.

»Kann man wohl sagen.«

»Hast du letzte Nacht was gesehen?«

»Du weißt doch selbst am besten – nachts sind alle Katzen grau und die Luft lau.«

»Red keinen Blödsinn, Frankie.«

»Was willst du von mir? Es war dunkel.«

»Aber du hast was gesehen, oder?«

»Ich war betrunken.«

Charlotte ließ ihn stehen, lief zu ihrem Rad und raste davon. Mehrere Runden fuhr sie im nahe liegenden Park, bis ihr die Puste ausging. Dann warf sie sich unter eine Kastanie, fand jedoch keine Ruhe und fuhr schließlich nach Hause.

Als sie Juris Laden betrat, saß Frankie am Tisch und schraubte an einem Videorekorder. Juri stand am Tresen und telefonierte mit seinem Bruder.

Ohne abzuwarten, sagte Charlotte zu Juri: »Ich muss dich sprechen.«

»In fünf Minuten«, flüsterte er.

»Nein! Sofort!« Charlotte machte ein ernstes Gesicht.

Juri zögerte für einen Moment. Schließlich verabschiedete er sich von seinem Bruder und folgte Charlotte nach draußen.

»Sag mal, hast du sie noch alle?!« Sie stieß ihn gegen die Hauswand.

»Spinnst du?« Juri starrte sie fassungslos an.

»Verdammt, wer hat dir denn ins Gehirn geschissen?!«

»Wie redest du denn mit mir, Charlotte? Du hörst dich an wie ein versiffter Gauner aus einem alten Ami-Film.«

»Wer von uns beiden ist hier der Gauner?«

»Ich weiß nicht, wovon du sprichst.«

»Hör auf, den Unschuldigen zu spielen. Das zieht bei mir nicht.«

»Was ist denn los?«

»Der Überfall auf den Geldtransporter. Das ist los.«

»WAS? Denkst du, ich war das?«

»Klar. Du bist schließlich …« Sie sprach nicht weiter.

»Was bin ich? Sprich es aus! Eine Russe?«

»Ja.« Charlotte fühlte sich ertappt. »Und einer mit Geldproblemen noch dazu.«

»Und das reicht aus, um mich als Kriminellen abzustempeln? So viel zum Thema Toleranz.«

Charlotte sah betreten drein.

»Ich mach doch keinen Überfall, Charlotte.«

»Ich dachte wegen deiner Geldprobleme.«

»Deswegen überfall ich doch keinen Geldtransporter.« Juri sah sie entsetzt an. »Denkst du wirklich so über mich, ja? Der Laden läuft gut, falls du es noch nicht bemerkt hast. Wahrscheinlich sattle ich bald komplett um. Reparaturen statt Wodka. Nikolai ist auch einverstanden. Nur Vater muss noch überzeugt werden.« Er zündete sich eine Zigarette an. »Ich ein Räuber. Unglaublich.«

Charlotte spürte, wie eine Woge der Scham in ihr aufstieg und sich mehr und mehr ausbreitete. »Schitte, ich dachte, wegen gestern, weil ich erwähnt hatte, dass wir ein Haufen Geld in der Hauptkasse haben.«

»Und da denkst du, ich renne nachts los und zieh jemandem eins über den Schädel?«

»Woher weißt du, dass jemand eins über den Schädel bekommen hat? Das habe ich nicht erwähnt.« Charlotte blickte Juri misstrauisch an.

»Frankie hat's erzählt.«

»Frankie«, murmelte Charlotte leise vor sich hin und warf einen Blick durch die offene Tür in den Laden.

»Hör auf mit deinen Verdächtigungen. Er ist heute Morgen mit einer ziemlichen Fahne aufgetaucht. Der hat sich ordentlich betrunken letzte Nacht. Mehr nicht.«

Charlotte antwortete nicht. Stattdessen beobachtete sie Frankie eine Weile. Als er aufsah und ihren Blick bemerkte, wandte sie sich wieder Juri zu.

»Lass mal den Überfall beiseite«, sagte er versöhnlich. Er zog an seiner Zigarette und warf Charlotte einen besorgten Blick zu. »Weißt du es eigentlich schon?«

»Was sollte ich wissen?«

»Das mit Elise.«

»Was ist mit ihr?«

»Sie liegt im Krankenhaus.«

»Im Krankenhaus? Wieso das denn?« Charlotte starrte Juri entgeistert an.

Juri erzählte im Schnelldurchlauf.

Charlotte schüttelte heftig den Kopf, so als ob sie sagen wollte, dass das alles nur eine einzige große Lüge sei. Juri wollte sie in den Arm nehmen, aber Charlotte wehrte sich und eilte stattdessen zu ihrem Rad.

# FIESE ELISE

Als Charlotte vor dem Krankenhaus ankam, fuhr gerade ein Rettungswagen vor und hielt vor dem Haupteingang. Die Türen des Wagens flogen auf. Die Sanitäter sprangen synchron aus dem Auto und liefen zur Hintertür. Sie trugen Anzüge, die wie Meeresbojen leuchteten. Hastig zogen sie eine Bahre heraus. Charlotte eilte an ihnen vorbei, betrat die weitläufige Eingangshalle und lief zum Fahrstuhl. Der Fahrstuhl spuckte sie im dritten Stock aus. Sie hastete durch eine Glastür und einen eigelbfarbenen Korridor entlang. Dabei riss sie beinahe einen Wäschewagen um und rempelte einen jungen Pfleger mit einem Tablett voller Plastikbecher an. Ohne sich zu entschuldigen, lief sie weiter und suchte nach der Zimmernummer. Als Charlotte sie gefunden hatte, blieb sie davor stehen. Sie zögerte einen Moment und drückte schließlich vorsichtig die Klinke herunter. Ihr Blick fiel auf ein leeres Bett. Sie erschrak und rannte den Flur entlang. Dabei stieß sie erneut mit dem jungen Pfleger zusammen. Sein Tablett flog ihm aus der Hand.

»Wo ist sie?«

Er bat Charlotte, sich zu beruhigen. Dann bückte er sich

und hob die leeren Plastikbecher auf. Anschließend wollte er Charlotte ins Schwesternzimmer befördern, doch sie rührte sich nicht.

»Wo ist sie, verdammt noch mal? Sagen Sie es mir.«

»Sind Sie die Enkelin?«

Charlotte nickte.

»Ihre Großmutter ist im Operationssaal.«

»Im Operationssaal? Was macht sie denn dort?« Charlottes Stimme überschlug sich.

»Ihr Raucherbein. Die Schmerzen müssen sehr stark gewesen sein. Das hält man nicht lange aus. Hat sie Ihnen denn nichts davon erzählt?«

»Doch, doch natürlich. Wie stehen ihre Chancen?«

»Sie ist vierundneunzig Jahre. Eine OP ist immer ein anstrengender Eingriff für den Körper, das steckt man in dem Alter nicht so einfach weg.«

»Aber sie ist zäh. Das ist sie, nicht wahr?« Charlotte warf dem Pfleger einen flehenden Blick zu.

»Ja, das ist sie.«

Er nahm einen Becher von seinem Tablett, füllte ihn mit Wasser und reichte ihn Charlotte. Hastig trank sie. Das kalte Wasser rann ihre klebrige Kehle hinunter und erfrischte sie für einen Moment.

»Kommen Sie morgen wieder. Dann wissen wir mehr.«

»Morgen?«

»Ihre Großmutter braucht Ruhe nach der Operation.«

Er schob Charlotte zum Fahrstuhl und verabschiedete sich.

Völlig geistesabwesend stand sie vor dem Fahrstuhl. Der Pfleger kam nach einiger Zeit zurück, drückte auf den Knopf und schob Charlotte in den Fahrstuhl.

Auf einer Bank vor dem Krankenhaus fand sich Charlotte wieder. Sie hatte ihre hochgezogenen Beine mit beiden Armen fest umschlossen. Nur langsam nahm sie ihre Umgebung war.

Gedankenverloren blickte sie auf die Leute, die an ihr vorbeizogen: Eine dicke Frau in einem Rollstuhl wurde von einem Mann vorbeigeschoben, ein junges Mädchen im Jogginganzug spazierte stolz mit einem Neugeborenen auf dem Arm an ihr vorüber und lächelte beseelt, eine Gruppe alter Frauen mit Kopftüchern lief im Gespräch versunken an ihr vorbei.

Ein junger Mann fragte, ob er sich setzen könne. Charlotte nickte, ohne ihn anzusehen. Plötzlich zuckte ihr ganzer Oberkörper, und sie begann zu schluchzen. Tränen schossen über ihre Wangen. Es fühlte sich an, als ob jemand einen Stöpsel gezogen hätte und die Wassermassen nur darauf gewartet hätten, zu fließen. Verzweifelt suchte sie nach einem Taschentuch. Der junge Mann reichte ihr eines. Die Tränen wollten kein Ende nehmen. Der Mann konnte das Elend nicht länger ertragen, er stand auf und lief davon.

Charlotte konnte sich nicht beruhigen. Sie erinnerte sich an das letzte Mal, als sie so heftig geheult hatte. Das lag viele Jahre zurück. Es war der Tag von Simons Beerdigung.

»Simon«, sagte sie leise und schluchzte. Sie schnaubte in ihr Taschentuch.

Dann wandte sie sich um und starrte auf das Krankenhaus, ein Bau aus den Fünfzigern – ein grauer, massiver Klotz ohne jeglichen Protz. Lange hatte sie Krankenhäuser gemieden. Das waren verlogene Orte, die einem vorgaukelten, den schicksalhaften Launen der menschlichen Natur beikommen zu können. Das war alles gelogen. *So was von gelogen!* Und die Ärzte erst. Sie glaubten tatsächlich, die Fäden des Lebens in der Hand zu haben, und waren dabei selbst nur Marionetten. Charlotte lachte verächtlich auf. Ein alter Mann, der auf zwei Krücken an ihr vorbeihumpelte, sah sie erstaunt an. »Nichts als Marionetten«, wiederholte sie laut. Sie schnaubte erneut in ihr Taschentuch. Alles fühlte sich wieder genauso an wie damals: diese Angst, dieser Kummer, und das Schrecklichste von allem war dieses unsägliche Hoffen. Ein Hoffen, dass alles wieder gut werden würde. Charlotte schloss für einen Moment die Augen. Simon tauchte auf, wie er in seinem Krankenhausbett lag. Ein spindeldürres Stückchen Fleisch, eingewickelt in ein weißes Laken. Zum Schluss hatte er nicht mal mehr neun Kilo gewogen. Schläuche waren aus seinem Bauch, seiner Nase und seinen Armen wie fette Würmer gequollen.

Als damals die Nachricht von der ersten Spenderniere kam, war Charlotte überglücklich gewesen. Die Wochen nach Simons Operation waren eine Qual für ihn und die Hölle für sie gewesen: die vielen Tabletten, das Aufbegehren des kleinen Körpers gegen das fremde Organ und Charlottes Ohnmacht, nichts an alldem ändern zu können.

Damals ging sie das erste Mal in ihrem Leben in die Kirche. Sie kniete nieder und flehte einen Typen an, der an einem zerfressenen Stück Holz hing, Simon beizustehen. In ihrer Verzweiflung versprach sie ihm das Blaue vom

Himmel. Zukünftig wollte sie mit dem Rauchen aufhören, bei Rot an der Ampel warten, einen Fahrschein für die U-Bahn kaufen und den Mädchen in ihrer Abi-Klasse nicht ständig die Freunde ausspannen. Als es Simon zunehmend schlechter ging, griff Charlotte zu härteren Bandagen. Sie versprach Typen, mit dem Kiffen aufzuhören, sich mit ihrer Mutter auszusprechen, ein gutes Abitur hinzulegen und sich bei einer Tierschutzorganisation zu engagieren. Aber ihre Schwüre halfen nichts. Der kleine Körper stieß die neue Niere ab. Danach folgten wieder Termine im Krankenhaus, unzählige, nicht enden wollende Nachtwachen an Simons Bett und Charlottes Entschluss, Simon ihre Niere zu spenden.

Nach der zweiten Nierentransplantation fiel Simon ins Koma. Charlotte wachte Tag und Nacht an seinem Bett und quälte sich mit dem Gedanken, dass es ihre Niere war, die Simon so leiden und ihn ins Koma fallen ließ. Ihre Mutter kam ein Mal ins Krankenhaus, heulte beim Anblick des winzigen Körpers und betrank sich im Anschluss so heftig, dass sie wieder in eine Klinik eingewiesen werden musste.

Mit jedem Tag, den Simon im Koma lag, wurden Charlottes Schuldgefühle größer. Sie war dafür verantwortlich, dass er in diesem schrecklichen Zustand war. Charlotte kümmerte sich Tag und Nacht um Simon. Jeden Morgen zog sie in seinem Krankenzimmer das Rollo hoch und beschrieb ihm ausführlich die Wolken am Himmel. Akribisch führte sie sein Wolkentagebuch weiter. Abends las sie ihm aus seinem Lieblingsbuch vor und dazwischen weinte und bangte und hoffte sie, der kleine Körper würde es sich doch noch anders überlegen, würde mehr am Leben hängen und würde dem Tod trotzig den Stinkefinger zeigen.

Nach Simons Tod geriet Charlottes Welt komplett aus den Fugen. Sie konnte ihre Mitschuld an Simons Tod nur schwer ertragen und das Leben erst recht nicht. Die beschwichtigenden Worte der anderen waren ihr unverständlich, die Menschen um sie herum weit weg. Es fühlte sich damals an, als ob das Leben auch für sie gestorben war. Mit achtzehn.

In ihrer Ausweglosigkeit tat es Charlotte ihre Mutter gleich. Sie lag Tag für Tag in ihrem Bett, starrte reglos auf Wolkenformationen und ließ die Abi-Prüfungen vorbeiziehen. Nach einem Jahr trieben die Schulden der Mutter sie aus dem Haus. Charlotte suchte sich notgedrungen Arbeit und fand sie bei Pinkemann in Berlin. Hier richtete sie ihr Leben oder das, was davon übrig geblieben war, notdürftig ein.

Damals hatte sie sich geschworen, nie wieder einen Menschen so in ihr Herz zu schließen. Sie wollte und konnte den Verlust eines geliebten Menschen kein weiteres Mal verkraften. Der Schmerz, der in ihr gewütet hatte, war einfach zu groß gewesen. Sie hatte sich wie eine einzige offene große Wunde gefühlt. Nur mühsam hatte sie sich wieder zusammenflicken können. Und was war jetzt? Jetzt saß sie hier auf einer Bank vor einem Krankenhaus und heulte und hoffte und bangte um Elise. Charlotte verfluchte sich selbst. Warum hatte sie sich nur auf Elise eingelassen? Diese schnodderige, alte Schachtel hatte sie hinters

Licht geführt. Sie hatte Charlotte mit ihren Erinnerungen eingelullt und dabei unbemerkt mit ihren Hexenhändchen einen Kokon um sie gewoben. Sie war gefangen wie eine Fliege im Netz einer Spinne. Was für eine miese Masche. Fiese Elise, so hatte Charlotte sie damals getauft und recht hat sie behalten.

# IM FALSCHEN FILM

Müde stieg Charlotte die Treppe zu ihrer Wohnung hinauf. Die Abendsonne warf ihre letzten Strahlen durch das kleine Fenster auf die abgenutzten Holzstufen. Charlotte hielt kurz inne und sah in den Hof. Plötzlich hörte sie ein lautes Poltern durch den Hausflur dringen und spähte zwischen den Treppengeländern hindurch in die oberen Etagen. Sie konnte nichts entdecken. War Arthur so spät noch auf dem Dachboden beschäftigt? Das fehlte ihr gerade noch. Sie befand sich in einer üblen Verfassung und wollte ihm auf keinen Fall über den Weg laufen. Die Verdächtigungen der Senftleben wegen des Raubüberfalls und Elises Operation hatten ihr zugesetzt. Sie musste aufpassen, dass sie sich nicht dem Nächstbesten an den Hals warf und losflennte. Und dieser Nächstbeste sollte auf keinen Fall Arthur sei.

Es polterte erneut. Das konnte nur Arthur sein. Wer sonst hielt sich in dem leeren Haus so spät noch auf? Vielleicht war er in einer der oberen Wohnungen zugange? Wenn sie leise genug war, kam sie bestimmt unbemerkt in ihre Wohnung. Behutsam setzte sie einen Fuß auf die nächste Stufe. Es knarrte. Sie wartete. Als sich nichts tat, schlich sie weiter die Treppe hinauf und sah, dass ihre Tür offen stand. Das Schloss war aufgebrochen. Weiße Farbsplitter lagen auf dem grauen Fußabtreter. Im ersten Moment war sie über diesen dilettantischen Einbruch fassungslos. Wie unprofessionell! Sie beugte sich nach vorne und linste durch den Türspalt. Sie erschrak, als sie das Chaos im Flur erblickte. Die Fächer ihres Schuhschrankes waren ausgeräumt. Jacken, Briefe, zerknüllte Zettel und Quittungen lagen auf den Dielen verstreut. Sie hörte Schritte im Wohnzimmer. Sie wich zurück. Was sollte sie tun? Griesebachs Wohnung? Nervös zog sie die Nagelfeile aus ihrem Rucksack und fingerte am Schloss herum. Es sprang auf, und Charlotte huschte in die Nachbarwohnung. Sie holte tief Luft und schielte durch den Spion. Ein Schrei entfuhr ihr, und sie riss die Tür auf.

»Du?! Was suchst du in meiner Wohnung? Hast du völlig den Verstand verloren?« Charlotte sah ihn entgeistert an.

»Wo ist das Geld?« Er kam zu ihr und baute sich vor ihr auf.

»Welches Geld?«

»Tu nicht so scheinheilig.«

Charlotte begriff nicht.

»Der Überfall! Wo sind die zweihundertsechzigtausend?«

»Was? Du denkst, ich hätte die Kohle? Bist du übergeschnappt? Ich hab das Geld nicht.«

»Ich glaube dir kein Wort.« Er fasste sie an den Schultern und presste sie gegen die Wand.

»Lass mich los!« Charlotte versuchte, ihn wegzustoßen. »Du denkst wirklich, ich hätte den Überfall begangen. Wie kommst du denn darauf?«

»Jetzt mache nicht einen auf Unschuldsding. Räumst doch auch heimlich unsere Getränkeabteilung aus.«

»Du weißt davon?«

»Ich bin nicht so blöd, wie du denkst.«

»Und warum hast du mich nicht an die Senftleben verpfiffen?«

Gernot wandte seinen Blick ab und schwieg.

»Was hast du eigentlich mit dem Überfall zu tun?«, fragte Charlotte nach einer Weile.

»Ich stelle hier die Fragen. Verstanden?!«

»Hey, das klingt wie ein Spruch aus einem Gangsterfilm. Ist das aus *Der Pate*?«

Ein Lächeln flog über sein Gesicht, aber er fasste sich schnell wieder. »Jetzt spuck schon aus. Wo hast du das Geld versteckt?« Er presste Charlotte erneut gegen die Wand.

»Ich habe die Kohle nicht. Verdammt noch mal, lass mich endlich los.« Charlotte befreite sich aus seinem festen Griff. »Warum soll ausgerechnet ich es gewesen sein? Den Überfall könnte jeder von uns begangen haben. Biggie oder Frankie oder …« Sie kniff die Augen zusammen. »Oder …« Sie zögerte, den Gedanken auszusprechen.

»Wir waren es nicht«, platzte es aus ihm heraus, wie aus einem Schuljungen, der sich ertappt fühlte.

»Wir?«

»Mist.«

»Du steckst mit jemandem unter einer Decke?« Charlotte forschte in seinem Gesicht nach einem Hinweis. Ihr Hirn ratterte auf Hochtouren und spielte alle möglichen Kombinationen durch. Dann zuckte sie zusammen und schüttelte den Kopf. »Das glaub ich jetzt nicht.«

»Was?«

»Du und die Senftleben? Das ist ein Witz, oder?«

»Mila ist ganz anders, als du denkst.«

»Mila ist ganz anders, als du denkst«, äffte Charlotte ihn nach. »Wie ist sie denn, deine Mila?«

»Einfühlsam und verständnisvoll.«

»Einfühlsam und verständnisvoll? Die Senftleben?« Charlotte prustete los. »Du hast was vergessen.«

»Das wäre?«

»Erfahren. Wie heißt es so schön, auf alten Schiffen lernt man segeln.«

»Rede nicht so über sie.« Er stieß gegen ihre Schulter.

»Aua, du tust mir weh.« Charlotte strich über ihre Schulter. »Ich dachte, die Senftleben hätte was mit dem Herrdeck.«

»Das ist schon lange vorbei.«

»Hat er sie endlich abserviert?«

»Eher andersherum. Sie hat ihn abserviert.«

»Sicher! Und wie hat sie dich rumgekriegt?«

Er schwieg.

»Ich hab's. Sie hat dir einen Arbeitsvertrag auf Lebenszeit bei Pinkemann versprochen? Oooh, wie romantisch! Tagsüber Hand in Hand Hühnerfrikassee einsortieren und abends gemeinsam die Knete zählen. Das Ganze bis ans Ende eurer Tage. Die bei der Senftleben, by the way, etwas früher kommen als bei dir.«

»Jetzt reicht's! Noch ein Wort und …«

»Und was? Jetzt habe ich ja beinahe Angst vor dir.« Charlotte lachte.

»Sag mir endlich, wo das Geld ist?«

»Mal angenommen, Gernot, ich hätte die Kohle. Wieso sollte ich sie ausgerechnet dir in die Hand drücken? Kannst du mir einen guten Grund nennen?«

»Weil sie uns zusteht. Wir lassen uns nicht einfach so abspeisen.«

»Wieso abspeisen?«

»Weißt du es noch nicht?«

»Was weiß ich noch nicht?«

»Unsere Supermarktkette wurde an einen ausländischen Investor verkauft. Die wollen unseren Laden dichtmachen. Wir bringen nicht genügend Umsatz. Das wars.«

»Was? Pinkemann dichtmachen?« Charlotte sah Gernot entgeistert an. Sie lehnte sich haltsuchend gegen die Wand. Einige Sekunden verstrichen, bis es ihr plötzlich dämmerte. »Jetzt kapier ich«, sagte sie. »Eure Maloche war für die Katz. Keine Aussicht auf einen weichen Leder-Chefsessel und die fette Kohle. Und jetzt wollt ihr euch euren Lohn selbst auszahlen.«

»Der steht uns zu. Wir haben den Supermarkt am Laufen gehalten. Wir haben all unsere Energie reingesteckt.«

»Das nennt man wohl Pech.«

Gernots Augen hatten sich zu kleinen Schießscharten verformt. »Das lassen wir uns nicht gefallen. Hörst du?!«

»Und deshalb überfallt ihr den Geldtransporter. Clevere Idee.«

»Wir haben ihn ja gar nicht selbst überfallen.«

»Was? Ihr habt jemanden beauftragt? Das sieht der Senftleben ähnlich. Bloß nicht selbst die Finger schmutzig machen. Wer hat sich denn für euch schmutzig gemacht?«

»Das war nur ein kleiner ...« Gernot hielt inne und schien sich zu besinnen. »Ach, das geht dich einen feuchten Dreck an.«

»Hey, das klingt jetzt wie aus *Bonnie und Clyde*. Aber euer Plan ging ja mächtig nach hinten los.«

»Wo ist das Geld?« Er legte seine Hände auf ihre Schultern und schüttelte Charlotte heftig.

Sie bekam tatsächlich Angst.

»Ich hab die Kohle nicht. Kapier das endlich.«

Plötzlich waren Schritte zu hören.

Gernot stieß Charlotte weg und rannte die Treppe hinunter. Auf halber Strecke blieb er stehen und drehte sich zu ihr um. »Ich komme wieder. Hörst du.«

»Jetzt wird mir aber anders ... uuuhhh ...« Sie schüttelte sich in gespielter Ängstlichkeit.

Er hob die Hand und ballte die Faust. »Na warte!«

»Hey, Gernot, das heißt ›Nu pagadi‹. Jetzt bist du definitiv im falschen Film. Das ist *Hase und Wolf*. Alter russischer Zeichentrick.« Sie lachte.

»Na warte, dir wird dein Lachen schon noch vergehen, Charlotte.«

»Uuuhhh ...« Sie schüttelte sich erneut.

Er warf ihr einen zornigen Blick zu. Dann eilte er davon.

Charlotte atmete tief durch. Sie konnte es noch immer nicht glauben. Gernot und die Senftleben hatten den Überfall beauftragt. Gernot ein Gauner! Bei der Senftleben wunderte sie nichts. Die war eine miese Type. Die stahl Charlotte seit Jahren wertvolle Lebenszeit. Aber Gernot? Charlotte lehnte sich an die Wand. Ihre Beine zitterten. Vor Gernot hatte sie die Coole gespielt. Das hatte ihr einiges abverlangt. Erschöpft rutschte sie an der Wand entlang zu Boden. Putz rieselte auf die Holzdielen. Sie malte mit dem Zeigefinger Kreise auf die staubbedeckten Dielen und ließ sich alles noch einmal durch den Kopf gehen. Der Überfall auf den Geldtransporter, Elise im Krankenhaus und Gernots Verdächtigung. Seine Verdächtigung empfand sie, wenn sie ehrlich sein sollte, als Auszeichnung. Dass er ihr so etwas zutraute. Das ehrte sie als kleine Kriminelle und fühlte sich wie eine Art Beförderung auf die nächsthöhere Stufe an. Für einen Moment war sie sogar freudig erregt. Aber kurze Zeit später besann sie sich, und ihre Gedanken kehrten zu Elise zurück. Charlotte vermochte sich nicht vorzustellen, dass Elise die Operation nicht überstehen könnte. Selbstvergessen saß sie im Flur.

Als sie aufstehen wollte, bemerkte sie Arthur. Er stand direkt vor ihr. Sie hatte ihn nicht kommen sehen, so sehr war sie mit sich beschäftigt gewesen. Er fragte, ob alles in Ordnung sei.

Charlotte nickte.

Er reichte die Hand und half ihr auf. Charlotte bedankte sich und wollte so schnell wie möglich in ihrer Wohnung verschwinden. Als sie die Wohnungstür aufstieß, sah Arthur das Chaos im Flur und schaute sie entgeistert an. Charlotte zuckte hilflos mit den Achseln. Er bot ihr seine Hilfe an und ließ keine Widerrede gelten. Charlotte war zu erschlagen, um mit ihm zu diskutieren. Gemeinsam schlitterten sie durch den Flur ins Wohnzimmer, wo Bücher, Fotos und Schallplatten auf dem Boden verteilt lagen. Gernot hatte ganze Arbeit geleistet. Als Arthur wissen wollte, was los sei, spielte Charlotte die Ahnungslose und ließ sich erschöpft auf die Couch fallen. Notdürftig schob Arthur die Schallplatten, Bücher und Fotos zu einem Haufen zusammen. Dann ging er in den Flur, hob die Briefe und Quittungen auf und legte sie in einen kleinen Pappkarton. Sorgsam hängte er die Jacken an die Garderobe zurück und stellte die Schuhe in einer Reihe auf. Als er mit seinen Aufräumarbeiten fertig war, lief er in die Küche, hantierte dort eine Weile herum und stellte Charlotte schließlich eine Tortilla auf den Tisch. Charlotte schob den Teller von sich. Sie bekam jetzt keinen Bissen runter. Die Wackersteine rumpelten heute besonders stark in ihrem Bauch, und die Gedanken an Elise drehten hartnäckig ihre Runden.

Müde streckte sie sich auf der Couch aus. Arthur brachte ihr eine Tasse Kamillentee, deckte sie zu und setzte sich in den Sessel neben sie. Er führte sich auf wie ein Typ aus einer Rosamunde-Pilcher-Verfilmung. Er schwieg, und sein Schweigen war hartnäckiger als jedes Wort. Charlotte schlürfte den Tee, knetete ihre Finger und erzählte schließlich: von Elises Operation, vom Überfall im Supermarkt und von Gernots Verdächtigungen. Arthur hörte aufmerksam zu und schob ab und zu seine Augenbrauen zusammen. Charlotte fühlte sich mit jedem Wort, das sie sagte, schlechter, und im Grunde ihres Herzens war sie froh, dass Arthur da war und ihr zuhörte.

Erst spät schlief Charlotte ein und wachte früh am Morgen auf. Als sie Arthur neben sich im Sessel liegen sah, zuckte sie zusammen. Sie schaute sich um, blickte auf die aufgestapelten Bücher und Schallplatten und erinnerte sich wieder an den gestrigen Einbruch. Leise stand sie auf, setzte sich im Schneidersitz vor den Sessel und beobachtete Arthur. Sein Kopf war auf die linke Schulter gefallen und das dunkle Haar zerzaust. Die rechte Hand lag auf dem Brustkorb und hob und senkte sich gleichmäßig. Seine Mundwinkel umspielte ein jungenhaftes Lächeln. Wenn Charlotte hätte zeichnen können, dann hätte sie ihn jetzt gerne gemalt. Er sah so friedlich aus. Sie nahm ihre Decke und deckte ihn vorsichtig zu. Dabei ertappte sie sich, wie sie ihre Hand ausstreckte, um ihm Strähnen aus der Stirn zu streichen. Doch sie zog sie nach kurzem Zögern schließlich wieder zurück. Sie schlich aus dem Wohnzimmer, griff nach dem Bademantel und der Nagelfeile und zog die Tür leise hinter sich zu.

Als Charlotte aus Griesebachs Wohnung zurückkam, war Arthur verschwunden. Für einen kurzen Moment bedauerte sie es.

*»Gib es zu, es fühlt sich gut an, wenn dir jemand das Händchen hält, wenn es mal nicht gut läuft.«*

»Red keinen Mist«, fauchte Charlotte.

*»Das könntest du öfter haben.«*

*»Pah! Sentimentales Ding. Denkst du wirklich, er wird dir ständig die Hand halten?«*, tönte die zweite Stimme.

»Nervt mich jetzt nicht, ja?«

*»Das liebe Nervenkostüm ist wohl im Eimer. Das hatten wir ja lange nicht.«*

»Eine Frage: Wieso heißt es eigentlich Nervenkostüm? Warum tragen die Nervenzellen keinen Anzug?«

Mit dieser Frage war Ruhe.

# EIN BISSCHEN SPASS MUSS SEIN

Am nächsten Tag hatte die Polizei die Spurensicherung bei Pinkemann abgeschlossen, und der Supermarkt öffnete wieder. Der Herrdeck hatte Anweisung dazu gegeben. Er wollte keine Zeit verlieren. Denn Zeit ist … Na ja, Sie wissen schon.

Charlotte versuchte, die Geschehnisse der letzten Tage zu verdrängen und einen auf business as usual zu machen. Aber die Gedanken in ihrem Kopf kreisten immer noch in Endlosschleife. Sie musste ständig an Elise denken und hoffte inständig, dass sie wieder gesund werden würde. Hinzu kam, dass die Senftleben und Gernot fortwährend um sie herumschlichen und sie beobachteten. Sie schienen Angst zu haben, dass Charlotte sie verpfeifen würde. Aber das hatte sie nicht vor. Die anstehende Schließung des Supermarktes war Strafe genug für die beiden. Und dass sie den Überfall verkackt hatten, darüber amüsierte sich Charlotte insgeheim köstlich. Sie hätten besser jemanden fragen sollen, der sich mit Einbruch und Diebstahl auskannte. Charlotte wüsste da eine professionelle Kleinkriminelle. Tja, dass die Arbeitgeber das wahre Potenzial ihrer Arbeitnehmer unterschätzten, war eines der großen Dilemmas der modernen Arbeitswelt.

Betont routiniert zog Charlotte Waren über ihren Scanner und ertappte sich dabei, wie sie sich die Senftleben und Gernot beim Sex in der Getränkeabteilung vorstellte. Sie versuchte die Bilder zu verscheuchen, aber die nackten Ärsche zwischen Berliner-Pilsener-Kästen hielten sich hartnäckig.

Am Nachmittag geriet sie in einen Streit mit einem jungen Typen. Er bestand darauf, dass die Hackfleischbällchen im Angebot wären. Charlotte war kurz davor, die Bällchen aus der Verpackung zu holen und seinen Mund damit zu stopfen. Schließlich kam Biggie zur Hilfe und schickte Charlotte zum Auspreisen der neuen Waren ins Lager. Dort ließ Charlotte aus Versehen eine Flasche Prosecco fallen, und kurz darauf rollten ihr in der Obstabteilung die Pink Ladys aus der Auslage. Genervt warf sie schließlich den Kittel in ihren Spint und spazierte ins Büro des Drachens. Dort erklärte sie ihm, dass sie sich krankschreiben lassen werde, und lief ohne sich noch einmal umzudrehen aus dem Büro. Den speienden Drachen im Kreuze, machte Charlotte einen gemächlichen Abgang. Der Feuerstrahl des Drachens wärmte ihren Rücken und machte die verspannte Nackenpartie wieder geschmeidiger.

Als Charlotte und Juri die Glastür im Krankenhaus aufschoben, kam der Stationsarzt auf sie zu. Er bat sie zur Sitzecke am Fenster und berichtete mit betont sachlicher Stimme: »Die Operation war schwierig und hat länger gedauert als erwartet. Ihre werte Großmutter hat viel Blut verloren und ist jetzt äußerst geschwächt.«

»Werte Großmutter?« Juri warf Charlotte einen fragenden Blick zu.

Die hatte keine Lust auf Erklärungen und zuckte nur müde mit den Achseln.

»Ihre Großmutter ist noch nicht aufgewacht. Es könnte sein, dass sie später etwas durcheinander ist«, erklärte der Arzt weiter.

»Durcheinander? Was meinen Sie damit?«, fragte Charlotte.

»Das gibt sich in den meisten Fällen.«

»In den meisten Fällen?«, wiederholte Charlotte die Worte des Arztes leise.

»Eine Operation ist eine Strapaze für den Körper. Und für eine Vierundneunzigjährige erst recht.«

»Aber ihr wird es doch bald bessergehen?«, fragte Juri.

Der Arzt sah beide betreten an und schwieg. Dann stand er auf und ging davon.

Sachte drückte Charlotte die Türklinke herunter. Auf Zehenspitzen lief sie zu Elises Bett. Juri folgte ihr und schob zwei Stühle vor dem Bett zusammen. Sie setzten sich und betrachteten Elise. In der Nase und den Armen steckten Schläuche. Der Monitor über ihrem Kopf fiepte eintönig. Ein hellgrünes Laken bedeckte den kleinen Körper bis zum Hals. Es hob und senkte sich gleichmäßig unter den Atembewegungen. Charlotte umfasste die Bettkante und grub ihre Fingerspitzen in die Matratze. Schließlich nahm sie Elises Hexenhändchen. Es fühlte sich kalt und leblos an. Zärtlich strich sie darüber. Keiner wagte ein Wort. Plötzlich fiepte es laut, und Elises Hand zuckte kurz. Charlotte erschrak und sah hilfesuchend zu Juri. Juri sprang auf und lief aus dem Zimmer. Charlotte rief nach ihm, als sie sah, dass Elise langsam ihre Augen öffnete. Ihr Blick wanderte durch das Zimmer, fiel auf die Tür, an der ihr Mäntelchen hing, auf den Schrank, auf dem ihr kleiner, lederner Koffer lag, und auf das Fenster, durch das die Sonne Strahlen warf. Juri kam zurück und stellte sich neben Charlotte.

Elises Augen blieben schließlich an Charlotte und Juri kleben. Sie sah beide verwundert an. »Wo bin ick?«

»Im Krankenhaus«, antwortete Charlotte und umfasste das Hexenhändchen fester.

»Wer seid ihr?«

Charlotte drehte sich zu Juri. Auf ihrem Gesicht lag das blanke Entsetzen.

»Erkennst du uns nicht?«, fragte er mit zittriger Stimme. »Elise, wir sind es doch. Charlotte und Juri.« Er beugte sich zu ihr und strich über ihre Wange.

»Charlotte und Juri?« Elise schien zu überlegen. »Kenn ick nicht.«

»Deine ollen Nachbarn aus der Kehrbachstraße«, flüsterte Juri und zwinkerte ihr zu.

Elise sah Charlotte und Juri lange an. Dann verzog sich ihr Mund zu einem breiten Lachen. »Reingefallen.« Sie kicherte.

»Das ist verdammt noch mal nicht komisch, Elise«, sagte Charlotte und sprang auf. Ihr Stuhl rutschte über das Linoleum und kippte zu Boden.

»Een kleener Spaß wird ja wohl noch erlaubt sein.«

»Du hast mir einen ganz schönen Schrecken eingejagt«, sagte Juri und strich zärtlich über Elises Haar. »Wie geht es dir?«

»Siehst doch, ich bin nicht totzukriegen.« Elises Augen funkelten auf, als sie das sagte. »Wann holt ihr mir aus diesem Kabuff raus?«

»Wir haben mit dem Arzt gesprochen«, sagte Charlotte. »Du brauchst jetzt Ruhe.«

»Papperlapapp. Was interessiert mir das Geschwätz von diesem Quacksalber. Ick fühle mir gut, und ick will nach Hause. Und zwar sofort!«

»Du kannst jetzt nicht nach Hause«, sagte Juri.

»Elise, sei doch vernünftig«, bat Charlotte.

»Vernünftig? Das sagt die Richtige. Ick will nach Hause. Habt ihr mir verstanden? Frau Schmidt wartet auf mir.«

»Um deine Katze kümmern wir uns. Du musst erst einmal gesund werden«, sagte Charlotte.

»Ick lass mir von so 'nem jungen Ding gar nichts sagen. Ick könnt deine Großmutter sein.«

»Bist du ja auch«, antwortete Charlotte.

»Wie? Muss ick das jetzt verstehen?«

»Nein, musst du nicht«, sagte Juri.

»Ihr holt mir hier raus. Sonst sind wir geschiedene Leute.«

»Warum hast du es denn so eilig, nach Hause zu kommen?«

»Das geht euch 'n feuchten Kehricht an. Ihr holt mir hier raus. Versprochen?« Elise sah sie mit forderndem Blick an.

Juri und Charlotte wechselten vielsagende Blicke.

»Gut, dann ist ja alles besprochen.«

Juri schüttelte energisch den Kopf.

»Versprechen bricht man nicht. Dafür kommt man in die Hölle. Ach, was red ick. Da kommt ihr sowieso hin. Vor allem du Rotzgöre. Rote Locken und Sommersprossen sind des Teufels Artgenossen. Das hat meene Großmutter immer gesagt.«

»In der Hölle ist es eh viel interessanter«, sagte Charlotte.

»Da könnte was dran sein. Also bis morgen. Am besten um drei. Da bin ick mit dem Vesper fertig. Der Kuchen ist nicht übel. Den gönn ick mir noch, bevor es nach Hause geht«, sagte Elise und schloss die Augen.

# BEICHTE

Nur gegen den Widerwillen des Arztes und auf eigene Gefahr wurde Elise nach drei Tagen aus dem Krankenhaus entlassen. Elise versicherte dem Arzt, keine Schmerzen mehr zu haben. Das hielt er für ein medizinisches Wunder, ließ sie aber kopfschüttelnd ziehen. Mit einer Prothese unterm Arm und einem Leihrollstuhl unterm Hintern verließ Elise das Krankenhaus. Juri schob, und Charlotte strahlte.

Im Krankenwagen gab es lautes Geschnatter. Juri berichtete von seinem Laden: Die Reparaturen liefen immer besser. Die Leute kamen jetzt sogar schon aus anderen Bezirken mit ihren kaputten Druckern und Toastern zu ihm. Charlotte erzählte ihre Neuigkeiten: vom Überfall im Supermarkt, von Gernot und der Senftleben und vom Einbruch in ihre Wohnung. Elise wollte alles genau wissen, und so musste Charlotte viele Fragen beantworten.

Als sie schließlich in die Kehrbachstraße einbogen, verstummten sie augenblicklich. Der Krankenwagen hielt vor dem Haus, aber weder Charlotte noch Juri oder Elise bewegten sich von ihren Sitzen. Stattdessen starrten sie fassungslos aus dem Fenster. Nur auf mehrmaliges Bitten des Fahrers stiegen sie schließlich aus und standen reglos auf dem Gehweg.

Elise setzte sich als Erste mit ihrem Rollstuhl in Bewegung. Charlotte und Juri folgten ihr auf die andere Seite der Straße, zur Verkehrsinsel, wo einst die große, alte Linde gestanden hatte. Jetzt war dort nur noch ein nackter, wunder Stumpf. Mehr war von der Linde nicht übrig geblieben. Äste, Holzsplitter und welke Blätter bedeckten den Boden. Die Sitzbank war mit einer dicken Staubschicht überzogen. In stummer Traurigkeit verharrten sie vor dem kläglichen Rest und gedachten jeder für sich diesem Verlust. Langsam streckte Elise ihre Hand aus und strich zärtlich über den Stumpf. Juri lief zur Bank, wischte die Späne vom braunlackierten Holz und setzte sich. Charlotte folgte ihm. Elise rührte sich nicht vom Fleck. Nach einer unerträglichen Zeit der Wortlosigkeit zog sie ihre Piepe aus der Tasche und zündete sie an.

Der Rest des Tages war gelaufen. Die kleine Willkommensfeier, die Juri und Charlotte geplant hatten, fiel ins Wasser. Elise rührte vom Borschtsch, den Juri nach dem Rezept seiner Großmutter Mascha gekocht hatte, nichts an. Selbst den Kirschlikör ließ sie stehen. Stattdessen saß sie in ihrem Ohrensessel, schaukelte den Oberkörper unentwegt hin und her wie ein Rabbiner an der Klagemauer und murmelte leise vor sich hin.

Später lag sie in ihrem Bett und starrte schweigend an die Decke. Charlotte und Juri saßen neben ihr und hofften auf eine Regung. Charlotte blätterte im Fotoalbum und versuchte, Elise eine Geschichte abzuluchsen. Nur eine klitzekleine Erinnerung. Aber vergeblich: Elise blieb stumm. Juri konnte Elises Schmerz irgendwann nicht mehr ertragen und ließ die beiden allein.

Als Elise auch noch nach Stunden in stummer Anklage auf ihrem Bett lag, fing Charlotte an zu erzählen. Elise hörte aufmerksam zu und unterbrach Charlotte nur einmal mit der Bitte, das Fenster zu schließen. Charlotte schloss es und drehte die Heizung auf. Sie saß bis weit nach Mitternacht an Elises Bett und erzählte. Mit jeder Stunde legte sie eine weitere Decke auf die frierende Elise, bis sie unter einem Berg aus Wolldecken begraben war. Nur Kopf und Hände waren noch zu sehen. Und Charlotte erzählte weiter. Von ihrer Kindheit, von ihrer depressiven Mutter, von dem Mann, der sich ihr, als sie fünfzehn war, als Vater vorgestellt hatte, von Simon, von dem Wolkentagebuch, von den Krankenhausbesuchen, von ihrem Hoffen und Bangen und von ihren Schulgefühlen, von ihrer Narbe, von den Wackersteinen, von dem Engel und dem Teufel und von Arthur. Das alles hatte sie in ihrem Leben noch keinem anderen Menschen anvertraut. Für Charlotte fühlte es sich an, als ob Elise ihr die Beichte abnahm.

Als alles gesagt war, holte sie die Flasche Kirschlikör und zwei Kristallgläschen aus dem Wohnzimmer. Mühsam hob Elise ihren winzigen Kopf, und Charlotte führte das Glas zu ihren zittrigen Lippen. Dann bat Elise Charlotte zu gehen. Charlotte nahm das kalte, magere Hexenhändchen, hielt es lange und strich über Elises Wange.

Am Türrahmen blieb Charlotte stehen und schaute noch einmal zu Elise. Ihre Blicke trafen sich für einen kurzen Moment, dann schloss Elise ihre Augen. Lautlos schlich Charlotte durch die Wohnung zur Tür.

# TRINKT DER GEVATTER TOD AUCH KIRSCHLIKÖR?

Charlotte wurde am Morgen von einem Kratzen an der Wohnungstür geweckt. Sie öffnete, und Frau Schmidt zwängte sich in den Flur. Unruhig strich sie um Charlottes Beine und miaute in einem fort. Als Charlotte die Treppe hinunterstieg, sah sie, dass Elises Wohnungstür offen stand. Sie sprang die letzten Stufen hinunter, schob die Tür auf und blickte auf ein Chaos. Die Kommode war ausgeräumt, Elises Mäntel und umgekippte Flaschenkästen lagen im Flur. Dazwischen lugten die verstaubten Plastiknelken hervor.

Charlotte hastete ins Wohnzimmer und stolperte über Elises Gehstock, der in der Mitte des Zimmers lag. Auch dort war alles verwüstet. Zerbrochene Schallplatten lagen auf dem Boden, Kissen waren aufgeschlitzt, Daunenfedern tänzelten noch in der Luft. Der Büfettschrank stand offen. Scherben aus Kristall und Porzellan lagen vor dem Schrank. Charlotte lief zum Schlafzimmer und öffnete vorsichtig die Tür. Sie fand Elise so in ihrem Bett vor, wie sie sie gestern Nacht verlassen hatte. Charlotte flüsterte ihren Namen, obwohl sie wusste, dass sie keine Antwort bekommen würde.

Langsam ging sie zum Bett, kniete sich daneben und suchte das Hexenhändchen unter dem Berg aus Decken. Die Hand lag steif wie ein Besenstiel an Elises Oberkörper gepresst. Sie hatte sich an der Beinprothese, die neben ihr lag, festgekrallt.

Ruhig betrachtete Charlotte Elises Gesicht. Ihre Züge wirkten weich. Der Tod musste sanft zu ihr gekommen sein. Vielleicht hatte er sich zu ihr gelegt, ihr eine Weile das Hexenhändchen gehalten, sie gewärmt und der ein oder anderen Geschichte von früher gelauscht. Vielleicht hatten sie zusammen ein Gläschen Likör getrunken. Charlotte blickte auf die Gläser neben dem Bett. Dann legte sie sich zu Elise.

Wie lange sie im Bett gelegen hatte, wusste sie nicht. Als sie wieder zu sich kam, sah sie sich im Zimmer um und bemerkte, dass hier alles noch so war, wie sie es gestern verlassen hatte. Weder standen Schränke offen, noch war etwas durchwühlt worden. Frau Schmidt sprang auf das Bett und leckte Elises Stirn. Charlotte ging ins Wohnzimmer und setzte sich in den Sessel am Balkonfenster. Sie hatte immer gedacht, wenn dieser Moment kam, würde es sich so anfühlen wie damals bei Simon, wie ein Schlag in die Magengrube, ausgeführt von einer überdimensionalen Hand in einem Boxhandschuh aus Beton. Sie hatte sich vorgestellt, wie sie vor Wut Stühle umstoßen, vor Schmerz Gläser leeren und vor Sehnsucht Elises alte Platten rauf und runter hören würde. Aber Charlotte spürte keine Wut, keinen Schlag in die Magengrube und keinen Schmerz, der durch sie kroch und sie wie eine giftige Flüssigkeit betäubte. Sie fühlte eine Traurigkeit, die sie umhüllte und sich über sie legte wie eine schwere Wolldecke.

Elise wollte sterben, das hatte Charlotte deutlich gespürt, und sie wollte so sterben, wie sie gelebt hatte. Allein! Niemand sollte ihr auf den letzten Metern die Hand halten, ihr gut zureden, ihr Leben im Licht des nahenden Todes noch einmal gemeinsam vorbeiziehen lassen und ihr die Angst vor dem unwiderruflichen Ende nehmen.

Charlotte trat auf den Balkon und betrachtete die vorbeiziehenden Wolkenfelder: Cumulonimbus. Sie dachte an Simon, an seinen Tod, an damals. Simon hatte viel zu früh dem Leben den Rücken gekehrt. Warum auch immer – das hatte Charlotte nie verstanden. Simon hatte irgendwann kapiert, dass er sich nicht gegen seine Krankheit auflehnen konnte. Dass es so war, wie es war. Dass das Leben auch beschissen sein konnte. Sogar, wenn man erst acht Jahre alt war. Woher er all die Gewissheit genommen hatte, war Charlotte bis heute ein Rätsel. Sie hatte Simon überreden wollen, dass er sich zur Wehr setzte und dem Schicksal zeigte, dass es ihn mal kreuzweise konnte. Charlotte kam der Typ in der Kneipe in den Sinn, in der sie sich an Simons Todestag besoffen hatte. Mit einem Glas Bier in der Hand hatte er neben ihr gestanden und ungefragt seine Lebensweisheiten kundgetan. Er hatte gesagt, dass das Leben keine Zuckerwatte sei, nach der man sich alle zehn Finger abschleckte. Es sei eine Berg- und Talbahn. Genau diesen Vergleich hatte er benutzt: Berg- und Talbahn! Manchmal ist man oben und manchmal unten. Charlotte hatte ihren Wodka gezahlt und war, ohne ihn auch nur eines Blickes zu würdigen, wortlos durch die schwere Holztür verschwunden. Ziellos war sie durch die nassen Straßen gelaufen und hatte gegen Mülltonnen und Autotüren getreten. An diesem Abend hatte sie sich vorgenommen, keine Runden mehr in dieser scheiß Berg- und Talbahn zu drehen. Stattdessen wollte sie ihren Arsch unbeschadet durchs Leben bringen. Das war ihr Plan gewesen. Aber jetzt, nach all den Jahren und nach Elises Tod, verstand sie langsam, so ganz ohne Blessuren würde sie wohl nicht davonkommen.

Charlotte betrachtete das Chaos in Elises Wohnzimmer. Wer konnte das gewesen sein? Sie beschlich ein leiser Verdacht. War Gernot jetzt völlig durchgeknallt? Hatte er bei Elise nach der Kohle vom Überfall gesucht? Der Typ war echt meschugge.

Charlotte ging ins Schlafzimmer und sah sich noch einmal um. Für sie stand fest, dass Elise nichts mitbekommen hatte. Sie musste bereits tot gewesen sein, als Gernot in die Wohnung eingebrochen war. Anders konnte sich Charlotte die Ordnung im Schlafzimmer und die Unordnung im Rest der Wohnung nicht erklären. Gernot war sicher beim Anblick der toten Elise so heftig erschrocken, dass er sofort das Weite gesucht hatte. Pf! Was für ein Schisser.

Charlotte wählte seine Nummer. Es dauerte eine Weile, bis er ans Telefon ging. Sie legte sofort los und beschimpfte ihn wüst. Er hatte Mühe, Charlotte zu erklären, dass der Einbruch nicht auf seine Kappe ging. Irritiert legte sie auf und lief im Wohnzimmer auf und ab. Unter ihren Füßen knackten die kuchenstückgroßen Splitter der Schallplatten. Wenn nicht Gernot, wer dann? Charlottes Blick fiel auf Elises Gehstock. Er lag auf dem Boden zwischen den Splittern. Zögernd hob sie ihn auf und fuhr über den Griff. Der Messinglack war an einigen Stellen abgeblättert, und winzige, rote Partikel klebten daran. Sie betrachtete den Griff genauer, drehte den Stock ein paarmal und umschloss den Griff mit ihrer Hand. Er lag fest und schwer in ihrer Hand. Charlotte wirbelte ihn durch die Luft und besah sich den Stock noch einmal. Dabei fiel ihr ein, was der Assistent am Tag nach dem Überfall zum Kommissar gesagt hatte – der eigentliche Dieb sei von einer zweiten Person überrascht und aller Wahrscheinlichkeit nach mit einem dumpfen Gegenstand niedergeschlagen worden. Ein dumpfer Gegenstand? Sie kratzte mit dem Fingernagel am Griff. Die roten Partikel blätterten ab. Eine Vierundneunzigjährige? Das war unmöglich. Sie stolperte zurück ins Schlafzimmer und hockte sich neben das Bett. Lange betrachtete sie Elise und dachte nach. Sie wollte ihren ersten Verdächtigungen nicht nachgeben. Doch mehr und mehr beschlich sie ein Gefühl – was war in dieser Nacht passiert? Hatte Elise etwas mit dem Überfall zu tun? Mit ihrer Hand fuhr Charlotte unter die Decken, um noch einmal das magere Hexenhändchen zu halten. Sie zog am steifen Hexenhändchen, doch es war hartnäckig und klammerte sich fest um die Prothese. Charlotte zog an der Prothese, bis sie aus Elises Hand rutschte und zu Boden fiel. Es krachte, Papierrollen glitten heraus und kullerten bis zur Türschwelle. Charlotte nahm eine Rolle. Ungläubig löste sie den Gummi, zog ein Stück Papier heraus und hielt es gegen das Sonnenlicht. Sie wandte es hin und her, auf der Suche nach einem Fehler, einem Mangel, einem Zeichen, dass es nicht echt war. Dann zog sie einen Schein nach dem anderen aus der Rolle und legte sie nebeneinander auf die Dielen. Charlotte konnte es kaum glauben.

Lange betrachtete sie Elise und rief schließlich: »Du listige, alte Schachtel. Wie hast du das, verdammt noch mal, nur angestellt?«

Wortfetzen und Erinnerungen zogen an Charlotte vorbei. Elise hatte erzählt, dass sie nachts oft ziellos durch die Straßen tippelte, wenn sie nicht schlafen konnte. So musste es auch in der Nacht des Überfalls gewesen sein. Es war die Nacht nach dem Gespräch mit Sattkowski gewesen. Als der Fettarsch ihnen die Wohnungen für einen Haufen Kohle andrehen wollte und damit für mächtig Wirbel gesorgt hatte. Das musste Elise so durcheinandergebracht haben, dass sie keine Ruhe gefunden hatte. Vielleicht war sie noch einmal losgezogen, um frische Luft zu schnappen. Vielleicht hatte sie den Räuber vor dem Supermarkt ertappt, und vielleicht hatte sie ihm mit dem Gehstock eins übergezogen. Charlotte lachte auf. Darauf musste man erst einmal kommen. Ihre knittrige, kleine Gestalt, ihr wackliger Gang und der Gehstock waren das beste Alibi, um jegliche Verdächtigungen sofort im Keim zu ersticken. Aber irgendjemand musste Elises Geheimnis auf die Schliche gekommen sein. Wer konnte das sein? Gernot und die Senftleben? Der kleine Gauner, den die beiden angeheuert hatten? Oder ein heimlicher Beobachter des Überfalls, der Elise gefolgt war? Fieberhaft kramte Charlotte in ihrem Gedächtnis und suchte nach Anzeichen und Andeutungen, die Anhaltspunkte für den Täter liefern könnten. Sie ging alle möglichen Situationen durch. Plötzlich klopfte es. Charlotte zuckte zusammen, stopfte eilig das Geld in die Prothese und stellte sie in den großen Schrank.

Als sie die Tür öffnete, stand Juri vor ihr. Ihr trauriger Anblick genügte ihm. Er verstand, was passiert war, und seine hageren Schultern fingen an zu zucken. Er suchte nach einem Taschentuch, fand keins und schniefte in seinen Hemdärmel. Charlotte umarmte ihn. Er zitterte und rotzte ihr das T-Shirt voll. Sie strich über sein nasses Gesicht. Eine Ewigkeit lagen sie sich in den Armen.

Aus den Augenwinkeln bemerkte Charlotte schließlich Arthur. Er stand unten am Treppenabsatz. Er musste sie schon eine Weile beobachtet haben. Sie wollte etwas sagen, aber Arthur lief davon. Seine Schritte hallten im Treppenhaus nach. Charlotte war wie benommen. Sie hatte Juri im Arm, Arthurs Schritte im Ohr, Elises Geld im Kopf.

Als Juri sich beruhigt hatte, zog Charlotte ihn in die Wohnung. Verstört betrachtete er das Chaos. Sie führte ihn weiter ins Schlafzimmer. Er schluchzte laut los, als er Elise auf dem Bett liegen sah, und Charlotte überließ ihn seiner Trauer und schlich aus dem Zimmer. Es dauerte lange, bis er wieder ins Wohnzimmer kam und sich auf die Couch setzte. Erst dann erzählte Charlotte ihm von ihrem Fund. Zur Untermauerung ihrer Geschichte holte sie die Prothese und schüttete sie vor seinen Augen aus. Juri schüttelte den Kopf, dann nahm er eine Rolle und betrachtete sie von allen Seiten. Er konnte nicht glauben, was er sah. Schließlich zählten sie schweigend das Geld: zweihundertsechzigtausend Euro. Das Geld lag vor ihnen ausgebreitet. Charlotte grinste. Juri dagegen brachte noch immer kein Wort heraus.

Sie genehmigten sich einige Gläser Kirschlikör und beschlossen, das Geld in einem Plastikbeutel im Boiler von Griesebachs Badezimmer zu verstecken. Das war das beste Versteck, das ihnen in ihrem Zustand einfiel. Zu mehr Ausgebufftheit waren sie in diesem Moment nicht in der Lage.

# AUS DIE MAUS

Die nächsten Tage waren Charlotte und Juri mit dem Ausräumen der Wohnung beschäftigt. Stundenlang saßen sie auf dem Boden, betrachteten alte Fotos und tanzten zu Swing-Musik. Das lenkte von ihrer Trauer ab. Beim Ausräumen hatten sie eine Notiz gefunden. Elise hatte sich schon zu Lebzeiten Gedanken gemacht, wie sie sterben wollte. Der Ablauf der Beerdigung war aufs genaueste vorab mit einem Bestatter besprochen worden und die Kosten bereits beglichen. Elise wollte einen schlichten Abschied. Kein großes Heckmeck – die Asche in einer Kiefernholzurne und bloß keine sentimentale Musik. »Für Elise« von Beethoven hatte sie sich eindringlich verbeten. Auf dem Grabstein sollte stehen: *Aus die Maus – Elise Buffke 1920 bis 2014*.

Charlotte war Arthur in den letzten Tagen mehrmals über den Weg gelaufen. Er grüßte jedes Mal ohne aufzusehen, und Charlotte war zu sehr mit Elises Tod beschäftigt, als dass sie etwas Vernünftiges hätte von sich geben können. Am Tag von Elises Beerdigung passte er sie vor dem Haus ab. Charlotte trug ein schwarzes Seidenkleid und eine weiße Lilie in der Hand. Sie war wie immer spät dran.

»Ich muss mit dir reden«, sagte er kühl.

»Hat das nicht Zeit?«

»Nein.«

»Ich habe es eilig.«

»Ich mache es kurz.«

Charlotte war zu niedergeschlagen, um sich ihm zu widersetzen.

»Ich wollte dir sagen, dass ich zurückgehe.«

»Wohin zurück?«

»Nach Barcelona.«

»Barcelona«, wiederholte Charlotte und spürte, wie die Niedergeschlagenheit in nervöse Anspannung umschlug. »Darf ich?« Sie griff nach der Wasserflasche in seiner Hand.

»Ich gehe zurück, weil meine Familie … Ach, ist auch egal. Ich wollte es dir nur sagen.«

»Hält dich nichts mehr im hippen Börlin?«, fragte Charlotte und gab sich Mühe, möglichst cool und gelassen zu klingen.

»Was soll mich hier noch halten?« Er sah sie mit unverhüllter Enttäuschung an.

Charlotte spürte ihre Wackersteine. Sie waren durch die Geschehnisse der letzten Tage ordentlich in Bewegung gekommen. Gleichzeitig saßen links und rechts ihre alten Bekannten auf der Schulter und faselten aufgeregt durcheinander.

»Ruhe!«, schrie sie.

»Ich habe doch gar nichts gesagt.«

»Ich meinte auch nicht dich.«

»Wen sonst?« Er schaute sich um.

»Was war noch mal die Frage?«

»Was mich hier noch halten sollte«, wiederholte er und sah Charlotte irritiert an.

»Richtig.« Charlotte überlegte, was sie anführen könnte, aber ihr fiel nichts Brauchbares ein. »Der Winter«, entfuhr es ihr plötzlich.

»Was?« Er sah sie an, als ob sie nicht mehr alle Tassen im Schrank hätte.

»Du hast Berlin im Winter noch nicht erlebt«, sagte sie mit gespielter Heiterkeit. »Berlin ist berühmt dafür. Wusstest du das nicht? Alles noch ein bisschen schmutziger und schäbiger. Shabby chic and totally hip.«

Er musterte sie.

»Wirklich! Der graue Winter ist einfach zu goldig. Den kannst du dir nicht entgehen lassen.«

»Noch mehr Kälte ertrag ich nicht.«

Plötzlich schwante ihr Böses. »Ihr habt das Haus verkauft.«

Er wandte seinen Blick ab.

»Ihr habt es tatsächlich verkauft. Gratuliere. Hast du wenigstens ordentlich Reibach gemacht?«

»Vergiss es«, sagte er und lief davon. Als er am Auto war, blieb er noch einmal stehen und drehte sich zu ihr um. »Wer ist eigentlich Simon?«

Charlotte schloss für einen kurzen Moment die Augen. Sie atmete tief ein und sagte: »Simon war mein kleiner Bruder.«

»War?«

Charlotte nickte.

Arthurs Gesicht veränderte sich. Die Enttäuschung wich aus seinem Gesicht. »Das tut mir leid.« Dann stieg er ins Auto und fuhr davon.

# WIE EIN FLOH IM HUNDEFELL

Charlotte stand vor der kleinen Kapelle inmitten des Friedhofs. Juri lehnte an der Mauer und rauchte. Unablässig starrte sie auf den schmalen Weg, der sich über den Friedhof zur Kapelle schlängelte, in der Hoffnung, dass sich noch jemand zur Beerdigung einfinden würde. Vierundneunzig Jahre – die konnten doch nicht so spurlos auf Erden abgelaufen sein. Sie hatte extra eine Traueranzeige geschaltet, einen Aushang beim Einwohnermeldeamt gemacht und sämtliche Dokumente durchforstet, um noch irgendeinen entfernten, unbekannten Verwandten aufzutreiben.

Die Tür der Kapelle öffnete sich, und eine Trauergemeinschaft quoll heraus. Angeführt wurden sie von einem Mann mit einem gutmütigen Vollmondgesicht. Sie schaute auf die vorbeiziehende Meute, die kein Ende nehmen wollte. Kinder rannten zwischen den schniefenden Erwachsenen hindurch. Die Trauernden nahmen sich gegenseitig in den Arm und tätschelten einander die Hände. Charlotte sah ihnen nach.

Ein hagerer Mann kam auf sie zu und schüttelte ihre Hand. So gedankenversunken, wie sie in diesem Moment war, hatte Charlotte ihn nicht sofort wiedererkannt. Er war der Grabredner, mit dem sie vor einigen Tagen in Elises Wohnung zusammengesessen und das blaue Fotoalbum durchgeblättert hatte. Sie folgte ihm in die Kapelle und setzte sich auf eine abgenutzte Holzbank. Als der Grabredner anfangen wollte, bat Charlotte, noch einige Minuten zu warten. Es vergingen zehn Minuten, dann weitere zehn, schließlich schloss er die Tür und begann. Vor Charlottes Augen tauchten noch einmal die von Elise geliebten Großeltern auf, das Kino von Vater Edwin in der Potsdamer Straße, Greta Garbo und ihre Kollegen, das Schützenfest, die Abende im Tanzlokal *An den Zelten*, das *Moka Efti*, der letzte schmutzige Brief von der Front und schließlich Ehemann Gustav. Während sie aufmerksam zuhörte, strich sie über ihre kalten, steifen Finger. Juri saß neben ihr und hielt Frau Schmidt auf dem Arm. Fortwährend miaute sie und leckte die Tränen von Juris Wange.

Der Redner sprach von Erinnerungen, die einem nicht genommen werden können, und zitierte Johann Wolfgang von Goethe: »Was man tief in seinem Herzen besitzt, kann man nicht durch den Tod verlieren.« Es käme darauf an, so sprach er weiter, sich, ähnlich wie ein Floh im Hundefell, in die Herzen der anderen einzunisten. Das sichere das Überleben, auch über den Tod hinaus. Mit diesen Worten schloss er, ging zur Mitte des Ganges und verbeugte sich vor dem kleinen Holzgefäß. Duke Ellington spielte ein letztes Mal für Elise.

Dann standen Charlotte und Juri auf und wurden zu einem winzigen Loch, das von Brettern umgeben war, geführt. Der Grabredner ließ die Urne an einem Seil in das

Erdloch hinunter, nahm aus einer Messingschale Sand und Rosenblätter und streute sie über das kleine Holzgefäß. Fassungslos starrte Charlotte in das kleine Erdloch. Sollte das alles sein, was von Elise übrig blieb? Nach vierundneunzig Jahren? Charlotte schielte zu der anderen Trauergesellschaft hinüber. Sie hatte wenige Meter von ihnen entfernt haltgemacht. Der Wind wehte die Fetzen ihrer Trauer herüber. Schluchzen, Schniefen und das Kreischen der Kinder war zu hören. Charlotte dachte an die Worte des Grabredners. An den Floh im Hundefell und an ihre eigene Beerdigung. Wer würde an ihrem Grab stehen? Wer würde sie beweinen? Sie schniefte. Juri reichte ihr ein Taschentuch. Sie schluchzte hinein, und mit jedem Schluchzen wurde ihr klarer, dass auch sie eine Horde von Leuten an ihrem Grab stehen haben wollte, die schnieften und sich gegenseitig stützten und die Hände tätschelten. Freunde, Kinder und Enkel sollten zu einer Trauerfeier in ihrer Wohnung zusammenkommen, sich mit roten Augen gerahmte Fotos ansehen, an einer langen Tafel sitzen, die Kinder heimlich unter die Tische kriechen und den Erwachsenen in die Waden zwicken. Man sollte sich alte Geschichten über sie erzählen, dass sie, als sie ein junges Ding war, nichts anbrennen ließ, dass sie gerne tanzte und es ihr Traum war, einmal eine Arschbombe in die Karibische See zu machen.

Charlotte sah auf und schielte noch einmal sehnsüchtig zu dem anderen Grab hinüber. Sie spürte, wie sich ihr Herz zusammenzog. Sie musste an ihre Familie denken oder besser gesagt an das, was von ihr übrig war. Eine richtige Familie hatte sie sowieso nie gehabt. Das kannte sie nur von anderen Kindern. Voller Neugierde hatte sie damals als Sechsjährige im Kindergarten vor den aufgehängten Zeichnungen gestanden und die bunten Strichmännchen betrachtet, über denen in krakeligen Großbuchstaben *Vater, Mutter und ich* geschrieben stand. Sie erinnerte sich, wie sie als kleines Mädchen über die Erzählungen der anderen Kinder gestaunt hatte. Dass Mütter ihren Kindern abends warme Milch mit Honig ans Bett brachten und Geschichten vorlasen, oder dass Väter sich im Herbst stundenlang in den Keller verkrochen, um für ihre Kinder bunte Drachen zu bauen. Sie wusste noch genau, wie sie damals am siebten Geburtstag von Alexander, einem Nachbarskind, verdutzt in seinem Zimmer gestanden und die Grashüpferfamilie, die groß und bunt an die Wand über seinem Bett gemalt war, betrachtet hatte. Dann hatte sie an ihr kahles, notdürftig eingerichtetes Zimmer denken müssen. Wütend war sie zu dem kleinen, blauen Geburtstagstisch in der Ecke des Zimmers gelaufen, auf dem Geschenke und ein buntglasierter Rührkuchen mit Kerzen standen. Mit der Faust hatte sie auf den Kuchen geschlagen, bis nur noch Krümel übrig waren. Nach diesem Kuchen-Tötungsdelikt wurde sie nie wieder zu einer Geburtstagsfeier in der Nachbarschaft eingeladen.

Als Charlotte älter wurde, schob sie diese Erinnerungen in eine Abstellkammer und verschloss sie. Doch die Erinnerungen waren wie ein Ball im Wasser, der ständig nach oben drängte. Eine Zeitlang half es ihr, dass sie sich im Supermarkt regelmäßig mit Müttern anlegte und sie als Milchkühe verspottete: wie kleinkariert, diese Kleinfamilien. Von oben herab hatte sie die Frauen betrachtet, weil sie die Augenhöhe nicht aushielt. Jetzt schielte sie neidisch zu ihnen hinüber.

Charlotte stand am Eingang des Friedhofs und starrte den vorbeifahrenden Autos nach. Juri streichelte Frau Schmidt und weinte lautlos vor sich hin. Tröstend nahm Charlotte ihn in den Arm.

»Ich muss los«, flüsterte sie Juri ins Ohr und strich über seinen Rücken.

»Was, jetzt?«

»Ja.«

# EIN HERZ IN DEN SCHNEE PINKELN

Charlotte stand vor Sattkowskis Haus. Nur widerwillig drückte sie die Klingel, aber er war ihre einzige Chance.

»Fräulein Kubitschek?« Die Überraschung in seiner Stimme war deutlich zu hören.

Er öffnete die Tür, und Charlotte lief durch einen mit graumeliertem Marmor vertäfelten Hausflur in den zweiten Stock hinauf. Sattkowski lehnte am Türrahmen. Er hatte sich in eine etwas zu enge Jeans gepresst. Sein Bauch quoll über den Hosenbund, und ein breiter Gürtel in Krokodillederoptik versuchte mühsam, die Hose festzuhalten.

»Woher wissen Sie eigentlich, wo ich wohne?«, fragte er anstatt einer Begrüßung.

»Steht groß und schwarz an Ihrem Auto.«

»Stimmt.«

Charlotte wollte ohne Umschweife zur Sache kommen, aber Sattkowski war schneller: »Wenn Sie schon einmal hier sind, kann ich Ihnen die freudige Nachricht gleich persönlich übermitteln. Wir haben endlich einen Käufer für das Haus gefunden.«

Die Genugtuung in Sattkowskis Stimme erzeugte bei Charlotte einen Würgereiz. Am liebsten hätte sie ihm die Meinung gegeigt, aber sie biss stattdessen die Zähne zusammen.

»Fräulein Kubitschek, das war doch sowieso nur noch eine Frage der Zeit. Ihre Spielchen hätten Sie sich sparen können.«

»Ich weiß nicht, wovon Sie reden.«

»Jetzt kommen Sie. Ich bin nicht auf den Kopf gefallen.«

Das hatte Charlotte schon einmal gehört, glauben konnte sie es noch immer nicht.

»Es hat sich alles so gefügt, wie es sein sollte«, sagte Sattkowski.

»Wie meinen Sie das?«

»Erst der Tod der alten Scha…« Er verstummte. »Ich meine, der Tod von Elise Buffke, das ist natürlich ein großer Verlust. Mein aufrichtigstes Beileid.« Er versuchte, betroffen dreinzuschauen, aber es gelang ihm nicht wirklich.

Charlotte war kurz davor, ihn am Hemdkragen zu packen und durch den Türspalt zu ziehen.

»Ich sag es Ihnen nur ungern, Fräulein Kubitschek, aber jetzt lässt es sich nicht mehr vermeiden. Sie müssen sich ein neues Zuhause suchen. Die Verträge sind bereits unterzeichnet.«

»Haben Sie schon mal etwas von dem Grundsatz ›Kauf bricht Miete nicht‹ gehört?«

»Ich erinnere mich vage daran. Aber hier liegen die Dinge ein wenig anders.«

»Worauf wollen Sie hinaus? Spucken Sie es endlich aus.«

»Dieser Jargon, Fräulein Kubitschek, ts, ts. Also, um es ganz deutlich zu sagen, der neue Eigentümer hat Eigenbedarf angemeldet.«

»Es stehen genügend Wohnungen leer. Warum ausgerechnet meine?«

»Er hat eine sehr, sehr große Familie.« Sattkowski grinste sie unverhohlen an.

Charlotte seufzte. Also hatte der Fettarsch schlussendlich doch gewonnen. Ihr Kampf glich dem von David gegen Goliath. Das war ihr von Anfang an klar gewesen, aber sie hatte trotzdem einen Funken Hoffnung gehabt, dass die Kehrbachstraße fünf eine Ausnahme in diesem unsäglichen Monopolyspiel, das seit Jahren in Berlin betrieben wurde, sein könnte. Mit dem Verkauf der Kehrbachstraße fünf fiel das letzte Haus in der Straße an neue Eigentümer. Was dann mit den Mietern passierte, hatte sie ausgiebig in der Nachbarschaft studieren können.

»Wissen Sie, in anderen Städten ist das völlig normal. Häuser sind Güter, die man kauft und irgendwann wieder verkauft. Ich meine, Sie arbeiten doch selbst in einem Supermarkt. Dort läuft es genauso. Der Supermarkt kauft Äpfel und verkauft sie zu einem möglichst hohen Preis weiter. So läuft das Spiel nun mal.«

»Ein Scheißspiel.«

»Das würde ich nicht so sehen. Aber in jedem Spiel gibt es Verlierer und Gewinner. Und wer von uns beiden auf welcher Seite steht, darüber brauchen wir wohl keinen weiteren Gedanken zu verschwenden.« Er konnte nicht an sich halten und lachte los. Sein Bauch waberte wie der geleeartige Körper einer Qualle hin und her.

Charlotte versuchte, sich zusammenzureißen. Schließlich war sie wegen etwas ganz anderem hier. Hastig stieß sie hervor: »Ich brauche Ihre Hilfe.«

»Meine Hilfe?« Sattkowski sah sie erstaunt an und zog an seiner zu engen Jeans.

»Ich brauche die Telefonnummer von Arthur Dupont.«

»Herr Dupont arbeitet nicht mehr bei uns. Wissen Sie, er war doch nicht so zuverlässig, wie ich dachte. Kündigt nach nur drei Monaten, weil ihm das Business zu unerbittlich ist. Franzose eben, sehr sensibel. Ich hatte gleich so ein komisches Gefühl.«

Charlotte konnte Sattkowskis Gerede nicht länger ertragen. »Geben Sie mir einfach seine Nummer!«

»Er wollte heute sowieso abreisen.«

»Geben Sie mir verdammt noch mal seine Nummer!«, schrie Charlotte ihn an.

»Etwas mehr Anstand, Fräulein Kubitschek.« Er verzog das Gesicht. »Und außerdem darf ich die gar nicht rausgeben.«

»Geben Sie mir seine Nummer, oder ...«

»Oder was?«

»Oder ich trete einer Kiezinitiative gegen Gentrifizierung bei und schildere denen, was bei uns vor sich gegangen ist. Die könnten Ihnen vielleicht doch noch den ein oder anderen Stolperstein auf dem Weg nach Raffhausen in den Weg legen, und die Boulevardpresse würde sich über eine Story à la miese Vermietertype gegen arme Mieter auch mal wieder freuen. Die sind für solche Geschichten, wie sie das wahre Leben schreibt, doch immer zu haben. Das macht sich auf alle Fälle nicht so gut fürs Geschäft.«

»Regen Sie sich doch nicht gleich so auf. Ich gebe Ihnen ja die Nummer.« Sattkowski verschwand hinter der Tür und kam nach einer Weile mit einem Zettel zurück.

Als er ihn Charlotte reichen wollte, fiel er aus seiner Hand und segelte im Treppenhaus zu Boden. Sattkowski bückte sich, und in diesem Moment war das Reißen einer Jeanshose zu hören. Er zuckte zusammen und schob schützend eine Hand auf sein Hinterteil. Aber es half nichts: Seine Jeans war an der Hinternaht aufgerissen, und sein Fettarsch, eingepackt in einen rosafarbenen Schlüppi, verziert mit bunten Diddl-Mäusen, kam zum Vorschein. Angewidert wandte Charlotte sich ab. Sattkowski lief rot an, griff hastig nach dem Zettel auf dem Boden und richtete sich auf.

Charlotte riss ihm den Zettel aus der Hand.

»Ganz schön dreist«, sagte Sattkowski.

»Lieber dreist als feist.«

»Ich bin nicht feist.«

»Obelix hat auch immer gesagt, dass er nicht dick sei.« In Charlottes Gesicht machte sich Spott breit. Dann drehte sie sich um und ließ Sattkowski stehen.

Als sie wieder zu Hause war, wählte sie einige Male Arthurs Nummer, konnte ihn jedoch nicht erreichen. Sie rief noch einmal bei Sattkowski an und fragte nach Arthurs Adresse. Nach einem heftigen Wortgefecht und weiteren Drohungen rückte er auch sie heraus.

Ein alter Mann öffnete Charlotte die Tür. Als sie nach Arthur fragte, schwärmte er sofort in höchsten Tönen von dem hilfsbereiten jungen Mann. Er schien ihn gut zu kennen und erzählte ausführlich von Arthurs krankem Vater und einer drohenden Zwangsversteigerung des elterlichen

Hauses in Barcelona. Aber irgendetwas, so berichtete der alte Mann weiter, musste Arthur ziemlich zugesetzt haben, dass er jetzt seine Meinung geändert und wieder zurück nach Barcelona wollte. Er sei vor zwei Stunden in sein Auto gestiegen und davongefahren.

Die Erzählungen des alten Mannes warfen ein völlig anderes Licht auf Arthur, und Charlotte schämte sich, als sie daran dachte, was sie Arthur alles vorgeworfen hatte. Schweigend hatte er es hingenommen, ohne sich zu rechtfertigen oder eine Erklärung abzugeben.

Niedergeschlagen saß Charlotte auf der Bank neben dem Baumstumpf. Ein Dackel machte neben der Bank einen so großen Haufen, als wäre er ein Schäferhund. Sie betrachtete den Haufen. Genau! Das traf es. Sie hatte es verkackt. Zu spät hatte sie sich eingestanden, dass Arthur für sie mehr war als diese Marios & Co. Dass er sie zum Lachen brachte und dass sie bei ihm nicht sofort daran gedacht hatte, ihn in ihr Schlafzimmer zu lotsen. Ein Auto fuhr langsam vorbei. Aus dem Inneren drang »It Must Have Been Love«. Das Lied schallte durch die Straße. Trübsinnig sah sie dem Auto nach und pfiff die Melodie. Plötzlich kam ihr eine Idee, sie sprang auf und trat aus Versehen in den Haufen Scheiße. Sie fluchte und strich ihren Schuh an der Bordsteinkante ab. Der alte Mann hatte gesagt, dass Arthur sich vor zwei Stunden auf den Weg gemacht hatte. Es gab also noch eine klitzekleine Chance. Sie zog ihr Handy aus der Hosentasche und suchte die Nummer im Internet, zögerte kurz und wählte schließlich.

»Radio Heinz, guten Tag«, plärrte sie eine weibliche Stimme aus dem Handy an.

»Hallo. Bin ich mit der Redaktion *Ein Stück Glück* verbunden?«, fragte Charlotte.

»Sind Sie. Aber ick sag Ihnen gleich, Herzelchen, für heute sind wir voll. Wir können keene Wünsche mehr annehmen.«

»Aber es ist dringend.«

»Herzelchen, das ist es immer.«

»Nennen Sie mich nicht Herzchen.«

»Ick hab Sie auch nicht Herzchen, sondern Herzelchen genannt.«

»Umso schlimmer.«

»Ist ja schon gut. Sie müssen mir nicht vollunken. Wissen Sie, Sie wollen was von mir, also seien Sie mal nicht so bissig.«

»Also kann ich bei Ihnen meinen Gruß ablassen? Ja oder ja?«

»Sachen Sie mal, red ick so 'n schlechtes Deutsch, dass Sie mir nicht verstehen? Wir sind *voooll* für heute. Montag wieder, Herzel… ick meene, junge Frau.«

»Es muss aber heute sein.«

»Haben Sie was auf die Ohren? Ich sagte *nein*!«

»Aber es geht um viel. Eigentlich geht es um alles.«

»Welchen Teil von *nein* haben Sie nicht verstanden?«

Es tutete in der Leitung. Charlotte fluchte und trat gegen die Bank. Dann umkreiste sie den Baumstumpf und überlegte fieberhaft. Einige Minuten später wählte sie erneut die Nummer des Senders.

»Radio Heinz, was kann ick für Sie tun?«

»Bonjour, 'ier ist Scharlott. Bin iisch riischtig bei *Ein Stück Glück*?«

»Sind Sie, Mademoiselle.«

»Iisch würde gerne eine Message d'amour über Ihres Radio senden.« Charlotte legte sich ins Zeug. Jedes Wort war eine Liebeserklärung.

»Oh Mademoiselle …«

»… Scharlott …«

»… Mademoiselle Scharlott, eigentlich sind wir voll.«

»Können Sie niischt eine Exception machen?«

»Eine was?«

»Eine Ausnahme.«

»Warten Sie mal, ick muss mal mit le Chefe parlieren.« Die Frau am anderen Ende feixte.

Charlotte stimmte ein, um die Empfangsdame bei Laune zu halten. Während sie am Telefon wartete, hörte sie, wie die Frau jemanden von Charlottes charmanter Art zu überzeugen versuchte. Die Worte *entzückend* und *herzallerliebst* fielen.

Dann war die Empfangsdame wieder am Hörer. »Mademoiselle?«

»Oui?«

»Sie haben Glück.«

»Sie 'elfen mir wirkliisch sähr aus der Bredouille, Madame.«

»Madame, das ist gut. Sie können gleich dranbleiben. Wenn das Lied zu Ende ist, geht es los.«

Charlotte wartete. Man zählte von zehn rückwärts, und dann war sie auf Sendung.

»Und hier haben wir eine entzückende junge Dame. Hallo, wer ist da?«, fragte eine männliche Stimme mit geschmeidigem Timbre.

Es knirschte in der Leitung.

»Hallo, hallo?«, rief der Moderator ungeduldig. »Mademoiselle Scharlott?«

»Oui, iisch bin da.«

»Sie sind auf Sendung, und Sie wollen Ihrem Liebsten etwas Wichtiges mitteilen, wie mir meine reizende Assistentin berichtet hat?«

»Oui.«

»Und verraten Sie uns seinen Namen?«

»Arthüüür.«

»Arthür, wie süß.«

Charlotte verzog das Gesicht. Dass sie sich mal dazu herablassen würde, in dieser Sendung anzurufen, hätte sie sich nie träumen lassen.

»Wie habt ihr euch kennengelernt?«

»In Berlin.«

»Ich dachte immer, Paris sei die Stadt der Liebe, aber meine Hörer, das stimmt nicht. Es ist Berlin. Wer hätte das gedacht. Und wo ist Ihr Arthür jetzt?«

»Auf dem Weg nach Hause.«

»Also nach Paris?«

»Nein, nach Barcelona.«

»Aber sagten Sie nicht …«

»Ja, ich weiß, was ich …« Charlotte stockte und fasste sich wieder. »Iisch meine, iisch wollte sagen, er lähbt jetzt in Barcelona.«

»Ich verstehe, er ist sehr mondain, Ihr Arthur?«

»Was ist er?«

»Weltmännisch, wollte ich sagen. Verzeihen Sie, Mademoiselle, mein Französisch ist nicht so gut.«

»Pas de Probläām.«

»Und Sie, Fräulein Scharlott, wollen ihm jetzt eine bon voyage wünschen?«

»Non, iisch will, dass er zurückkommt.«

»Ich verstehe, retourner soll er?«

»Pardon?«

»Zurückkommen. Woher kommen Sie denn, Mademoiselle?«

»Aus Brandenbürg.«

»Nein, ich meine, wo sind Sie geboren?«

Charlotte überlegte. Ihr Blick fiel auf eine leere Weinflasche, die neben dem Mülleimer stand. »In Bordeaux.«

»Hm … Bordeaux, wo der gute Wein herkommt. Lieben Sie Rotwein?«

»Naturellement.«

»So, nun haben wir beiden Hübschen genug geplaudert. Jetzt sind Sie an der Reihe. Mademoiselle Scharlott, was wollen Sie Ihrem Arthür sagen?«

Charlotte wischte ihre feuchte Hand an ihrem Kleid ab. »Iisch … iisch wollte ihm …«

»Mademoiselle, nicht so schüchtern.«

Charlottes Zunge klebte am Gaumen, und ihre Hand begann zu zittern. Sie strich sich über die Stirn.

»Mademoiseeeelle«, forderte der Moderator sie eindringlich auf. »Sie sind auf Sendung.«

Es blieb still. Plötzlich knackte es in der Leitung.

»Meine Hörer, es wird spannend. Wir haben eine Sürprise für Scharlott. Ihr Liebster, Arthür, ist in der Leitung. Ein kleines Tête-à-Tête on air. Hallo, Arthür!«

»Hallo«, antwortete er.

»Scharlott hat jetzt die Möglichkeit, Ihrem Arthür live on air ihre Botschaft mitzuteilen.«

Das war wirklich eine Sürprise für Charlotte. Sie musste sich auf die Bank setzen.

»*Na, du Schisshase*«, ertönte es plötzlich. Die Stimme kam ihr allzu bekannt vor.

»Selber Schisshase«, murmelte Charlotte trotzig.

»*Wetten, dass du kein Wort rauskriegst?*«

»Wette angenommen«, flüsterte Charlotte.

»*Um was wetten wir?*«

»Um meinen Arsch.«

»*Du willst auf deinen feigen Arsch wetten? Dabei hast du doch gar keinen in der Hose, sonst würdest du kapieren, dass du gerade deine letzte Chance verspielst.*«

»Ruhe«, rief Charlotte genervt.

»Scharlott, haben Sie etwas gesagt?«

»Äh, non!«

»Scharlott, Sie haben jetzt die einmalige Gelegenheit, Ihrem Arthür live on air etwas mitzuteilen, und ganz nebenbei, es hören noch einhunderttausend Menschen zu.« Er kicherte. »Scharlott?«

»Arthür, iisch, iisch …«, setzte sie an. »Ach Mist, ich sag es einfach.«

»Mademoiselle Scharlott, Sie fluchen aber sehr deutsch.«

»Ich bin deutsch.«

»Was? Sie sind gar keine …« Aufgeregtes Getuschel war im Hintergrund zu hören.

»Jetzt halten Sie doch mal Ihre Klappe.«

»Also, das gibt es ja wohl nicht.« Das geschmeidige Timbre des Moderators bekam einen rauhen Unterton.

»Arthur?«, fragte Charlotte.

»Ja.«

»Ich will, ich wollte, ich meine, ich …«

»Jetzt sagen Sie es schon. Sie sind nicht die Einzige in der Leitung«, tönte die Stimme des Moderators barsch.

»Ich will nicht, dass du zurückgehst?«

»Warum nicht?«

»Weil …« Charlotte verstummte. Es vergingen zähe Sekunden des Schweigens.

»Sag es mir, warum willst du nicht, dass ich gehe? Und komm jetzt nicht wieder mit dem Wetter.«

»Weil …«

»Wir warten«, drängelte der Moderator.

»Halten Sie sich da raus«, fauchte Charlotte ihn an.

»Frechheit. So was muss ich mir in meiner eigenen Sendung sagen lassen.«

»Mann, Arthur, kann ich dir das nicht unter vier Augen sagen?«

»Nein. Ich will, dass du es hier und jetzt aussprichst. Vor all den Leuten.«

»Arthuuuuur, die Sendung ist doch voll schitte.«

»Na, na, überlegen Sie sich, was Sie sagen. Sonst sind Sie draußen und Ihr Arthur für immer auf und davon.«

Charlotte holte tief Luft. Okay, Augen zu und durch. »Arthur, ich … ich war feige. Ich habe mich versteckt. Angst gehabt. Ein Schisshase war ich. Bin davongelaufen. Aber jetzt geht mir die Puste aus.«

»Und was jetzt?«, fragte er.

»Arthur, muss das wirklich hier auf Sendung sein?«

»Ja.«

Charlotte nahm allen Mut zusammen. »Ich will, dass du mir im Sommer Blumen aus dem Vorgarten klaust und im Winter ein Herz in den Schnee pinkelst.«

»Vorname oder Nachname?«

»Das ist völlig egal. Wie du willst oder kannst.«

Gelächter war zu hören.

»Und wir können auch ein Liebesschloss an einer Brücke anbringen, und ich werde es aushalten, wenn du Justin Bieber hörst.«

»Hör ich doch gar nicht.«

»Kleiner Scherz. Arthur, ich …«

Plötzlich war nur noch ein Tuten zu hören.

»Arthur?!«, rief Charlotte.

Aber sie bekam keine Antwort.

»Wie dramatisch, meine Hörer. Wir haben Arthur verloren. Was auch immer das bedeuten mag. Auf alle Fälle war es eine eindringliche Botschaft von – ich nehme an – Charlotte, einer Deutschen, die es als falsche Französin in unsere Sendung geschafft hat. Charlotte, auch wenn Sie es eigentlich nicht verdient haben, wollen wir Ihnen trotzdem einen Wunsch erfüllen.«

»Einen Wunsch?«

»Einen Musikwunsch. Haben Sie einen Wunsch?«

»Nein. Oder doch. ›Time of my life‹.«

»Oh, dafür müssen wir tief in die Musikkiste greifen.« Während das Lied im Hintergrund eingespielt wurde, sagte der Moderator: »Und das nächste Mal führen Sie uns nicht so an der Nase herum, Charlotte.«

»Mal sehen.«

Charlotte fühlte sich nach dem Telefonat völlig erschlagen. Müde ließ sie sich auf die Bank fallen und starrte in den Himmel. Sie betrachtete die vorbeiziehenden Wolkenfelder und dachte an Simon und an Elise. Nach einer Weile fielen ihr die Augen zu. Ein eindringliches Hupen weckte sie. Es dauerte eine Weile, bis sie zu sich kam und kapierte, wo sie war und was vorgefallen war. Sie richtete sich auf. Das Hupen war noch immer zu hören. Langsam wurde das Bild vor Charlottes Augen klarer, und sie erblickte einen kleinen gelben Seat vor der Kehrbachstraße 5. Eine Autoscheibe senkte sich, und Arthur lehnte sich heraus. Charlotte stand auf und lief zu ihm.

»Wohin geht die Reise, Monsieur?«

»Weit weg.« Er lächelte sie an.

Und sie lächelte zurück. Dann schaute sie zum Haus, dachte an Sattkowski, an eine Wohnung am grünen Stadtrand und an Pinkemann. Sie musste nicht lange überlegen. Hastig lief sie die Treppen zu ihrer Wohnung hinauf. Ein bisher unbekanntes Glücksgefühl durchströmte sie. Es war ihr fremd, aber es fühlte sich irgendwie gut an. Sie packte das Nötigste in einen Rucksack, lief noch einmal durch ihre Wohnung und warf an der Wohnungstür einen letzten Blick zurück. Sie ließ vieles hier und wusste doch, dass sie alles dabeihatte, was sie brauchte.

Kurz darauf stand sie mit ihrem Rucksack und einer Tüte in der Hand in Juris Laden. Sie berichtete ihm von ihren Plänen und zeigte auf die Straße. Juri sah sie wehmütig an und seufzte. Dann nahm sie ihn in den Arm und drückte ihn lange.

»Schade«, flüsterte er ihr ins Ohr.

»Du Schwerenöter wirst es schon verkraften, und außerdem, Berlin ist voll von schönen Frauen.«

»Das habe ich auch schon bemerkt.«

Charlotte sah erst jetzt die Umzugskartons in der Ecke und zog fragend die Augenbrauen hoch.

»Katherine hat meine Sachen gepackt und mir die Kartons vor meine Ladentür gestellt. Hast du zufällig eine Wohnung für mich?«

Charlotte drückte Juri ihre Wohnungsschlüssel in die Hand.

»Solange es geht, ist meine Wohnung deine.«

»Solange es geht?«

»Weißt du es noch nicht?«

»Was?«

»Das Haus ist verkauft.«

Juri seufzte. »Aber wir haben es immerhin versucht«, sagte er schließlich.

»Ja, das haben wir. Was wird aus dir? Wirst du den Laden aufgeben?«

Juri schüttelte den Kopf. »Der Laden läuft. Die Reparaturen bringen gutes Geld, und außerdem habe ich noch ein kleines finanzielles Polster. Das wird eine Weile reichen.«

Sie lächelten einander verschwörerisch zu.

»Ich werde Frankie einen Teilzeitjob anbieten.«

»Wenn er will?«

»Ja, wenn.«

»Also dann.«

Sie drückten sich lange.

Charlotte packte den Rucksack in den Kofferraum und legte die Tüte mit den Geldscheinen auf die Rückbank. Einige Hunderter rutschten heraus.

Arthur griff nach einem Schein und betrachtete ihn. »Ist das dein Geld?«

Charlotte nickte. »Jetzt ja.«

»Und vorher?«

»Gehörte es Elise.«

»Und davor?«

»Gehörte es dem Supermarkt.«

»Was? Das ist das Geld von dem Überfall?«

Charlotte versuchte, cool zu bleiben.

Arthur fuhr nervös mit den Händen über das Lenkrad, sah zu den Scheinen, dann zu Charlotte. »Ich hab es ja immer schon geahnt!«

»Was?«

»Dass du es faustdick hinter den Ohren hast, aber so dick.« Er schaute sie streng an, doch dann flüchtete ein Lächeln über sein Gesicht.

»Und du bist jetzt mein Komplize, vergiss das nicht.«

»Wir sollten meinem Onkel Alberto in Kolumbien einen Besuch abstatten. Dort würde es dir Gaunerin bestimmt gut gefallen.«

»Kolumbien. Liegt das am Meer?«

»Am Karibischen Meer.«

Charlotte strahlte. »Perfecto.« Dann beugte sie sich zu Arthur und küsste ihn.

MHAIRI MCFARLANE

# VIELLEICHT MAG ICH DICH MORGEN

ROMAN

Wiedersehen macht nicht immer Freude. Schon gar nicht Anna, die nach 16 Jahren beim Klassentreffen mit genau jenem Typen konfrontiert wird, der ihr damals den Schulalltag zur Hölle machte. Damals, als sie noch die ängstliche, pummelige und so gern gehänselte Aureliana war. Wie wenig sie heute als schöne und begehrenswerte Frau mit dem Mädchen von einst gemein hat, wird klar, als James sie nicht erkennt. Er ist fasziniert von der schönen Unbekannten. Anna kann es kaum glauben und wittert ihre Chance: Endlich kann sie ihm alles heimzahlen. Beide ahnen nicht, wie sehr sie das Leben des anderen noch verändern werden. Nicht heute. Aber vielleicht morgen.

KNAUR

*»Die Liebe ist ein Reifen, der Luft verliert, mein Freund. Du musst ihn immer wieder aufpumpen und zwischendurch auch mal flicken.«*

ANDREW CLOVER

# DIE LIEBE IST EINE HEIMTÜCKISCHE HERAUSFORDERUNG

ROMAN

Für Polly ist Arthur der Ikea-Schrank unter den Männern – auf Fotos sieht er gut aus, aber wenn man ihn bittet, etwas zu halten, bricht er zusammen. Die beiden sind seit zehn Jahren verheiratet und haben drei reizende, aber nervenaufreibende Kinder. Ihre Gefühle füreinander wurden längst im Familienalltag und unter Wäschebergen erstickt, in Geschirrspülmaschinen ertränkt und in Familienkalendern totorganisiert. Als Arthur für ein Magazin über den Online-Kurs »Learn Love in a Week« schreibt, fragt er sich, ob seine Ehe noch zu retten ist. Und wenn man die Liebe tatsächlich in einer Woche lernen kann, verliebt man sich dann auch noch einmal in den eigenen Partner?

KNAUR

*Was würdest du tun,*
*wenn dir das Leben*
*eine zweite Chance gäbe?*

DANI ATKINS

# DIE ACHSE MEINER WELT

ROMAN

Stell dir vor, du erwachst in einer perfekten Version deines Lebens. Greifst du zu und lebst diesen Traum bedingungslos weiter? Oder fragst du dich, wann deine Welt aus dem Gleichgewicht geriet und was mit deinem alten Leben geschehen ist?

Eine mitreißende Geschichte über Liebe, Familie und Identität – mit einem packenden Ende.

KNAUR